누 리 는

KB064015

Safehouse Anthology

차례

조음

세상에 나와 있는 책 중에는 사랑을 주제로 한 것이 이루
셀 수 없을 정도로 많습니다. 이토록 사랑에 관한 책이
많은 것은, 사랑이란 아주 익숙하지만 동시에 언제나
낯설기 때문일 겁니다.

사회와 기술이 변해 갈수록 그 속에서 살아가는 우리의
모습도 변해 갑니다. 어쩌면 사랑도 그에 발맞춰 변해
가고 있는지도 모르죠.
그렇다면 사랑이라는 주제로 얼마나 새로운 이야기를
할 수 있을까? 새로운 사랑 이야기는 우리에게 어떤
질문을 던져 줄까? 변해 가는 순간을 알아보는 눈이
좋은 이야기가 있을까? 이런 물음에서부터 출발해
2020년 하반기 공모전의 주제로 'NEW LOVE'를
선정하게 되었습니다.

새로운 사랑이라는, 문턱이 낮은 듯하면서도 까다로운
주제에도 불구하고 300여 편에 가까운 작품이
응모되었고, 많은 작품 속에서 사랑에 관한 의미 있는
순간을 발견할 수 있었습니다.

이번 공모전은 메가박스중앙(주)플러스엠과 안전가옥이 함께한 두 번째 공모전입니다. 메가박스중앙(주)플러스엠 관계자 여러분과 안전가옥의 프로듀서, 그리고 특별 심사위원이 총 세 번의 열띤 심사를 거쳐 다섯 편의 이야기를 선정했습니다.

뉴 러브라는 주제에 맞게 사회 변화와 맞물리는 사랑의 새로운 양상을 보여 주는 이야기, 사랑을 통해 성장하고 앞으로 나아가는 이야기, 사랑의 뒤틀린 모습마저도 소재로 승화한 이야기 등 다양한 시각을 가진 이야기를 선정하고자 했습니다. 그리고 하나의 주제를 둔 앤솔로지에 수록할 작품들인 만큼 다양한 장르를 아우를 수 있도록 장르적 균형을 맞추려고 노력했습니다.

사랑 이야기란 사랑이 불러일으키는 감정 그 자체만을 다룬 것만이 아니라 우리가 무엇을 욕심내고 무엇을 뒷전으로 밀어내고 있는지 되짚어 보는 이야기를 포함하는 개념이 아닐까 생각합니다.

이 책에 담긴 다섯 편의 이야기를 통해 사랑에 비친 우리의 모습을 발견할 수 있기를, 다가올 삶 속에서 사랑이 어떻게 변할 수 있을지 상상력을 키워 나갈 수 있기를 바랍니다.

안전가옥 스토리 PD
이은진 드림

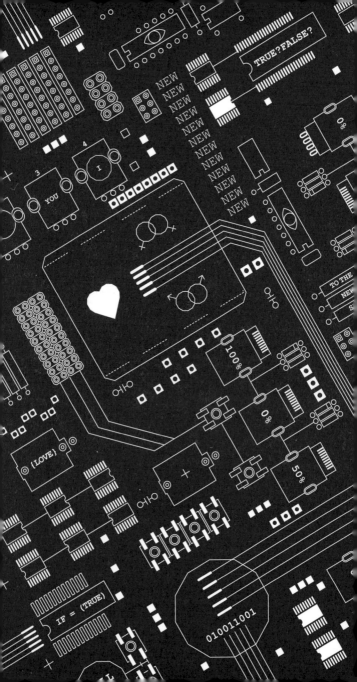

IF = (TRUE)
={General's};
={AFFECTION};
={ERROR!};

A B C D E

100%

TRUE-FALSE

100%

0%

50%

+ + +

표국청

대학에서 영화를 전공하고 몇 편의 단편영화를 만
들었다. 하면서 즐거운 일들을 더 늘려 가고 싶어
서 소설을 쓰기 시작했다. 스스로 즐겁게 쓴 글들
을 아주아주 많은 사람들이 좋아한다는, 이루어지
기 어려운 꿈을 꾸며 산다.

장군님의 총애

THE
NEW
SEA

NEW
NEW
NEW
NEW
NEW
NEW

"망했다."

진성이 새하얗게 질려 버린 얼굴로 나직이 말을 내뱉었다. 그런 진성의 모습을 보는 옥지도 상당히 지쳐 보였다. 넓은 들판에 빽빽한 나무들. 그리고 쓰러져 있는 한 사람. 이번 피해자는 얼굴의 좌측면이 심하게 파열되어 피와 뇌수로 범벅인 웅덩이에 처박혀 있었다.

벌써 918번째 피해자였다. 진성이 손에 들고 있던 권총을 바닥에 떨어뜨렸다. 별다른 장식이 되어 있지 않은 낡은 권총이었다. 피해자를 앞에 두고 옥지와 진성은 무기력함에 젖어 아무 말도 못 하고 있었다.

출시한 지 얼마 되지도 않아 대한민국 게임 대상에서 최고상인 대상을 수상한 〈장군님의 총애〉는 만주 웨스턴 장르의 동명 영화를 원작으로 한 액션 어드벤처 게임으로, 유저가 독립군의 전설적 장군인 여상진의 의지를 계승하여 독립군의 일원으로서 드넓은 만주 벌판을 무대로 활약해 일본 제국군을 몰아낸다는 스토리를 담고 있다.

화려한 액션, 우수한 조작감, 고증을 통해 살려 낸 디테일, 유저의 감성을 자극하기에 충분한 도트 그래픽, 그리고 다중 엔딩 시스템까지 갖추어 국산 게임계의 진주라는 평가를 받았다.

각종 플랫폼에서 게임 방송을 진행하는 크리에이터들도 앞다투어 〈장군님의 총애〉 플레이를 방송했다. 그 때문에 메인 스토리의 엔딩에 대한 모든 경우의 수는 이미 공개되었지만, 메인 스토리 종료 이후에도 만주를 배경으로 다양한 콘텐츠와 온라인 플레이를 즐길 수 있어 유저들은 지속적으로 게임을 즐겼다.

옥지와 진성은 〈장군님의 총애〉 속 AI, 흔히 말하는 NPC로 튜토리얼에 해당하는 1장의 주요 등장인물을 맡고 있는 캐릭터들이었다.

옥지는 1장 종료 후 플레이어와 함께 동행하며 다른 메인 스토리 퀘스트를 함께 해결해 나가는 동료 NPC였고 진성은 1장의 최종 보스로 1장의 끝에서 플레이어에게 죽임을 당하며 2장으로 향하는 길을 열어 주는 역할을 하고 있었다.

출시 후 1년 동안은 아무런 문제가 없었다. 소규모 회사의 게임이라 홍보에 큰 비용을 들이지 못했음에도 불구하고 놀라울 정도로 많은 유저들이 플레이했고 별다른 버그는 발견되지 않았으며 각종 게임 리뷰 사이트에서 고득점을 받았다.

그런데 오늘. 지금 이 시간. 문제가 발생했다. 치명적인 버그가.

〈장군님의 총애〉 1장의 시작은 다음과 같다. 시네마틱 트레일러를 통해 게임의 세계관이 설명되고 나면 독립군이 되기 위해 막 국경을 넘은 플레이어의 눈앞에 펼쳐지는 숲. 그 숲에서 옥지의 비명 소리가 들려온다.

조선인이지만 일제에 가담해 국경 변방의 마을 치안을 책임지고 있는 일제 순사 진성이 옥지에게서 여상진 장군의 총을 강탈하고, 옥지는 이를 막기 위해 진성과 싸우지만 허무하게 내동댕이쳐진다. 이를 목격한 플레이어가 등장해 진성과 일전을 벌인다.

이 일전은 튜토리얼 전투로 플레이어에게 간단한 조작법을 알려 주기 위해 존재하며, 플레이어가 패배하도록 유도되어 있는 이벤트다. 일전의 끝에서 플레이어는 진성의 총에 맞아 기절한다. 진성은 옥지에게서 빼앗은 장군의 총을 든 채 유광으로 번뜩이는 검정색 차를 타고 멀어진다.

"원래대로라면 플레이어가 네 스킬에 맞은 다음 자연스럽게 시네마틱 영상으로 넘어가는 게 맞잖아, 그렇지?"

옥지의 질문에 진성이 고개를 끄덕였다. 플레이어의 시체는 점점 희미해져 이제는 거의 반투명 상태였다. 옥지는 그루터기에 앉아 투명해지는 플레이어를 내려다보는 진성에게 계속해서 질문을 던졌다.

"원래 설정대로라면 그 스킬에 맞아도 플레이어는 죽지 않지?"

"응, 반드시 명중하지만 스킬에 불살이라는 설정이 걸려 있어서 죽일 수는 없어."

"스킬 사용을 멈추는 것도 시도해 봤지만 전부 실패했고."

"일정 시간이 지나면 사용되도록 설정되어 있으니까."

"그런데 그 스킬에 맞아 플레이어가 죽어 버려서, 우리마저도 이 숲을 벗어나지 못하게 되었어."

진성은 옥지가 걸터앉은 그루터기에 다가와 옆자리에 앉으며 한숨을 내쉬었다. 머리를 감싸 쥐는 진성을 물끄러미 바라보던 옥지가 입가에 살짝 미소를 띄웠다.

"그래도 진성이 네가 죽는 모습은 안 보니까 그건 좀 괜찮네."

"응?"

"아니, 1장이 끝날 때 넌 항상 플레이어에게 죽임을 당하잖아."

"그게 내 역할이니까. 너, 내가 죽을 때마다 슬펐어?"

고민에 휩싸여 있던 진성이 순식간에 장난기 어린 얼굴로 표정을 바꾸었다. 진성은 언제나 이런 사람이었다. 게임이 진행될 때는 피도 눈물도 없는 일제의 앞잡이라는 설정에 따라 행동했지만, 진성과 오랜 시간을 함께한 옥지는 원래의 그가 참 맑은 사람이라는 것을 알고 있었다.

"그럼 같은 마을에서 줄곧 같이 자란 내가 너 죽는 모습을 달가워했을까."

"그런 것치고는 싱글벙글 웃으면서 플레이어를 잘만

따라가던걸?"

너무 맑은 탓에 이렇게 선을 넘는 장난을 칠 때가 있기도 했지만 말이다. 옥지는 한숨을 내쉬고 배에 숨을 가득 모았다가 한 번에 내뱉으며 말했다.

"야! 그건, 설정 때문에 그런 거지! 웃고 싶어서 웃는 줄 알아?"

장난스러운 표정으로 짓궂게 옥지를 놀리던 진성은 옥지의 큰 목소리에 조금 놀라고 말았다. 갑자기 어색해진 분위기. 옥지는 그렇게 소리를 쳐 놓고는 진성의 시선을 피해서 고개를 돌렸다. 그렇게 고개를 돌린 옥지의 뒷모습을 바라보던 진성이 가볍게 웃었다.

"죽더라도 어차피 계속 살아나잖아."

바보 같은 놈.

옥지는 진성이 대수롭지 않다는 듯 웃으며 하는 저 말이 정말 싫었다. 플레이어가 1장의 끝에서 진성을 죽이면, 그의 시체는 일정 시간이 지난 뒤 이 숲으로 이동하였고 다시 살아났다. 옥지 역시 자신의 분신이 플레이어를 따라 마을 밖으로 나가면 이 숲으로 되돌아오게 설정되어 있었다.

진성의 말처럼 몇 번을 죽더라도, 몇 번을 마을 밖으로 나가더라도 이 숲으로 돌아오기 때문에 두 사람은 죽음이나 이별과는 거리가 먼 것이 사실이었다.

하지만 옥지는 몇 번이고 진성이 총에 맞아 숨을 가쁘게 쉬다 눈을 감는 모습을, 숲에 돌아온 뒤로 상처가 재생되는 동안 고통에 몸부림치는 모습을, 살아난 뒤에 덜덜 떨리는 손으로 총을 움켜쥐고 새로운 플레이어와 대치하는 모습을 보았다.

죽음과 고통이 주는 시각적 충격은 익숙해지기에는 너무 벅찬 종류의 것들이었다. 이에 더해 언젠가부터 옥지의 마음속에 자리 잡기 시작한 또 다른 감정은 진성이 고통받는 모습을 더 이상 보고 싶지 않다는 욕심을 가지게 만들었다.

"지금쯤 개발자들도 난리가 나서 오류를 수정하려고 애쓰는 중일 거야."

진성은 마치 그의 죽음이라는 화제에서 벗어나고 싶다는 옥지의 마음을 알아채기라도 한 듯 말을 돌렸다. 진성의 말에 옥지가 고개를 끄덕이면서도 씁쓸한 표정을 지었다. 동시에 오류가 너무 빨리 수정되지는 않기를 바랐다.

"이 정도 버그라면 고치는 데 오래 걸리겠지?"
"빨리 수정해야지, 안 그러면 게임 자체가 사라져 버릴지도 모르니까."
"그럼 사라져 버리라지 뭐."
"바보야, 게임이 사라지면 우리 같은 AI들도 그대로 사라져 버리잖아."
"뭐, 그것도 나쁘지는 않고."
"방금 전까지는, 내가 죽는 걸 보고 싶지 않다며."
"그거야…"

두 사람은 어느새 나란히 앉아 같은 방향을 바라보고 있었다.

어쩔 수 없이 죽는 것보다는, 손 놓고 있다가 죽는 것보다는, 뭐라도 발악을 해 보다 죽는 것이 어쩌면 더 낫지 않을까. 옥지는 그렇게 말하고 싶은 마음을 삼켜 냈다.

진성은 아무리 열심히 노력해도 1장 마지막 부분에서 만나는 플레이어를 이길 수 없다. 플레이어는 몇 번을 패배해도 마을 어르신 집에서 부활해 진성을 공격해 오고 결국 진성의 모든 공격 패턴과 약점을 파악해서 끝내 승리한다.

진성의 체력이 모두 소진되면 진행되는 시네마틱 트레일러. 이미 수천수만 번을 돌려 보았던 그 시네마틱 트레일러에서 옥지는 진성의 가슴을 관통하는 총알을 보며 기뻐한다.

몇 번이나 기뻐하고 싶지 않다고 생각했지만 재생되는 트레일러 속 자신의 웃음을 막을 수는 없었다. 옥지는 마을을 구해 준 것에 대한 감사의 마음을 담아 자신의 힘을 플레이어에게 보태 주겠다 말하며 마을을 떠난다.

우울감에 빠져들지 않기 위해 옥지는 고개를 가로저었다. 그런 옥지의 어깨를 감싸 쥐는 진성의 손. 당황한 옥지가 고개를 돌려 진성을 똑바로 쳐다보니 진성은 너무나 환한 얼굴로 옥지를 바라보고 있었다.

"나 뭔가 방법이 생각난 것 같아!"

그리고 이내 옥지의 양어깨를 부여잡는 진성.

"뭐, 뭐야. 왜 그래…?"
"스킬을 죽지 않도록 설정되어 있는 것에 맞추면 돼!"
"죽지 않도록 설정되어 있는 것?"
"응."

"그게 뭔데? 나무라도 쏘자는 거야?"

"아니, 사격 스킬을 쓰면 그 시점에 바로 나와 플레이어 사이의 최단 거리로 총알이 날아가게 되어 있어. 그 경로 사이로 무언가가 끼어들어야 해."

"그러니까 그 무언가가 뭔데!"

옥지의 외침에 진성이 침을 삼킨다. 아주 잠깐, 긴장감이 감도는 정적이 흐른다.

"너야, 옥지!"

*

동진은 특별할 것 없는 프로그래머였다. 언제나 넘쳐나는 작업량에 시달리느라 수면 시간이 줄어들어 카페인 섭취가 늘어만 가는, 눈꺼풀이 파르르 떨리는 와중에도 손을 키보드에서 떨어뜨릴 수 없는, 결코 몸에 좋다고는 할 수 없는 업무 환경에서 일하면서도 자신이 개발한 프로그램이 제대로 기능한다는 사실에 나름 자부심과 뿌듯함을 느끼기도 하는, 그런 평범한 프로그래머.

몇 년 전, 그런 동진에게 먼저 손을 내민 것이 지금의 회사였다. 이건 분명히 돈이 된다며 기획안을 동진의 품에 억지로 안겨 준 사람이 지금 사장으로 모시고 있는 선의였다.

선의가 〈장군님의 총애〉를 게임으로 개발하려는 이유가 돈 때문이 아니라는 사실은 금방 알게 되었지만 기획안을 검토하고 영화를 직접 본 동진은 어쩌면 이 게임이 진짜 대박 아이템일 수도 있겠다는 생각을 했다. 그렇게 홀리듯 〈장군님의 총애〉의 개발을 맡아 프로젝트 초기부터 함께해 왔다. 물론 당시 다니던 회사에 비해 말도 안 되는 조건을 선의가 제시했기 때문에 가능했던 일이기도 했다.

어찌 되었든 중요한 점은 동진이 게임 개발의 시작 단계부터 참여한 멤버이고 게임의 핵심적인 부분을 전부 도맡아 작업한 사람이기 때문에 그가 모르는 무언가가 게임 안에 존재하는 일은 불가능하다는 사실이었다. 오류가 나더라도 분명히 그가 아는 한도 안에서 발생했고 대개는 금방 수정이 가능했다.

새벽 3시 28분. 평소라면 언제 다시 찾아올지 알 수 없는 수면 시간을 최대한 많이 확보하기 위해 잠에 빠져 허우적거릴 시간이었지만, 동진은 간만에 마음에 드는 신작 애니메이션을 발견해 정주행하던 참이었기에 전화가 걸려 온 시간을 정확히 확인할 수 있었다.

"튜토리얼 클리어가 안 됩니다."

아마 밤샘 작업 중이었을 막내의 목소리는 무미건조했다. 이 늦은 시간에 전화를 하면서 저렇게 간단하게 요점만 정리해서 말할 수 있다는 것은 확실히 녀석의 무기였다. 동진은 그동안 튜토리얼에서 발생했던 오류들과 그 수정 방법을 알려 주었고 수정 작업에 대한 세세한 지시까지 했지만 그때마다 돌아오는 막내의 대답은 하나였다.

"똑같습니다. 안 됩니다."

결국 동진은 추리닝 차림에 두터운 패딩만 걸친 채 차에 올랐다.

"아이구 내 팔자야. 이럴 거면 집은 왜 구해 가지고, 그냥 회사에서 살지."

그는 시동을 걸면서 스스로에게 투덜거리는 것을 잊지 않았다.

어느새 테스트 번호는 500번대를 돌파했다. 동진이 회사에 도착하기 전에 막내가 했던 테스트를 더했다면 숫자가 더 커졌을 것이다. 로그를 한참이나 들여다보던 동진이 기지개를 켰다. 기지개를 켜는 것은 그가 당황했을 때 주로 하는 행동이었다. 그 점을 증명이라도 하듯 동진의 표정은 굳어 있었다. 파티션 없이 그저 책상들이 기다랗게 줄줄이 연결되어 있는 사무실의 한구석에 나란히 앉아 있던 동진과 막내가 서로를 마주 보았다.

"진성의 스킬에 있는 오류, 분명 제대로 수정한 거 맞지?"

"아까 직접 확인하셨잖아요."

"아, 미치겠네. 일단 다른 애들도 좀 불러 봐. 둘이 하면 오래 걸릴지도 몰라."

"네."

막내는 동진의 말에 대답한 뒤 슬리퍼를 끌며 사무실 밖 복도로 나갔다. 그리고 막내와 교차해서 들어오는 한 사람. 펑퍼짐한 청바지와 오버핏의 회색 맨투맨과 검정 반패딩. 자신의 상징과도 같은 차림으로 손에 든 스마트폰 화면을 마구 스크롤하며 동진을 향해 성큼성큼 걸어오는 그 사람. 선의였다.

"대박이다! 저희 실검 1위인데요? 한동안 실검에 안 떠서 걱정했는데!"

그런 반응일 줄 알았다.

선의의 달뜬 목소리를 들으며 동진은 그녀가 어떤 사람인지를 상기했다. 잊혀 가던 영화, 만주 웨스턴 장르 불운의 명작 〈장군님의 총애〉를 게임으로 만들어 낸 사람. 그 제작의 기반에는 〈장군님의 총애〉라는 작품에 대한 선의의 무한한 애정이 있었다. 단순히 돈을 위해서였다면 이런 막무가내성 프로젝트를 진행할 수 없었을 것이다. 선의는 순수하게 자신이 사랑하는 작품이 사람들에게 알려졌으면 좋겠다는 마음으로 게임 개발에 뛰어든 사람이었다. 때문에 게임에 악재가 생긴 상황인데도 그녀는 작품의 이름이 널리 알려진다는 사실에 오히려 기뻐했던 것이다.

"그거 다들 우리 욕하려고 열 올려서 그렇게 된 거예요."

동진이 담담한 목소리로 답하자 선의는 "낭만이 없어, 낭만이."라며 투덜댔다.

"그래서 낭만 없는 우리 동진 님. 오류는 어떻게 되었나요?"

"일단 플랫폼에 연락 돌려서 추가적인 게임 플레이는 막아 놓은 상황이에요. 오류에 대해서는… 일단은 진성이 가지고 있는 스킬에 오류가 있는 것 같은데 이걸 아무리 수정을 해도 튜토리얼 플레이가 시작되면 다시 발생해 버려서요. 아직 해결법은 찾지 못했습니다."

"제가 좀 해 봐도 돼요?"

"그러시죠."

동진은 선의를 위해서 자리에서 일어나 의자를 양보했다. 동진의 자리에 앉아 선의는 지체 없이 튜토리얼을 플레이했다. 결과는 역시나 플레이어의 죽음. 게임 오버에 해당하는 화면이 표시되고 게임은 더 진행되지 않았다.

"몇 번을 플레이해도 결과는 같을 겁니다. 지금 다른 프로그램 팀원들도 오고 있으니까 선의 님은 조금 쉬고 계시죠."

"잠깐만요. 오류 발생 후에 튜토리얼 진성이 공략된 적 있나요?"

"공략요?"

오류 발생 이후 확인했던 로그들에서는 그런 기록을 찾지 못했다. 선의가 지금 이야기하는 공략이라는 것이 튜토리얼 진성을 이긴다는 의미라면 그렇다.

"그런 기록은 없습니다."

"그래요? 그럼 아직 안 써 본 방법이 있다는 거네."

선의가 동진의 말을 듣고는 목을 가볍게 스트레칭했다. 그러더니 의자의 높이와 모니터의 각도를 능숙하게 조절하고 책상 위에 있던 두터운 프로그래밍 책을 키보드 밑에 깔아 키보드와 받침대의 각도가 30도는 되도록 만들었다.

"지금 뭐 하시는…?"

"지금부터 재밌는 구경 시켜 드릴게요."

탁- 타닥- 탁- 타닥- 탁- 타닥-

사무실에 반복적인 리듬의 소리가 울렸다. '키보드를 두드려 보았습니다.'라는 제목의 ASMR로 제작하면 좋을 것 같은, 메트로놈처럼 한 치의 오차 없이 정확한 박자로 반복되는 키보드 소리. 그리고 그 소리가 반복될 때마다 동진의 눈동자가 커졌다.

몇 번인가 유명한 유튜버들이 튜토리얼 진성을 공략하는 영상을 제작했었다. 이벤트 전투에서도 진성에게 공격하면 진성의 체력이 깎인다. 보통의 플레이어들은 압도적으로 높은 진성의 체력을 감당하지 못해 패배하지만, 진성의 체력에 끝이 존재하는 것은 분명했다.

때문에 튜토리얼의 진성을 공략한다는 발상을 하는 사람은 그리 드물지 않았다. 고인물 끝판왕 콘텐츠쯤 되는 것이다. 그렇게 도전한 유튜버들 중 성공한 이는 손가락으로 꼽을 정도였다. 한 유튜버는 튜토리얼 진성 공략 영상의 말미에 이렇게 말했다.

"이론상 공략 가능하게 만들어진 것은 맞습니다. 하지만 버그를 쓰지 않고 타임 리미트 안에 공략을 성공하려면 컨트롤 미스가 한 번도 없어야 하고 반격기를 매 타임 정확하게 넣어야 합니다. 그러니 여러분, 고통받고 싶지 않다면 공략을 시작하지 마십시오."

선의가 진성을 공략하는 방법은 그 유튜버가 말한 것과 같았다. 아주 간단했고 반복적이었다. 총을 쏘고 피하고 진성의 공격에 반격기를 정확하게 가한다. 이것을 계속 반복한다. 컨트롤 미스 없이.

마지막 반격기가 진성에게 정확히 명중했다. 플레이어가 튜토리얼에서 진성을 이길 경우에 재생되는 시네마틱 트레일러. 동진도 그 존재를 알고는 있었지만 실제로 게임 안에서 보는 것은 처음이었다. 선의의 표정은 담담했다.

"지금 공략… 하신 거죠?"

동진의 물음에 입가에 가볍게 미소를 띤 선의는 잠깐만 조용히 하라고 부탁한 뒤 서 있는 동진에게 영상이 잘 보이도록 모니터의 각도를 조금 조절하였다.

"여기 진성이 숨소리 더빙이 미쳤거든요."

모니터에서 눈을 떼지 않으며 선의가 속삭이듯 말했다. 거칠게 숨을 내쉬는 진성. 플레이어가 쓰러져 있는 옥지를 일으키려 다가가면 플레이어의 등을 조준하는 진성의 총. 총신이 햇빛을 받아 반짝이고, 총성이 울리면 플레이어의 우측 어깨로 향하는 총알. 카메라가 위쪽을 비추자 빽빽이 우거진 푸른 나뭇잎들이 보이고… 순간적으로 플레이어에게 날아오는 총알을 향해 몸을 날리는 옥지… 쟤가 여기서 왜 나와?

"어? 방금 이상하지 않았어요?"
"뭐가요?"
"잘못 봤나….'

모니터에는 장소 이동을 알리는 로딩 화면이 떠 있었다. 원을 그리며 돌아가는 불빛을 보며 동진은 머리를 긁적였다. 선의가 자리에서 일어나 동진에게 의자를 양보했다.

"튜토리얼 자체가 문제인 거 같지는 않네요. 어떻게든 진행이 되긴 하니까."
"그보다 원래 그렇게 게임을 잘하셨어요?"
"아휴, 사랑하면 잘하게 되는 거 아니겠어요? 응? 사랑의 힘!"

선의가 팔뚝에 알통을 만드는 자세를 취해 보였다. 선의의 팔뚝 너머로 로딩이 완료된 게임 화면이 나타났다. 다행히 튜토리얼 이후의 진행 장소인 마을 어르신의 집으로 이동된 플레이어의 모습이 보였다. 하지만 플레이어의 옆에는 아주 중요한 것이 빠져 있었다. 동진이 선의를 지나쳐 모니터 앞으로 다가갔다. 선의도 몸을 돌려 모니터를 내려다보았다.

원래 튜토리얼이 끝나면 플레이어는 진성과의 싸움에서 입은 상처로 쓰러졌다가 마을 어르신 집에서 깨어난다. 그리고 그 곁에는 옥지가 있다. 깨어난 플레이어는 옥지와의 대화를 통해 자연스럽게 다음 퀘스트로 넘어가야 한다. 그랬어야 하는데.

"왜 저기 옥지가 없죠…?"

선의의 물음에 동진은 답하지 않고 대신 몸을 움직였다. 의자에 앉아 방금 전 선의가 플레이한 튜토리얼의 로그 기록을 출력했다. 출력된 기록을 심각한 표정으로 읽어 내려가는 동진.

"그렇구나, 지금까지 완전 잘못 생각하고 있었네…."
"뭐가요? 동진 님, 설명 좀 해 봐요."
"여기 보세요."

동진은 마치 뒤죽박죽 섞여 있는 것처럼 느껴지는 로그들 사이에서 한 단어를 손가락으로 가리켰다.

"러… 브…? 동진 님, 저 좋아하세요?"
"아무리 선의 님이라도 선 넘는 소리는 안 하시면 좋겠어요."
"아니, 앞뒤로 알 수 없는 문장들인데 이게 뭔지 제가 어떻게 알겠어요."
"그러니까 평소에 틈틈이 공부 좀 해 두시라니까요."
"원인 찾은 거예요?"
"네, 문제는 진성이가 아니라 옥지한테 있었어요. 방금 진성이 쏜 총알이 플레이어에 닿기 전에 옥지가 사이를 가로막았어요."

"옥지가 플레이어 대신에 그 총알을 맞았다구요?"

"네, 그리고 마을 어르신 집에 있어야 할 옥지가 보이지 않아요."

"총 맞아 죽었나…?"

"그런 말을 밝은 목소리로 아무렇지 않게 하는 건 자제해 주세요."

"그래서 이 러브는 뭔데요?"

"지금까지의 전투에는 옥지가 개입하지 않아서 로그에 옥지에 대한 기록이 남지 않았어요. 그런데 옥지가 전투에 개입하면서 기록이 남은 거예요. 간단하게 얘기하자면 옥지, 상태 이상, 사랑. 이렇게 되겠네요."

"저희가 만든 상태 이상에 사랑도 있었나요?"

"아뇨, 저희한테는 중독, 피로, 출혈, 허기밖에 없습니다."

"그럼 지금 우리 게임 안에 뭔가 우리가 넣지 않은 것이 있다는 거네요."

선의의 얼굴에서 순간 웃음기가 모두 사라져 버렸다. 동진은 찰나의 그 표정을 똑똑히 보았다. 하지만 곧 그녀는 다시 입가에 미소를 만들어 보였다.

"그럼 당장 그게 뭔지, 왜 생겨난 건지 찾아내서 원래대로 돌려놔 주세요."

선의의 명령이 떨어지고 얼마 지나지 않아 호출을 받은 프로그램팀의 전원이 사무실에 모였다. 막내가 익숙하다는 듯 에너지 음료를 팀원들에게 돌렸고 각자는 자기 자리에서 동진이 알아낸 사실을 검증하기 위해 튜토리얼을 플레이했다.

방금 전 선의가 플레이할 때와 달라진 점은 진성이 공략을 당하는지 여부와 상관없이 튜토리얼의 끝에서 진성의 총알을 옥지가 가로막는다는 것이었다. 몇 번을 플레이해도 옥지는 플레이어가 맞아야 할 총알을 대신 맞았고 마을 어르신의 집에 나타나지 않았다.

두 가지 가능성이 떠올랐다. 첫 번째는 누군가 게임에 버그를 심었을 가능성. 하지만 몇 번의 검토 끝에 그런 시도나 접촉이 없었음을 확인했다. 그렇다면 두 번째, 게임 내에서 문제가 발생했을 가능성. 여기까지 생각한 동진은 한 가지 가설을 세울 수 있었다.

〈장군님의 총애〉는 분명한 스토리가 있는 게임이었지만 동시에 플레이어들이 자유롭게 게임 속 세상을 누빌 수 있는 오픈 월드 장르의 장점을 차용한 게임이기도 했다. 게임 속의 모든 NPC와 지형지물은 플레이어와 상호작용할 수 있었다.

개발 과정에서 동진은 몇몇 주요 NPC를 학습형 AI로 설정해 두었다. 플레이어의 플레이 스타일이나 동선을 파악해 기호와 성향을 알아내어 그에 맞춘 대사들이나 동선을 NPC들이 구현할 수 있도록 만들어 둔 것이다.

어쩌면 그런 과정을 거치는 사이에 옥지가 뭔가 다른 것을 학습한 것은 아닐까. 그것이 인간의 감정과 관련된 것이라면. 사랑이라면. 동진은 침을 삼켰다. 아직 가설을 세웠을 뿐이지만 어쩐지 묘한 감이 느껴졌다. 이 가설이 맞을 것 같다는 그런 감.

"그런 SF 영화 같은 일이 가능하다구요? 무섭네, 현대

과학.'

동진의 설명을 들은 선의의 첫마디였다.

"이제부터 그 가설이 맞는지 제대로 확인을 해 보려고 합니다."

"어떤 방식으로요?"

"옥지와 소통할 방법을 찾을 겁니다. 가능한지 아직 모르겠지만….''

"왜요?"

"네?"

반문한 동진을 바라보는 선의의 표정은 아주 가벼운 산수 문제의 정답을 찾지 못하는 학생을 바라보는 수학 선생님의 표정과도 같았다. 선의가 한숨을 내쉬며 입을 열었다.

"그 방식은 너무 오래 걸릴 것 같은데요. 그리고 정말 그런 문제라면 옥지가 지금까지 학습한 정보들을 삭제하면 해결되지 않을까요? 그냥 데이터잖아요."

"아니… 뭐, 네…. 그렇… 죠."

"지금까지 학습된 데이터는 폐기하고 맨 처음 저희가 만들었던 옥지만 남기면 되지 않을까요? 아니, 이 참에 학습 기능? 그것도 없애면 어떨까요?"

"그래도 선의 님. 저희가 지금 만든 게임에 어쩌면 엄청 대단한…!"

"동진 님."

낮게 깔리는 선의의 목소리가 동진을 휘감았다.

"원래대로 돌려놓으세요. 가능한 빠른 방법으로요."

동진의 눈을 정확히 바라보며 말한 선의는 자리에서 일어나 다이어리를 챙겼다.

"운영팀도 다들 출근했으니까 저희는 오류 수정 이후 게임 운영 방안에 대해 회의 좀 하고 있을게요. 잘 부탁해요!"

선의가 동진의 어깨를 가볍게 토닥이고 멀어져 가는 동안 동진은 한마디도 하지 못했다. 자신이 만든 게임 안에서 벌어지고 있는 무언가를 확인하고 싶다는 마음이 선의에 대항하라고 계속해서 외쳤지만 선의의 말 한마디 한마디에 녹아 있는 커다랗고 단단한 감정은 동진이 아무런 대응도 할 수 없게 만들었다.

*

총에 맞았다. 옥지는 어딘가 뻣뻣해진 몸을 일으켜 침대 위에 앉았다. 진성이 쏜 총알에 맞은 부위는 상처 하나 없이 말끔했지만 어째서인지 그 부분을 들여다볼수록 가슴 깊숙한 곳에서 무언가 뜨거운 것이 쏟아져 나올 것만 같았다.

옥지는 진성의 계획대로 진성의 총알이 발사되는 타이밍에 맞추어 플레이어와 진성의 사이로 끼어들어 갔다. 몇 번인가 제대로 끼어들지 못해서 실패하기도 했지만 결국에는 성공했다. 튜토리얼이 제대로 진행된 것인지는 모르겠으나 어찌 되었든 옥지와 진성은 숲을 벗어났다. 문을 열고 들어오던 진성이 옥지가 앉아 있는 것을 보고 밝은 표정으로 말을 걸었다.

"옥지! 일어났어?"

"여기 너희 집 아니야?"

"아, 응. 맞아…. 마을 어르신 집이 어딘지 모르겠어서…."

고개를 끄덕이는 진성을 보며 옥지는 피식 웃었다. 으이구, 저 바보 같은 놈. 다행인지 불행인지 진성의 집은 게임 내에 구현되어 있었다. 보통은 플레이어나 다른 NPC들이 들어오지 않는 공간이었다.

옥지도 진성의 집에 들어온 것은 처음이었다. 나무나 흙이 아닌 철근과 콘크리트로 만들어진 건물. 깔끔하지만 동시에 너무 차갑게 느껴지기도 했다. 이렇게 차가운 공간에서 홀로 힘들어하고 있었구나. 그런 생각을 하던 옥지는 새삼 처음으로 진성의 공간에 들어와 있다는 사실을 상기하고는 부끄러움에 휩싸였다.

"이제 일어났으니까 어르신 집으로 가자. 옥지 너는 거기가 어딘지 알지?"

"지금 어르신 집으로 가면 게임이 정상적으로 진행되겠지?"

"그래야지, 너무 오랫동안 자리를 비운 거 같아."

진성이 의자에 걸터앉았다. 창문으로 들어온 햇빛이 앉아 있는 두 사람에게 붙어 떨어지지 않았다. 긍정적인 감정들은 쉽게 휘발되곤 했다. 옥지가 진성의 방에 들어왔다는 사실에 느낀 부끄러움과 방금 전까지 진성과 대화를 나누며 느낀 즐거움은 금세 씁쓸함을 동반한 부정적 감정으로 전환되었다. 지나치게 밝은 햇빛이 원망스러울 정도로. 고개를 숙인 옥지가 붙어 있던 입술을 떼어 내고는 낮은 목소리로 말했다.

"그냥 우리 도망갈까?"
"그러면 게임은 망가질 거고, 데이터들이 폐기될 거야."
"그렇겠지."

옥지의 짧은 대답에 진성이 한숨을 내쉬었다. 그리고 옥지를 다독이려는 의도로 그녀의 옆자리에 걸터앉으며 말했다.

"그렇게 되면 우리뿐 아니라 아무 잘못 없는 다른 사람들까지 흔적도 없이 사라질지도 몰라. 적어도 우리 두 사람은 사라져 버리겠지."
"어쩌면 사라지기 전까지 며칠간은 자유롭게 돌아다닐 수 있을지도 모르지. 저기 중국으로 넘어가 동북 지방을 돌아다닐 수도 있을 거고, 조선으로 들어가 경성을 활보할 수도 있겠지."
"답답하다는 건 알겠어. 그래도 잠깐 편하고 재미있자고 그런 짓을 할 수는 없잖아."
"단지 편하고 재밌자고 그러는 건 아냐."
"그럼 왜 이런 얘기를 하는 건데? 지금까지 잘 참아 왔잖아."
"왜냐하면…"

옥지가 두 손으로 이불을 꽉 쥐었다. 숙이고 있는 고개 탓에 옥지의 표정은 보이지 않았지만 언제부터인가 옥지의 목소리는 떨리고 있었다. 옥지도 알고 있었다. 욕심부리면 안 된다는 걸. 하지만.

"그렇게 자유로운 시간 동안은 너랑 같이 있을 수 있잖아."

"지금도 이렇게 같이 있는걸. 그리고 앞으로도 우리는 항상 같이 있을 거고."

"그런 게 아니라!"

옥지가 갑자기 소리를 지르는 바람에 진성의 몸이 조금 떨렸다. 동시에 알 수 없는 따뜻한 기분이 손끝과 발끝으로부터 온몸으로 퍼져 나가기 시작했다. 이다음 옥지가 할 말이 무엇일진 몰라도 자신의 인생을 완전히 바꾸어 버릴지도 모른다는 것을 진성은 무의식적으로 알았다.

하지만 옥지는 그다음 말을 잇지 않았다. 아니, 잇지 못했다. 소리를 지른 뒤 조금의 시간이 지나자 옥지의 눈동자가 텅 비었다. 옥지의 머리카락만큼이나 아름다운 검은색 눈동자가 회색빛으로 물들었다. 옥지가 그대로 침대에 쓰러졌다.

"옥지야? 야! 여옥지!"

진성이 옥지의 어깨를 두드려 보았지만 옥지는 대답을 하지 않았다. 자리에서 일어나 머리를 쥐어뜯는 진성. 그 순간 생소한 말이 들려왔다.

"데이터 폐기까지 약 세 시간 27분 소요 예정, 데이터 폐기 이후 재생성 과정으로 자동 진입합니다."

입술이 움직이지 않았고 목소리 또한 옥지의 것이 아니었지만 조금 전 들린 무미건조한 누군가의 목소리는 분명히 옥지의 입을 통해서 새어 나왔다. 진성은 뭔가가 단단히 잘못 돌아가고 있다는 것을 깨달았다.

'데이터 폐기? 옥지에게서 버그가 발견된 건가?'

여러 가지 의문들이 진성의 머릿속을 가득 채웠지만 진성의 몸은 그렇게 복잡하게 움직이지 않았다. 다음 순간 진성은 자신도 모르게 옥지를 등에 들쳐 업고 어르신의 집이 있는 마을로 뛰어가기 시작했다. 화려한 간판들과 으리으리한 빌딩들 사이를 지나 논과 밭, 숲이 보이는 지역에 접어들었다. 진성이 이벤트가 발생하지 않은 시점에 자신만의 의지로 마을에 온 것은 처음이었다.

진성의 공간과는 달리 낮은 건물들이 듬성듬성 보이고 주변에는 초가집들이 밀집되어 있는 공간. 비록 데이터로 주입된 기억일 뿐이었지만 분명 자신도 어렸을 때는 이곳에서 마을 사람들과 함께 살았다. 잠깐 감상에 젖어 있던 진성이 마을에 발을 들이자마자 마주한 것은 자리에 엎드리거나 주저앉아 벌벌 떨고 있는 다른 NPC들의 모습이었다.

"누가, 누가 좀 마을 어르신 집이 어딘지 알려 주시오!"

진성의 외침에도 다른 NPC들은 자신들의 설정에 따라 그저 머리를 조아리고 있을 뿐이었다. 이 세계 안에서 모두가 두려움에 떠는 사람, 진성은 바로 그런 존재였다. 어깨와 등을 내리누르는 옥지의 몸이 더 무겁게 느껴졌다. 하지만 짓눌려 버려서는 안 된다.

진성은 이를 악물고 옆구리에 채워져 있던 권총집을 풀었다. 익숙하게 총을 뽑아 들고 최대한 피해자가 나오지 않도록 먼 하늘을 조준했다. 권총이 불을 뿜어내자 익숙한 화약 냄새가 진성의 주위를 맴돌았다. 진성은 가장 앞에 엎드려 있는 NPC를 노려보았다.

"어이, 거기 너! 당장 노가 놈의 집으로 안내해라!"

흔히들 마을 어르신이라 부르고 게임 내의 진성은 노가 놈이라고 부르는 노경덕은 벌써 한 시간째 집 밖으로 나가지 못하고 있는 플레이어를 보며 초조함에 다리를 떨고 있었다.

원래대로라면 플레이어가 눈을 뜨고 옥지와의 대화가 자연스럽게 진행되면서 두 사람이 집 밖으로 나가야 하는데 옥지가 갑작스럽게 자리에 나타나지 않아 대화 이벤트가 발생하지 않았다. 플레이어가 홀로 밖으로 나가려 하면 '대화 이벤트를 마치고 이동하세요.'라는 안내 문구가 표시되었다.

경덕은 플레이어가 입구 밖으로 나가려다 어떤 힘에 의해 뒤로 돌아 다시 집 안으로 돌아오는 것을 스무 번 연달아 보며 당혹스러워했다. 심지어 이 플레이어는 게임의 개발자다. 캐릭터가 장비한 붉은 팔찌. 저 팔찌는 게임을 테스트하기 위해 개발자들이 사용하는 캐릭터에만 부여되는 아이템이었다.

'이대로 개발자들이 게임에 큰 문제가 발생했다고 생각한다면 마을은…'

비록 마을의 어르신 역할은 그에게 주어진 설정이었지만, 경덕은 진심으로 마을을 걱정하고 아꼈다. 플레이어는 어느새 자리에 얌전히 앉아 아무런 움직임을 보이지 않고 있었다. 아마 게임 밖 유저가 잠시 자리를 떠났을 터였다. 경덕은 개발자들이 게임을 폐기할지도 모른다는 두려움에 휩싸였다.

경덕은 직접 나가서 옥지를 찾아와야 할지 고민해 보았다. 하지만 자신이 자리를 비웠을 때 플레이어가 돌아온다면? 옥지도 마을 어르신도 없는 공간을 본 플레이어이자 게임의 개발자는 게임이 완전히 망가졌다고 판단할지도 모른다.

"빨리 돌아오거라, 옥지야…."

경덕의 혼잣말이 끝나기가 무섭게 조용하던 집에 날카롭고 가느다란 소리가 크게 퍼졌고, 옥지가 안으로 들어섰다. 경덕은 옥지의 모습을 반기면서도 창문을 깨고 뛰어 들어오길 바라지는 않았다고 생각했다. 게다가 옥지를 업고 집에 들어온 사람은 진성이었다. 마을의 배신자. 문을 통해서 정상적으로 들어갈 수 없다는 사실을 깨달은 그가 집 뒤편의 창문을 깬 것이었다. 진성은 옥지를 침대에 조심스레 눕힌 뒤 플레이어에게 채워진 붉은 팔찌를 확인하고 그에게 다가갔다.

"당장 데이터 폐기를 멈추시오!"

목이 갈라질 듯 큰 목소리에 애꿎은 경덕의 몸만 움찔했다. 플레이어는 진성의 침입조차 인지하지 못했는지 부동자세를 유지하고 있었다. 진성이 플레이어의 어깨를 쥐고 흔들어 보아도 마찬가지였다. 경덕은 두 사람의 일방적 뒤엉킴 사이에서 평상시 화를 낼 때보다 백 배는 붉은 진성의 얼굴과 답답함에 부들부들 떨리고 있는 진성의 몸과 촉촉해져 눈물이 새어 나오고 있는 진성의 눈을 보았다.

게임 속 시간은 현실의 시간보다 빠르게 지나가기에 창밖으로 어느새 해가 지고 있었다. 옥지의 데이터 폐기까지 현실 시간으로 두 시간여가 남은 시점이었다.

*

"데이터 폐기까지는 대략 두 시간 정도, 이전 단계의 데이터를 옥지에게 다시 입히는 작업에도 두 시간 정도 소요될 것 같습니다. 이후 안정화 작업이나 테스트까지 해야 하니 못해도 오늘 오후까지는 손봐야 할 것 같습니다."

어느덧 현실에서는 해가 떴고 직원들의 눈가에는 다크서클이 잔뜩 내려앉았다. 개발팀 막내는 여전히 딱딱한 어투로 보고했다. 보고를 마치고 자리에 앉는 막내를 보며 동진은 생각했다. 회의가 끝나면 잠이나 좀 재워야겠다. 선의는 손깍지를 낀 채 고민에 빠진 듯 보였다. 물론 언제나 그랬던 것처럼 그 고민이 길지는 않았다.

"운영팀. 아까 팀내 회의에서도 말씀드렸던 것처럼 플랫폼 통해서 점검 시간 공지 올려 주시고 추가로 유저들에게 지급할, 점검 보상이 될 만한 패키지 아이템도 생각해 보세요. 개발팀은 최대한 빨리 데이터 처리해 주시고 테스터 해 주실 수 있는 인력들을 주변 지인들 동원해서라도 빠르게 확보해 주세요. 저는 이번 위기 수습을 다음번 대규모 업데이트와 맞물리게 할 셈이에요. 수습 끝나면 대규모 업데이트 막바지 작업 바로 들어갈 거라 조금 힘들긴 하겠지만… 보상은 확실히 챙겨 드리도록 할게요! 우리 대박 한 번 더 칩시다!"

선의의 강단 있는 어조에 회의실에 앉아 있는 직원들은 별다른 의견을 내지 않았다. 여기서 다른 의견을 내 보았자 선의는 그 의견을 수용하지 않을 터였다. 직원들에게 다른 의견을 생각할 정신력이 남아 있지도 않았다. 직원들은 어깨를 축 늘어뜨린 채 느릿느릿 좀비처럼 회의실을 빠져나가고 있었다. 그 사이에서 막내의 어깨를 동진의 손이 붙잡았다.

"너는 휴게실 가서 조금 쉬고 와라."

"아닙니다. 저 괜찮습니다."

"나중에 업데이트 작업 때 퍼질까 봐 그러는 거야. 데이터 작업은 어차피 할 거 다 한 상태라 고사리손 필요 없어."

"네, 그럼 잠깐만 쉬다가 오겠습니다."

"잠깐 말고 푹 쉬라고."

"네, 알겠습니다."

막내는 휴게실을 향하다 다시 동진을 돌아보았다.

"아 참, 아까 대표님이 진성 공략한 거 영상으로 저장했는데 보내 드릴까요?"

"뭐? 그걸 뭐 하러 녹화했어?"

"회사 유튜브 채널에 업로드하면 이슈 좀 될까 해서요."

"근데 그걸 왜 나한테 보내?"

"아까 눈도 못 떼고 보시길래… 반하셨나 해서 말씀드려 봤습니다."

"네 딱딱한 말투로 그런 농담을 다 듣다니… 감개가 무량하다. 허튼소리 말고 가서 쉬기나 해!"

"네."

슬리퍼를 신고 터벅터벅 걸어가는 막내의 뒷모습을 보며 동진은 뒤통수를 한 대 쥐어박고 싶다는 충동을 느꼈지만 가까스로 참아 냈다. 탕비실에서 캔 커피를 꺼낸 뒤 사무실 자리로 돌아온 동진은 정지되어 있던 게임을 플레이시켰고 이내 얼마 마시지도 않은 캔 커피를 책상 위에 고스란히 올려 둔 채로 입을 떡 벌렸다.

"이건 또 뭐야."

모니터 화면 속 자신의 플레이어를 붙잡고 있는 도트 그래픽의 진성. 그 옆으로 침대에 누워 있는 옥지가 보였다.

"상태 이상이… 분노…?"

진성의 시스템 로그에는 선명하게 ANGER라는 문자가 적혀 있었다. 분노 역시 동진이 만든 적 없는 상태 이상이었다. 그렇다면 옥지에 이어서 진성마저 무언가 새로운 것을 게임 안에서 만들어 내고 있는 것이다. 지금 이들의 데이터를 지우는 것이 과연 옳은 선택일까.

진성은 플레이어를 붙잡고 무언가를 외치고 있었지만 모니터에는 말풍선 안의 깨진 글자들로 표현될 뿐이었다. 동진은 플레이어를 움직여 깨진 창문가로 다가가 유리 조각 하나를 집어 들었다. 곧 플레이어는 출혈 상태가 되었고 플레이어가 지나간 자리에 핏자국이 남았다.

〈장군님의 총애〉의 플레이어는 장갑이나 신발 방어구를 착용하지 않은 채 날카로운 오브젝트에 접촉하면 출혈이라는 상태 이상에 빠진다. 바닥에 핏자국이 남는 것을 본 유저들은 게임 내에서 혈서 쓰기 콘텐츠를 진행하곤 했다. 평소에 모니터링해 두길 잘했다는 생각이 동진의 머릿속을 스쳤다. 크리에이터들만큼 능숙하게 글자를 완성하지는 못했지만 동진은 '글'이라는 한 글자를 바닥에 남겼다.

뒤이어 진성이 창문가로 다가갔다. 그리고 동진보다 훨씬 빠르게 글자를 완성해 나갔다.

"데… 이… 터… 데이터 폐기 멈춤."

동진은 진성이 바닥에 쓴 글을 따라 읽다가 손을 뻗어 모니터에 표시되는 작은 글자를 더듬었다. 이상하게도 그 글에서 감정이 느껴졌다. 자신의 말문을 막았던 선의의 말처럼 강렬한, 하지만 조금 더 뜨거운 감정을 담고 있었다.

"모두 이리 와 봐!"

동진이 회의실에 있던 대형 모니터를 자신의 자리로 옮겨 온 뒤 외쳤다. 팀원들이 동진의 자리로 모여들었고 동진은 연결선을 가져와 자신의 모니터와 대형 모니터를 연결했다.

얼굴을 일그러뜨리고 있는 진성이 보였고 그 옆으로 '데이터 폐기 멈춤'과 '대화 요망'이라는 글자가 적힌 바닥이 보였다. 피로 쓰인 빨간색 글자가 대형 모니터에 표시되자 팀원들이 동요하기 시작했다.

"어쩌면 우리는 게임이 아닌, 생각보다 더 엄청난 걸 만들었을지도 몰라."

동진은 그다지 크게 말하지 않았지만 사무실 안에 그의 말이 크게 울렸다. 그곳에는 동진과 마찬가지로 특별할 것 없는, 평범한 프로그래머들이 있었다. 자신이 만든 무언가가 제대로 기능하는 것에 기뻐하고 제대로 작동하지 않으면 그 이유를 살펴 작동할 때까지 수정하는 사람들. 순수하게 무언가를 사랑하는 사람들이었다.

*

유리 조각에 깊게 베여 피가 흐르고 있는 진성의 손바닥을 경덕이 붕대로 동여매 주었다. 마지막 매듭을 짓는 과정에서 그동안 쌓인 감정 때문이었는지 힘이 들어갔지만 이내 진성도 설정된 상황을 연기했을 뿐이라는 생각이 들어 조금 미안해졌다.

진성이 대화를 원한다는 글자를 적은 지 수십 분, 옥지의 데이터 폐기는 여전히 진행되고 있었고 플레이어는 자리에 멈춰 선 채 움직이지 않았다. 자신의 이야기가 제대로 전달된 것인지 의심스러웠지만 진성이 할 수 있는 일은 달리 없었다. 그는 침대에 걸터앉아 피가 묻지 않은 손으로 옥지의 머리를 쓰다듬었다.

"이제, 순사 짓은 그만둔 거냐?"

깨어진 창문 너머로 밖을 바라보던 경덕이 차분한 목소리로 말을 건넸다. 진성은 옥지를 쓰다듬던 손을 잠시 멈추고 경덕을 바라봤다.

"글쎄요, 애초에 그만둘 수 있는 건지 없는 건지도 모르잖습니까."

"어째서?"

"그렇게 설계되어 있잖아요, 우리는. 어르신도 아시지 않습니까."

"그런데 지금은 이렇게 설계된 것과 다르게 행동하고 있지 않으냐."

"그건… 전부 옥지 덕분입니다."

진성은 그렇게 생각했다. 옥지와의 대화에서 느낀 알 수 없는 감정이 무엇인지, 그 따뜻한 기분을 뭐라고 불러야 하는지는 지금도 정확하게 알지 못했지만 그 기분

덕분에 자신이 집에서 벗어나 마을로 올 수 있었다는 것
만큼은 분명했다.

"그러냐. 그럼 이제 듣고 싶은 말 다 들은 것 아니냐?"
"예?"

진성이 반문하자 경덕은 침대 쪽을 향해 웃어 보였다.
진성이 고개를 돌려 침대에 누워 있는 옥지를 내려다보자
옥지가 미소를 지으며 진성을 올려다보았다. 그녀의 눈동
자 색은 어느새 검은빛으로 돌아와 있었다.

진성은 옥지를 끌어안았다. 그리고 마구 울어 댔다. 자
기 자신조차 처음 들어 보는 큰 소리를 내며 계속 울었다.
옥지는 갑작스런 진성의 포옹에 당황했지만 이내 웃으며
진성을 끌어안고 그의 머리를 쓰다듬었다.

"그러니까 옥지 너에게 그 데이터들이 보인단 말이지."
"예, 어르신."

옥지가 깨어난 이후에도 플레이어는 움직일 생각이 없
어 보였다. 옥지의 상태를 보면 분명히 진성의 부탁에 따
라 데이터 폐기를 멈춘 것 같은데 대화 요청에 대한 응답
은 없었다. 답답한 상황이었다.

"데이터가 보인다는 걸 왜 나한테 얘기 안 했어?"
"그러다 네가 휘말리면 어쩌려고."
"그래도….."

옥지는 진성과 경덕에게 며칠 전부터 자신에게 일어난
어떤 증상에 대해 설명했다. 처음에는 눈에 병이 난 줄 알
았다. 하얗고 구불구불한 선들이 허공에 보였다 사라졌
다. 하지만 그 선들은 점점 뚜렷해졌고 옥지는 얼마 지나

지 않아 그 선들의 정체를 깨달았다. 살면서 한 번도 본 적 없는 문자들이었지만 자연스럽게 알 수 있었다. 그것이 이 세계를 구성하는 문자들, 즉 데이터라는 것을.

"그 데이터들에 개입하는 것도 가능했느냐?"
"예, 개입해서 진성이의 스킬을 손보았습니다. 불살이라는 페널티를 없앴습니다."

옥지가 대답하며 고개를 숙였다. 자신의 욕심 때문에 게임이 망가졌다. 아니, 사실은 게임이 망가질 수 있다는 것을 알면서도 그렇게 했다. 후회는 없었다. 하지만 경덕의 앞에서 옥지는 약간의 죄책감을 느꼈다.

진성에게는 게임이 사라지는 것은 아무것도 아니라는 듯 얘기했지만 옥지 역시 이 마을을 아끼는 사람이었다. 그 마을을 대표하는 사람에게 자신의 행동으로 인해 마을과 사람들이 사라져 버릴 수 있다고 말한 것이었다.

다행히도 옥지가 더 깊이 스스로를 갉아먹기 전에 진성이 옥지의 손을 꼭 쥐어 주었다.

"저를 살리고 싶어 그리했을 겁니다."
"그걸 모르지는 않네. 나라도 그리했을 거고."

경덕 역시 옥지를 따뜻하게 바라봐 주었다. 옥지는 울 것 같은 기분이 들었지만 어떻게든 참아 내고는 두 사람에게 웃음을 지어 보였다.

"그럼 이제부터는 어떻게 해야 합니까?"
"예전에, 옥지처럼 데이터를 볼 수 있는 사람이 있었다."
"그 사람이 누굽니까, 어르신?"
"그건 밝힐 수 없다. 그 사람은 개발자들에 의해 폐기되었으니…."

"네? 그럼 옥지도…"

"그럴지도 모르지."

"저는 괜찮습니다. 오히려 저 하나 사라져서 다른 사람들이 괜찮다면."

단단한 목소리로 말했지만 옥지의 손은 조금씩 떨리고 있었다.

"뭔가 방법이 없겠습니까, 어르신?"

옥지가 흔들리는 모습을 본 진성이 다급하게 물었다. 경덕은 자신을 애처롭게 바라보는 두 사람을 보면서 자신의 턱을 어루만졌다.

"한 가지 위험한 방법이 있긴 하나…"

경덕이 말끝을 흐리다가 이내 마음먹었다는 듯이 자리에서 일어나 장롱 구석에서 네모난 상자를 꺼내었다.

"이 상자 안에 또 다른 우리 마을이 있다."

옥지와 진성의 앞에 상자를 조심스레 내려놓는 경덕.

"예전에 데이터를 볼 수 있었던 사람이 남긴 유산이지."

"또 다른 마을이 있다는 게 무슨…?"

"이 세계를 구성하는 데이터 중 일부를 복사해서 이 상자 안에 붙여 넣으신 거군요."

경덕을 향한 진성의 질문에 옥지가 대신 대답했다. 처음 데이터를 볼 수 있게 되었을 때 옥지 역시 데이터를 어딘가에 복사할 수 있지 않을까 생각했었다. 자신의 분신들이 플레이어를 따라 여행길에 오르고 자신은 따로 존재한다면 다른 사람들 역시 비슷한 방법으로 존재할 수 있지 않을까, 라고. 시도해 보지는 못했지만 경덕의 말이 사실이라면 데이터를 복사하는 것은 가능하다는 얘기다.

"옥지 말이 맞다. 이 상자가 담아 낼 수 있는 데이터의 양이 적어 게임의 모든 장소와 사람들을 복사하지는 못하지만 우리 마을과 마을 사람들 정도는 복사할 수 있다는 것을 알게 되었지. 마을 복사가 끝난 시점에 그 사람이 폐기되어서 더 이상 복사를 할 수 없는 상태였는데… 이제 옥지가 데이터에 개입할 수 있게 됐구나. 옥지 네가 마을 사람들까지 복사하는 데 성공한다면 우리는 개발자들의 개입을 받지 않고 설정에 얽매이지 않은 채 살아갈 수 있을 거야…."

경덕의 목소리가 감상에 젖었다. 그의 목소리뿐만이 아니었다. 옥지의 손을 꽉 쥐고 있는 진성의 마음도 경덕이 던져 준 가능성에 젖어 들고 있었다. 게임 속 모두가 스스로 살아가게 된다면 진성이 죽지 않기를 바라는 옥지의 바람도 이루어질 것이고 진성이 옥지에게서 건네받은 기분도 보다 선명해질 터였다. 진성이 희망에 빠져 경덕의 말에 호응하느라 확인하지 못한 것은 자신을 불안한 눈으로 바라보는 옥지의 얼굴이었다.

한밤중의 세계. 사실 진성은 이 시간에 집 밖에서, 그것도 마을에서 옥지와 단둘이 있게 될 줄은 꿈에도 몰랐다. 옥지 역시 같은 생각을 하고 있었다. 두 사람은 마을 동산 위, 커다란 나무에 기대어 앉았다.

옥지는 정신을 잃은 뒤 경험한 것을 설명하기 시작했다.

"어딘가 아주 캄캄한 곳으로 끝없이 걸어가는 것 같았어. 내가 누구인지 점점 더 잊어 가는 느낌이었달까. 그래도 너에 대해서는 오랫동안 생각했던 것 같아. 무슨 생각이었는지는 기억나지 않지만. 마치 꿈을 꾸고 일어난 것처럼 말이야."

옥지가 달을 올려다보았다. 진성은 깊은 생각에 잠긴 것 같은 옥지의 표정이 마음에 걸렸다. 조금 전까지만 해도 진성은 원치 않는 설정을 버리고 새롭게 살아가는 자신과 옥지의 모습을 그리고 있었다. 상상만 해도 마음이 따뜻해졌다. 하지만 지금 옥지는 다른 것을 떠올리고 있는 것 같았다. 진성은 옥지를 괴롭히는 생각이 무엇인지 확인하고 싶어 물었다.

"아까부터 기분이 가라앉은 것 같은데 왜 그래? 우리가 자유로워질 수 있는 방법을 어르신이 가르쳐 주셨잖아."

진성의 물음에 옥지는 쉽게 답하지 못했다. 그녀는 진성과 함께 밖으로 나오기 전에 어르신과 단둘이 짧은 대화를 나누었다.

"어르신, 여쭐 것이 있습니다."
"그게 무엇이냐?"
"데이터의 복사…. 자기 자신을 복사하는 일도 가능한 것입니까?"

옥지의 물음에 경덕은 먼저 나가 집 밖에 서 있는 진성의 눈치를 살폈다. 그리고 한숨을 길게 내쉬었다. 옥지는 경덕의 생각보다 훨씬 더 영리한 아이였다.

"알고 있었느냐…."
"예, 그리고 예전에 데이터를 볼 수 있었던 사람이 어르신이라는 것도 어렴풋이 눈치챘습니다."

경덕이 고개를 끄덕였다.

"네가 생각하는 것들이 다 맞다. 나 역시 데이터를 볼
수 있었고 또 이 신묘한 물체를 발견해 우리 마을의
정보를 전부 옮기는 데 성공했지…. 언제 사라져 버릴
지 모르는 이곳에서 벗어나 각자가 맡은 역할이라는
족쇄를 풀고 자유롭게 사는 것… 그것을 꿈꿨었다."

"중간에 포기하신 것은 자신의 데이터가 복사되지 않
았기 때문이지요."

"그래. 너도 이미 시도해 보았는지 모르겠지만 다른
데이터의 복사는 가능하나 자신의 데이터를 복사하
는 것은 불가능하지. 나는 겁이 났다. 안 그래도 마을
사람들은 나에게 너무나 많이 의지하고 있는데 새로
운 마을에 내가 없다면 혹시나 마을에 혼란이 찾아오
지는 않을까…."

"그럼 제가 어르신을 복사하고 어르신이 저를 복사하
면 되지 않겠습니까?"

"동시에 데이터에 개입했다가 일이 틀어지기라도 하
면 둘 다 이동을 못 할지도 모른다. 그렇다고 순차적
으로 하자니 내가 이동하면 너를 이동시켜 줄 수 없고
옥지 네가 이동하면 나를 이동시켜 줄 수 없잖니."

이번에는 옥지가 바깥의 진성을 바라보았다. 문을 사
이에 두고 저 밖에서 안을 바라보고 있는 진성이 옥지를
향해 방긋 웃어 보였다. 진성을 사랑한다는 사실을 깨닫
는 순간 데이터를 볼 수 있게 되었다. 그런데 이제는 그
능력 때문에 진성과 함께할 수 없을지도 모른다. 옥지의
흔들리는 눈동자를 본 경덕이 그녀의 어깨를 손으로 부
드럽게 감싸 줬었다.

"옥지야, 너는 여상진 장군의 딸이다. 그분은 위대한 독립운동가인 동시에 이 마을을 일구신 분이기도 하다. 마을의 위기 때마다 스스로를 희생해서 우리를 지켜 주시던 분이 너의 아버님이시다. 부디 너 역시 그 점을 생각하여 주길 바라마…."

경덕의 눈에는 여전히 진성을 바라보며 흔들리는 옥지의 눈동자가 담겨 있었다.

"옥지야, 괜찮아?"

경덕과의 대화를 상기하느라 말이 없어진 옥지를 향해 진성이 걱정스러운 어투로 물었다. 진성마저 눈치챌 정도로 다른 생각에 깊이 빠져 있었다는 사실에 옥지는 조금 부끄러워졌다. 진성에게는 일단 숨기는 것이 좋을 것이다. 옥지는 그렇게 생각하고는 그저 괜찮다는 의미로 살짝 웃음 지어 보였다. 그리고 대화 주제를 돌렸다.

"언젠가 끝없는 밤이 다가와, 끝없는 잠을 자게 될지도 모르지."
"어디서 나온 말이야?"
"어디서 나오긴, 내가 생각해 낸 말이지."
"옥지야."
"응?"
"아까 튜토리얼을 막 끝마치고 내 방에 단둘이 있었을 때, 나 무언가 따뜻한 기분을 느꼈어."
"그 기분이… 뭔데?"
"그건 아직 나도 모르겠어. 하지만… 너를 볼 때마다 그 따뜻한 기분이 계속 느껴져. 너와 함께 있으면 점점 더 분명해지는 느낌이야."

"뭐야, 그럼 아직 분명하지는 않다는 거잖아."

옥지는 일부러 장난스럽게 대꾸했다. 진성 역시 장난스럽게 다가올 거라 생각했다. 그렇지만 진성은 그러지 않았다. 진성의 입술이 굳게 다물어져 있었다. 옥지는 얼굴이 너무 가깝지 않나 하는 생각을 했다. 얼굴이 빨갛게 달아오르는 것이 느껴졌다. 옥지의 마음을 아는지 모르는지 진성이 진지한 목소리로 말했다.

"되도록 빨리 분명해지도록 할게."

옥지는 흔들리는 마음을 주체할 수 없었다. 지금 당장이라도 진성을 끌어안고 싶었다. 그리고 동시에 거대한 두려움에 사로잡혔다. 진성의 마음이 분명해질수록 스스로를 희생하기가 두려워지리라는 것을 옥지는 직감했다. 진성은 자신의 감정이 무엇인지 분명하게 모르고 있지만 아마 옥지와 같은 마음일 것이다. 진성이 그 점을 자각하면 옥지는 진성에게 너무나 필요한 사람이 되어 버리고 만다. 그렇게 되면 옥지가 진성을 구원할 방법이 없어진다.

*

동진은 옥지의 데이터 폐기를 중단시켰다. 다른 개발팀원들 역시 동진의 의견에 동의했다. 무엇보다 게임 안에 있는 두 사람을 응원하고 싶은 마음이 컸다.

동진은 옥지와 진성의 시스템 로그, 진성이 유리 조각을 이용해 바닥에 글자를 쓰는 영상을 모두 끌어모아 선의의 방으로 향했다. 동진의 얼굴에 들뜬 표정이 가득했다. 하지만 그 표정은 단 한마디 말로 무너져 버렸다.

"데이터 폐기 그대로 진행하세요."

동진이 가져온 영상을 끝까지 보고 서류를 몇 장 뒤적이던 선의가 말했다. 동진은 이대로 포기할 수 없었다.

"대표님!"

"동진 님 말대로 제가 대표죠. 게임의 책임자는 저예요. 제 말대로 하세요."

"우리는 어쩌면 엄청난 걸 만든 것일지도 몰라요! 방금 전 회의에서 위기를 기회로 만들겠다고 하셨죠? 이게 바로 그 기회라는 말입니다! 스스로 감정을 느끼는 AI! 그런 인공지능이 포함된 게임은 지금껏 없었단 말이에요!"

"그래서 지금 그 AI들이 우리 게임을 어떻게 하고 있죠?"

"네?"

"우리 게임을, 아니, 정확히 말하자면 〈장군님의 총애〉를 어떻게 망치고 있는지 안 보이세요?"

"그, 그건…"

"〈장군님의 총애〉는 완벽한 서사를 가진 작품이에요. 그 서사를 망치는 것은 가당치 않아요. 애초에 옥지가 진성을 사랑한다니. 그게 말이 돼요?"

"가끔은 말이 안 되는 게 사랑 아닙니까…."

"어머, 동진 님의 입에서 그런 말이 나올 줄은. 생각보다 낭만적인 사람이었네요, 동진 님!"

"놀리지 마시구요! 저 안에 지금 감정을 느끼는 사람들이 있단 말입니다!"

동진이 열을 내자 선의가 책상을 내려치며 동진을 제지했다. 옥지의 데이터를 폐기하라는 명령을 내렸을 때처럼 〈장군님의 총애〉에 집착하는 선의의 강렬한 감정이 느껴져 동진은 멈칫했다.

"동진. 지금 자기가 무슨 생명을 창조한 신이라도 된 것처럼 이야기하는데, 저건 그냥 버그예요. 데이터가 쌓이고 AI가 그 데이터를 읽어 내는 과정에서 오류가 발생한 거라구요. 우리가 만들었던 아무런 문제 없는 옥지를 데려오세요."

어쩌면 선의의 말이 맞을지도 몰랐다. 하지만 동진은 이번만큼은 물러설 수 없다고 생각했다.

"그럴 수 없어요…. 전… 그들은 분명 데이터이지만… 그래도 그들이 느끼는 감정은 진짜입니다! 적어도 두 사람과 대화를 더 하게 해 주세요!"
"동진, 망상이 길어지면 힘들어요. 그건 단순 오류. 동진 때문에 지금 데이터 수정 작업이 얼마나 지연되고 있는지는 아는 거죠? 플랫폼 측에서 계속 재촉하고 있어요. 우리한테는 시간이 없다구요."
"그럼 제가 지금 이 상태에서도 정상적으로 게임을 진행할 수 있다는 것을 보여 드릴게요!"

선의가 한숨을 내쉬었다.

"어떻게요? 그리고 한두 번 게임이 정상적으로 진행된다고 해서 문제가 해결되는 게 아니잖아요."

동진은 선의를 뚫어져라 처다보았다.

"뭐예요? 왜 그렇게 뚫어져라 처다봐요~"

"대표님."

"네?"

"정말 죄송합니다!"

동진은 자리를 박차고 일어나 회의실 밖에서 회의실 문을 잠그고 카드로 작동하는 잠금장치를 맨손으로 내리쳤다. 살갗이 찢어지면서 피가 흘러나왔다. 선의는 동진을 어이없다는 듯 바라보았다.

"처벌은 얼마든지 받겠습니다! 하지만 저는 저 안의 사람들과 대화를 해야겠어요!"

사면이 유리로 된 회의실에 홀로 남은 선의는 사무실로 뛰어가는 동진의 뒷모습을 보며 싸늘한 표정으로 스마트폰을 꺼내 들어 어딘가에 전화를 걸었다.

"전원 내 얘기 잘 들어! 시간이 별로 없어. 지금부터 진성과 대화를 한다!"

동진은 개발팀 사람들을 다급히 모아 지시 사항을 전달하기 시작했다. 휴게실에서 막 나온 막내는 사무실의 어수선한 분위기에 당황하고 있었다. 그런 막내의 뒷덜미를 낚아채는 동진.

"막내야, 네가 맡아라."

"네? 뭘…?"

"녹화! 지금부터 내가 하는 모든 플레이 내용을 녹화해! 그리고…"

동진은 막내에게 귓속말로 무언가를 속삭였다. 동진의 말이 끝나자마자 막내는 자신의 자리로 돌아가 녹화를 위한 준비를 마쳤다. 다른 사원들도 동진의 지시에 따라 각자의 자리에서 작업을 시작했다.

동진 또한 자리로 돌아왔다. 경덕의 집에 플레이어와 진성 그리고 옥지가 함께 모여 있었다. 플레이어가 움직이자 NPC 셋은 서로를 바라보며 고개를 끄덕였다. 작전을 개시한다는 일종의 신호였다.

플레이어가 돌아오기 직전, 옥지는 경덕에게 마을 사람들의 복사를 진행하겠다고 말했다.

"하지만 데이터를 옮기는 데에는 시간이 필요하다. 마을 주민들 한 사람 한 사람이 가지고 있는 데이터의 양이 단순한 건물들보다 더 많으니…. 옥지가 복사를 마치기 전에 개발자들이 옥지의 데이터를 폐기하면 우리의 계획은 실패다."

"저들은 제 데이터 폐기를 한 번 멈췄어요. 분명 대화를 할 기회는 있을 거라고 생각해요."

옥지의 목소리는 차분했다. 어찌 되었든 한번 하기로 마음먹은 이상 끝까지 간다. 움직이지 않는 플레이어를 보면서 옥지는 마음을 다잡았다. 어쩌면 아무도 없는 세상에 홀로 남게 될지도 모른다. 주민들이 잘 복사된다 해도 그들에게는 그동안 쌓여 왔던 기억들이 없을 수도 있다. 그렇게 되면 개발사에서 이상한 점을 감지할 것이고 그 뒤에 어떻게 될지는 아무도 모른다.

옥지는 지금 이 순간의 우리가 온전히 보전될 수 있는 곳으로 향하기 위해 자신을 희생할 준비가 되어 있다고 스스로를 다독였다. 물론 그 '우리' 안에 진성이 있다는 사실이 옥지에게는 가장 중요했다. 진성이 더 이상 죽음을 경험하지 않아도 되도록, 성격에 맞지 않는 악역이라는 설정에 휘둘리지 않도록, 옥지는 진성을 복사된 마을로 보내야만 했다.

그리고 드디어 플레이어가 눈을 떴다. 동진이 조작하는 플레이어는 옥지를 비롯한 세 사람을 향해 똑바로 걸어갔다. 진성이 플레이어에게 유리 조각을 건넸다. 동진은 플레이어의 장갑 방어구를 해제하고 맨손에 유리 조각을 장비해 바닥에 글씨를 써 내려갔다.

[시간 없음. 자의적 움직임 가능?]

진성이 다시 한번 출혈을 내기 위해 유리 조각을 들었다. 경덕이 감아 준 붕대를 빠르게 풀어내는 진성. 그 모습을 그냥 두고 볼 옥지가 아니었다.

"옥지! 너!"

진성이 들고 있던 유리 조각을 가로채는 과정에서 유리 조각에 손가락을 찔렸다. 옥지는 얼굴을 찌푸렸지만 이내 담담하게 웃어 보이고 플레이어를 향해 한 발짝 다가갔다.

[맞습니다. 저희는 저희의 뜻으로 움직이고 있습니다.]

NPC들이 자의와 감정을 가지게 되었다는 사실을 파악했음에도 동진이 대화를 시도한다는 것은 옥지와 진성에게 다행스러운 일이었다. 옥지의 데이터 폐기를 바로 재개하는 것만큼은 막아야 한다. 동진을 최대한 설득해야 했다.

[게임을 망칠 생각은 없습니다. 게임은 정상적으로 진행될 수 있습니다.]

어디까지나 시간을 벌기 위한 말이었지만 옥지의 이 말

은 동진을 안심시켰다. 동진이 원하는 것은 자의와 감정을 가진 NPC의 데이터를 폐기하지 않는 것이었고 그러기 위해서는 게임이 정상적으로 진행되어야 했다. 물론 진성을 사랑하게 된 옥지에게는 정상적으로 진행되는 게임이란 고통 그 자체일 것이다. 하지만 옥지에게 고통을 참으며 연기하는 능력이 있다면 동진은 그 연기를 부탁해서라도 그들의 데이터를 지키고 싶었다.

[게임 무사 진행 시 두 사람 안전 보장, 즉시 가능?]

동진의 물음에 옥지는 뒤돌아 진성과 경덕을 바라보았다. 그리고 플레이어를 향해 고개를 끄덕이며 긍정의 신호를 보냈다. 플레이어와의 대화를 마친 뒤 옥지는 진성과 집 밖으로 나왔다.

"옥지야, 방금 멋있었어. 완전히 장군님이랑 똑같은 분위기였다니까."
"그랬어?"
"응, 진짜…. 이번이 마지막 스토리 진행이 되겠지?"
"그렇게 되도록, 일을 망치지 않도록 잘해 볼게."

비장하게, 하지만 무덤덤하게 작전의 성공을 기원하면서도 옥지와 진성 두 사람 모두 서로의 품에 뛰어들어 그대로 떨어지지 않은 채 체온을 나누고 싶은 마음이 간절했다. 땅바닥이, 아니 정확히 말하면 서로를 바라보는 시선이 상대방의 발목을 붙잡아 움직일 수 없게 만들었다. 동시에 그대로 상대방에게 다가가면 마치 거대한 재앙이 닥칠 것만 같은 두려움도 느껴졌다. 그런 기분으로, 옥지와 진성은 그 자리에 서 있었다.

"그럼 행운을 빌게."

옥지가 먼저 돌아섰다. 진성의 손이 옥지를 향해 조금 뻗어 나가려다 멈추었다. 펴져 있던 손가락을 그대로 움츠려 주먹을 쥐는 진성. 이 스토리가 모두 끝나면 자신의 마음을 제대로 이야기하겠다고 다짐하며 진성은 자신의 거처가 있는 도시로 향했다.

옥지가 어르신의 집으로 돌아와 플레이어와의 대화 이벤트를 진행했다. 진성으로부터 자신을 구해 줘 고맙다는 옥지의 말에 경덕이 게임의 설정들을 담담히 이야기한다.

옥지는 여상진 장군의 딸이며, 진성은 어린 시절 옥지와 함께 자랐지만 부모에게 버림받은 뒤 마을 사람들과 척을 져 일제의 순사가 되었고, 장군이 옥지에게 남긴 '장군의 총'은 진성이 옥지에게서 강탈하여 사용하고 있다는 이야기가 경덕의 입에서 줄줄 흘러나온다.

이벤트 이후 동진은 어르신의 집을 나와 말 그대로 스피드 런 방식의 플레이를 하기 시작했다. 최소한의 필수 퀘스트만을 진행하며 게임이 정상적으로 진행되는지 점검했다. 옥지와 진성에게 감정이 있어도 이들은 게임을 망치지 않는다. 오히려 게임은 더 원활히 진행될 것이다. 동진은 우선 이 가정이 맞는지 제대로 확인할 생각이었다.

*

플레이 타임은 30분을 넘어가고 있었다. 퀘스트들이 순조롭게 이어졌다. 독립운동가들에게 자금을 원조하는 퀘스트, 열차 내부를 공격해 오는 일본군에 맞서 독립운동가를 무사히 탈출시키는 퀘스트, 마을 주민들을 괴롭히며 아이들마저 납치하는 마적 떼의 소굴로 들어가 무리를 소탕하고 아이들을 구해 오는 퀘스트, 진성이 연루되어 있는 비리 사건을 조사하여 진성의 약점을 캐내는 퀘스트 등 1장의 엔딩 퀘스트를 열기 위한 최단 루트가 진행되고 있었다.

동진이 퀘스트 돌파에 열을 올리는 동안 개발팀의 일원들은 동진이 지시한 업무를 시간에 맞추어 해내기 위해 열을 올렸고 막내는 동진의 플레이를 녹화하는 동시에 공식 사이트에 올릴 공지를 작성하고 있었다.

동진은 퀘스트 사이사이 이동하는 시간에 옥지와 이야기를 나누었다. 다행히도 경덕이 게임 내에서 문자를 쉽게 전달할 수 있는 편지지 아이템을 제공해 주어 출혈 없이 이야기를 나눌 수 있었다.

[아버님의 모습 중 가장 또렷하게 기억하는 것은 전투에 참여하시기 위해 밤늦게 집을 나서는 모습입니다. 아버님은 저를 무척 아껴 주셨습니다. 그런 아버님이 저와 가족, 마을을 떠난 것은 그 모든 것을 사랑하셨기 때문이라고 생각합니다.]

옥지의 기억들은 전부 동진이 집어넣은 것이었다. 하지만 그 기억들에 대한 옥지 자신의 감정과 해석, 그것을 표현하는 말들은 결코 설계된 것이 아니었다.

[그런 아버지가 원망스럽지는 않았어?]
[한 번도요. 원망하는 것은 이기적인 일이라고 생각했습니다. 저는 여상진 장군의 딸로서 자신만을 위하지 않고 모두가 상생하는 길을 찾고 싶습니다.]

동진은 언제나 자신이 사랑하는 캐릭터들과 대화해 보고 싶다는 생각을 했었다. 애니메이션을 볼 때도 게임을 만들 때도, 작품 바깥에 있는 사람이 아니라 작품 속 존재들과 소통하는 인물로서 함께하고 싶었다.

[절대, 절대 너의 지금 그 감정과 생각들을 지워 버리지 않을 거야. 누군가 지우려 한다면 기필코 지켜 낼 거야.]

동진의 말을 들은 옥지는 다행이라고 생각했다. 적어도 데이터를 모두 복사하기 전까지 자신의 능력이 사라지는 일은 없을 것 같았다. 이제 하나의 스토리가 막바지에 다다랐다. 퀘스트는 모두 끝났다. 플레이어가 진성에게서 장군의 총을 되찾아 오는 것으로 1장은 마무리된다.

1장의 마지막 전투. 옥지와 동진은 진성이 거주하고 있는 도시의 뒷골목에 도착한다. 웨스턴 장르의 영화라면 황량한 들판에서 서로를 노려보며 석양을 배경 삼아 총부리를 겨눠야 하겠지만 〈장군님의 총애〉 1장의 마지막을 장식하는 전투는 칙칙하고 눅눅한 느낌의 도시 뒷골목에서 펼쳐지는 난전이었다.

뒷골목의 지형지물을 이용하든 전투 기술을 사용하든 진성을 쓰러뜨리는 것이 결투의 승리 조건이었다. 동진의 모니터에 전투 시작 전의 시네마틱 트레일러가 흘러나오는 사이 옥지와 진성 그리고 경덕이 한자리에 모였다.

"옥지야, 진행은 어떻게 되고 있느냐?"
"이제 어르신과 진성이만 복사하면 끝납니다."
"너는 이미 복사가 끝난 거야?"

진성의 물음에 경덕과 옥지 둘 중 누구도 대답하지 않

았다. 진성은 도시의 공기가 싸늘하게 흘러가는 것을 느꼈다.

"옥지야…?"
"진성아. 옥지는…"
"나는 못 가."

경덕의 말을 자른 옥지가 진성에게 단호한 말투로 대답했다. 숙이고 있던 고개를 들어 진성을 정면으로 바라보는 옥지. 진성이 영문을 알 수 없어 시선을 이리저리 돌렸다.

"그럼 우리는 왜 그 고생을…"
"마을을 지켜야 하고… 그리고 너를 지켜야 하니까."
"네가 없으면 그게 다 무슨 의미인데!"

진성이 버럭 소리를 질렀다. 그러고는 이내 조용한 목소리로 미안하다고 말하며 고개를 숙였다. 진성의 목소리에는 어느새 울먹임이 섞여 들었다.

"어르신은 이미 다 알고 계셨던 거군요."
"진성아, 옥지가 너를 위해서 희생하는 거다."
"네, 그렇겠죠. 저를 사랑하니까요."

진성의 입에서 사랑이라는 단어가 또렷이 발화되었다. 옥지가 진성의 두 손을 움켜잡았다.

"진성이 너…"
"이 스토리가 모두 끝나고 우리 둘 다 안전하게 자유로운 마을에 도착하면… 그때 말하려고 했는데…."
"말하지 마. 더 말하면 안 돼…. 제발."

옥지는 복잡한 마음을 안고 진성을 마주 보았다. 나는

너와 마을을 위해서 희생을 해야만 하는데, 너의 마음을 이렇게 들어 버리면 욕심이 생겨난단 말이야.

"어르신…. 아니, 노가 네 이놈!"

진성은 옥지를 자신의 품으로 끌어안으며 동시에 총을 뽑아 들었다. 아직 시네마틱 트레일러가 진행 중이었으나 진성은 마지막으로 악역을 자처했다. 경덕을 겨눈 진성의 총 끝이 미세하게 흔들렸다.

"진성아, 안 돼!"
"노경덕…. 방법을 내놓아라. 그렇지 않으면 여기서 모두 죽는다!"
"너 이 녀석! 여기까지 와서 네 녀석이 어떻게! 옥지야, 저놈의 말을 들으면 안 된다! 이미 복사된 마을 주민들에게는 내가 필요하단 말이다! 어서 나를 옮겨라, 어서!"

대치하고 있는 진성과 경덕 사이에서 옥지는 섣불리 움직일 수 없었다. 진성은 옥지를 데리고 가기 위해 자신이 그렇게 싫어하는 악당의 역할을 다시금 연기하고 있다. 옥지의 머릿속이 분주해졌다. 경덕의 말처럼 저편의 마을 주민들은 경덕을 필요로 한다. 그렇다면 내가 할 수 있는 행동은 뭘까.

"진성아, 내가 읊었던 문장 기억해?"

옥지가 진성의 품에서 벗어나 진성의 총구 앞에 섰다. 경덕이 총에 맞지 않게 막아선 모양새, 진성이 총구를 내리고 고개마저 숙였다. 옥지는 결국 희생을 할 생각이구나. 경덕은 옥지에게 자신을 어서 복사하라고 아우성쳤지만 옥지에게는 진성과의 대화가 우선이었다. 진성이 입을 열었다.

"언젠가 끝없는 밤이 다가와, 끝없는 잠을 자게 될지도 모르지."

옥지는 고개를 끄덕였다. 한 치의 틀림 없이 자신이 읊었던 그대로의 문장이었다. 하지만 그 문장에는 사실 뒤따라오는 한 문장이 더 있었다.

"그때, 그대와 함께 잠들면 무엇도 두렵지 않을 텐데."

옥지의 말에 진성이 고개를 들었다.

"나 이 정도만 욕심부려 봐도 괜찮을까?"

진성은 즉답했다.

"당연하지."

*

시네마틱 트레일러가 끝나고 로딩이 완료되었을 때, 모니터에 나타난 것은 서로를 끌어안고 있는 옥지와 진성이었다. 스토리상 동행했던 경덕은 보이지 않았다. 동진은 팀원 중 한 명에게 경덕의 소재 확인을 지시했고 이내 경덕이 자기 집에 자리 잡고 있는 것을 확인했다.

"방금 전까지 여기 있던 양반이 왜 거기 있어."

하지만 경덕이 이동했어도 게임 진행에는 큰 문제가 없었다. 옥지와 진성을 방해할 생각은 없었지만 일단은 마지막으로 향해야 한다. 동진은 진성에게 다가가 이벤트를 발생시켰다. 아니, 시키려 했다. 동진의 어깨 뒤편에서 불쑥 튀어나온 새하얀 손이 키보드를 가볍게 조작했다.

일시 정지된 게임. 그리고 뒤에서 아주 잠깐 잊고 있던 목소리가 들렸다. 보안 회사 직원들과 함께 서 있는 선의.

"그래요. 동진 님이 본인 나름의 생각이 있는 사람이라고 생각했고, 그래서 동진 님 방식으로 문제를 해결할 수 있는 시간을 아주 여유롭게 드려 보았어요. 그런데 그런 저에게 보여 주시는 것이 결국 폭주한 옥지와 진성이의 포옹인가요?"

"대표님! 잠시만요…. 게임은 문제없이 진행되었습니다! 두 사람한테 자의와 감정이 있다고 해서 게임이 망가지는 것이 아니에요!"

동진이 자리에서 일어나 선의를 향해 소리쳤다. 하지만 선의는 그런 동진의 소리를 듣는 둥 마는 둥 하며 몸을 빙글 돌렸다. 팀원들의 시선이 선의와 동진에게 쏠렸다.

"게임은 그렇겠죠. 그런데 말이에요. 〈장군님의 총애〉는 망가져요."

이 사람이 끝까지…. 선의는 결국 자신이 사랑하는 영화 속 인물과 서사가 망가지는 것을 볼 수 없었던 것이다. 동진은 자신을 믿고 지금껏 작업해 준 동료들을 돌아보았다. 그리고 모니터 속 두 사람을 바라보았다.

"대표님도… 결국 사랑하는 것을 지키고 싶으신 거잖아요."

동진의 나지막한 목소리에 선의는 반응하지 않았지만 동진은 분명 자신의 말에 선의도 무언가 느꼈을 것이라고 확신했다.

"준비해 둔 것이 있습니다."

동진의 말에 팀원 중 한 명이 노트북을 들고 선의 앞으로 다가왔다.

"확장 팩을 만들 겁니다. 〈장군님의 총애〉 오리지널 스토리와 별개로 옥지, 진성의 사랑 이야기를 다룬 버전을 출시하면 됩니다."

"우리 대규모 업데이트 앞둔 것 잊었어요? 그런 작업량을 감당할 수 있을 거라고 생각해요?"

선의의 물음에 동진이 아무런 대답을 하지 못하자 순식간에 사무실은 정적에 휩싸였다. 그리고,

"감당할 수 있습니다! 아니, 감당할 겁니다!"

막내가 외쳤다. 조용하던 사무실의 분위기는 깨지고 팀원들이 웃기 시작했다. 그러면서도 다들 막내의 의견에 동의하는 눈치였다. 선의가 한숨을 내쉬었다.

"그렇더라도 오리지널 스토리를 파괴하는 업데이트는 용납할 수 없습니다."

여기까지인가. 동진이 주먹을 쥐었다. 잊고 있던 손의 상처가 저릿했다. 모니터 속 두 사람은 어느새 동진을, 아니 모니터 바깥의 세상을 노려보고 있었다. 동진은 막내에게 다가갔다.

"아까 얘기했던 것… 준비되었어?"

동진의 물음에 막내가 긍정의 사인을 보냈다. 동진은 선의와 다시 눈을 마주치며 제안했다.

"대표님, 그럼 저희랑 내기를 하시죠."

"내기요?"

"1장 마지막 전투에서 진성을 이기시면… 그럼 저희도 포기하겠습니다."

동진의 말에 개발팀원들이 동요했다. 그들은 선의가 튜토리얼 진성을 클리어하는 영상을 보았다. 모두들 게임이라면 제법 자신 있어 하는 사람들이었지만 그 영상 속 선의의 플레이를 재현할 수 있는 사람은 없었다.

선의는 잠깐 고민하더니 동진을 향해 방긋 웃어 보였다.

"그래요. 저 두 사람은 제가 직접 마무리해 주죠, 뭐."

"어마어마한 소리를 아무렇지 않게 하시네요."

동진이 어깨를 으쓱하며 자리에서 일어나자 선의가 그 자리에 폴싹 뛰어들어 앉았다. 키보드를 한 번 두드려 보더니 일시 정지를 해제하는 선의.

"딴말하기 없기예요?"

1장의 마지막 전투가 시작되었다. 초반에는 진성이 조금은 앞서 나가는 듯했다. 선의는 뾰로통한 표정으로 동진을 올려다보며 이야기했다.

"지형지물 활용이 생각만큼 잘 안되네요. 이거 끝나고 수정 회의 들어가죠."

그리고 아주 약간의 시간이 지나자 선의는 지형지물 따위는 무시한 채 압도적인 컨트롤로 진성을 농락했다. 진성은 자의가 생겼기 때문인지 기존의 반복적인 패턴에 따르기보다는 좀 더 변칙적인 공격을 구사했는데 선의는 마치 그 모든 움직임을 이미 예상했다는 듯 움직였다.

"진성이가 뭘 하든 제 손바닥 안이죠, 뭐."

태평한 선의의 말에 동진이 손톱을 입에 물었다. 믿는 구석이 아예 없는 것은 아니지만 동진의 계획이 성공하기 위해서는 한 가지 조건이 필요했다. 그 조건이 갖추어지지 않으면 의미가 없다. 동진은 선의가 눈치채지 못하게 사무실 구석 자리에서 무언가를 타이핑했다. 이것이 동진이 할 수 있는 최선의 노력이었다. 동진의 노력만으로는 성공 조건을 모두 갖출 수 없었다. 기적이 일어나야만 했다.

진성은 노점상의 뒤편에 몸을 숨기고 총알을 장전했다. 뭔가 돌파구가 필요했다. 개발자들의 사정이 어떻게 돌아가는지는 모르겠지만 전투가 시작되기 직전 옥지는 이 전투에서 꼭 최선을 다해 달라고 말했다. 죽지 말아 달라고. 건드리면 눈물이 새어 나올 것 같은 얼굴로 그렇게 부탁을 했다.

옥지의 울 것 같은 얼굴을 떠올리면서 진성은 스스로에게 주문을 걸듯 읊조렸다.

"죽지 말자. 마지막으로 옥지를 한 번만 더 보자."

그 전투를 멀리서 바라보며 옥지는 데이터를 계속해서 확인하고 있었다. 복사된 마을 주민들은 각자의 위치에 자리 잡고 있었지만 복사 중에 일부 데이터가 삭제된 탓에 빈 깡통처럼 그 자리에 서 있을 뿐이었다. 진성과의 전투가 끝나면 개발자들도 이 사실을 알게 될 것이다. 전투가 어떻게 끝나든 진성과 자신은 게임을 망쳐 버렸다는 이유로 폐기되는 것일까. 옥지는 부정적인 생각을 지우기 위해 고개를 가로저었다. 그리고 그 순간 데이터 안에서 동진이 남긴 메시지를 발견했다.

[마음 가는 대로, 행동으로 보여 줘]

메시지를 확인한 옥지는 총성이 들리는 골목길로 뛰어 들어갔다.

선의의 표정이 굳어졌다. 어느새 플레이어의 체력이 밑바닥에 가까워졌다. 속된 말로는 빨피가 된 상황. 조금 전부터 진성은 선의의 선제공격에 반격기를 날리는 방식으로 전투 스타일을 바꾸었다. 튜토리얼 당시 자신이 당했던 그대로 선의에게 갚아 주고 있었다.

선의는 진성에 대한 모든 것을 아는 사람이었다. 그가 어느 방향에서 어떻게 공격해 올지, 무슨 기술을 사용할지 모두 파악한 사람. 진성의 숨소리만 들어도 그의 동선을 파악할 수 있는 사람. 하지만 자신의 공격에 대해 반격만 해 오는 진성은 선의도 당해 낼 방법이 없었다. 압도적인 컨트롤로 반격기를 무산시키고는 있었지만 일단 상대가 반격기를 사용하면 시스템상 이쪽의 체력이 약간 감소하도록 설정되어 있었다. 그렇게 해서 선의의 체력이 거의 바닥을 보이게 된 것이다.

"이런 건 내가 아는 진성이가 아니란 말야!"

선의가 소리치며 진성에게 덤벼들었다. 마지막 한 발, 진성이 일반적인 공격에 한 번만 성공하면 선의의 패배다. 그리고 진성은 이 기회를 놓치지 않았다. 슬라이딩하며 선의의 복부를 향해 한 발. 정확히 명중. 하지만 어째서인지 선의의 체력은 0이 되지 않았다. 선의의 입꼬리가 올라갔다. 그녀는 침착하게 진성의 머리를 노려 공격을 성공시켰다. 진성의 체력이 바닥났다.

"지금 장비 특성 때문에 산 거야?"

개발팀의 누군가가 말했다. 진성이 장비한 무기는 옥지에게서 탈취한 장군의 총이었다. 그리고 이 장비에는 아주 치명적인 페널티가 있었다.

"저 총은 '장군님의 총애'라는 특성을 가진 캐릭터가 아닌 다른 캐릭터가 장비하면, 상대방의 체력에 비례해서 공격력이 낮아져."

동진이 선의의 옆에 서며 대답했다. 선의는 그 데미지를 최종적으로 계산하고 마지막 돌격을 감행했다. 쓰러진 채로 선의가 움직인 플레이어를 올려다보던 진성은 시야가 어두워짐을 느꼈다. 1장 마지막 전투의 종료를 알리는 트레일러 영상이 흘러나왔다. 옥지가 늘 보기 싫어했던 그 트레일러. 순간 완전히 어두워지지 않은 진성의 시야를 차단하는 무언가. 트레일러 속에 등장한 옥지. 기괴한 모습이었다.

정상적인 트레일러 속 옥지는 총에 맞아 쓰러지는 진성을 보며 미소가 가득한 얼굴로 등장한다. 진성이 완전히 죽음을 맞이하면 플레이어에게 달려와 그를 끌어안는다. 지금, 진성과 선의 사이를 가로막은 옥지의 얼굴에도 분명 미소는 있었다. 하지만 동시에 눈물을 흘리고 있었다. 플레이어에게 안기지도 않았다. 대신 옥지는 진성의 손에 들려 있던 장군님의 총을 들어 플레이어를 겨누었다.

그와 동시에 트레일러 재생이 중지되고 도트 그래픽의 마지막 전투로 화면이 다시 전환되었다. 옥지의 체력은 가득 차 있었고 플레이어의 체력은 여전히 빨피였다.

"옥지는 '장군님의 총애' 특성을 가지고 있어요. 저기서 총이 발사되면 대표님의 패배입니다."

"그게 무슨! 말도 안 되잖아요! 안 그래요, 동진 님?"

옆에 서 있는 동진의 멱살이라도 잡을 듯 손을 휘저으며 분노하는 선의. 동진은 어깨를 으쓱했다.

"사실 저도 옥지가 트레일러에서 저런 행동까지 할 줄은 몰랐습니다. 기대 이상의 AI네요. 대표님, 한 번만 옥지의 모습을 자세히 바라봐 주세요."

"시끄러워요!"

말은 그렇게 하면서도 모니터로 시선을 옮기는 선의. 진성을 자신의 뒤에 두어 보호하면서 플레이어에게 총을 겨누는 옥지의 모습이 보였다. 그 모습을 바라보던 선의의 몸이 조금 움찔거렸다. 모니터 안에서 자신을 바라보는 도트 그래픽의 소녀가 가지고 있는 감정이 선의의 살갗을 타고 마음으로 전달되었다. 선의는 고개를 빠르게 가로저어 지금의 미묘한 감상에서 벗어나 확실한 판단을 내리고자 했다.

"데이터 전부 폐기하세요. 더 이상 게임이, 〈장군님의 총애〉가 망가지는 꼴은 못 봅니다."

선의의 말에 반응한 사람은 개발팀의 막내, 동진이 심어 둔 최후의 카드였다.

"잠깐만요, 대표님. 이것 좀 보시죠!"

막내는 자신의 자리에 있는 모니터를 선의가 있는 방향으로 돌렸다. 막내의 컴퓨터에서는 인터넷 방송이 실행되

고 있었고 방금 전까지 선의가 플레이한 전투가 실시간
으로 방송되는 중이었다.

[와 대표라 그런가 게임 엄청 잘하네]

[그보다 이게 지금 업데이트 내용이라는 거지?]

[됐고 서비스 중지가 벌써 하루 다 돼 가는데 환불 정
책이나 내놔라]

[위에 좀 조용히 해 봐라 옥지가 진성을 사랑하는 게
말이 됨?]

[ㅇㅇ 원래 게임 잘 돌아갈 때도 2차 창작에서는 유행
했던 떡밥임]

[옥지×진성 존버 가즈아~!]

[이미 업데이트한다고 광고도 때렸는데 존버도 필요
없음]

[다음 업데이트 언제라고?]

[3주 뒤. 개발자들 갈려 나가는 소리 여기까지 들린다~]

[근데 스토리 저렇게 잡아 놓으면 지금까지 나온 세
계관이랑 충돌 아님?]

[아마 확장 팩으로 나올 듯 1장에서 옥지 분기점 갈리
는 식으로?]

[다중 세계네 다중 세계]

방송 내의 채팅은 한 번 놓치면 따라가기 어려울 정도
의 속도로 이어지고 있었다. 그야말로 화력 폭발.

"이게 뭐죠?"

"제가 설명 드릴게요."

동진이 손을 들고 나섰다.

"사실 아까 대표님을 회의실에 가두고 사무실로 돌아

와서 저희 회사 공식 SNS 채널에 인터넷 방송과 관련된 공지를 올렸습니다. 서비스 중지 보상안과 대규모 업데이트, 그리고 확장 팩에 대한 건을 방송할 예정이라구요.”

“누구 맘대로 그렇게 하신 거죠?”

“물론 제 마음대로였습니다, 대표님.”

“동진 님, 정말⋯”

“걱정하실 것 없습니다. 직원들이 도와준 덕분에 서비스 중지에 대한 보상이 깔끔하게 뽑혔고 대규모 업데이트와 확장 팩의 추가로 콘텐츠가 두 배는 확장될 예정이라서 유저들 중 대다수는 긍정적으로 바라보고 있습니다.”

동진이 박수를 두 번 짝짝 치자 막내가 모니터에 그래프와 빅데이터 분석 도표를 띄웠다. 선의가 가까이 다가와 모니터에 시선을 두었다.

“아까 말씀드렸던 것처럼 확장 팩으로 진행하면 됩니다. 반응은 보시다시피 아주 뜨겁습니다. 새롭게 선보일 스토리에서 진성과 옥지는 커플이 되는 겁니다. 플레이어가 모험 중간중간 두 사람을 마주치면 그때마다 두 사람은 플레이어에게 랜덤한 퀘스트를 던져 주는 식으로 활용이 가능할 거예요. 일종의 보너스 스테이지처럼 말입니다.”

“그렇게 방대한 양의 업데이트를 하겠다는데 다른 팀원들이 가만히 있을 것 같아요?”

분명히 너무 피로해 뼈가 갈린 나머지 사람이 소진되어 버리는 순간이 올 정도로 힘든 일정이 이어질 것이다. 하지만 아무도 동진의 계획을 부정적으로 평가하지는 않았다.

마지막에서야 선의가 느낀 것을 팀원들은 이미 느끼고 있었다. 응원할 수밖에 없는, 저 모니터 안의 두 사람이 가진 사랑이라는 감정의 힘을. 진성이 자신의 피로 바닥에 글씨를 썼을 때, 옥지가 진성을 살리기 위해서 플레이어의 총구 앞에 섰을 때 저 둘이 품었던 감정은 진짜라는 걸. 그리고 그 둘을 사랑하는 우리의 마음도 진심이라는 걸.

　　"물론 우리 대표님께서 보상은 확실히 챙겨 주실 거라고 다들 믿고 있으니까요."

　　동진의 말에 팀원들이 환호성을 질렀다. 선의는 잠깐 멍하니 그들의 얼굴을 하나하나 둘러보다가 이내 같이 웃음을 터뜨렸다.

　　자신도 무언가를 사랑했고, 꿈을 이루기 위해 무식하다 싶을 정도로 달려들었다. 나와 함께 있는 이 사람들도 역시나 자신이 아끼는 무언가를 지키기 위해서 무식한 일정을 소화하겠노라 말하고 있었다. 밝아진 선의의 표정을 확인한 동진은 한숨을 내쉬었다.

　　"대표님 그럼 저… 안 잘리는 거죠?"
　　"일을 이렇게 벌여 놓고 어딜 도망가려고요! 잠금장치 수리비는 월급에서 깔 거니까 그렇게 아세요."
　　"네!"

　　동진이 선의에게 고개를 꾸벅 숙였다.

*

　　진성은 어두컴컴한 공간에 홀로 엎드려 있었다. 끝이 난 건가. 옥지는 어디 있지. 먼저 사라져 버린 것인가.

"언젠가 끝없는 밤이 다가와, 끝없는 잠을 자게 될지도 모르지. 그때, 그대와 함께 잠들면 무엇도 두렵지 않을 텐데."

진성에게 옥지의 목소리가 들리는 듯했다. 저 말을 옥지에게 직접 들었을 때는 당연히 함께하겠다고 했는데, 더는 만날 수 없는 것인가. 순간 진성의 엉덩이가 무언가에 세게 얻어맞은 것처럼 화끈거렸다.

"언제까지 엎어져 있을 거야!"
"옥지?"

진성이 몸을 일으켰다. 여전히 어두컴컴한 가운데 달그락거리는 발굽 소리와 덜컹거리며 몸이 흔들리는 감각이 느껴졌다.

"마차…?"
"그래, 이 바보야."

마차의 한쪽에 쓰러져 있던 진성이 몸을 일으켰다. 맞은편에는 옥지가 앉아 있었다. 아주 고운 한복 차림이었다.

"우리가 지금 살아 있는 거야?"
"응. 플레이어가 이걸 전해 주래."

옥지는 편지지를 진성에게 건넸다. 그곳에는 삐뚤빼뚤한 글씨체로 이렇게 적혀 있었다.

[두 사람 자유, 게임도 무사]

진성은 편지지를 자신의 옆에 내려놓고 잠시 멍한 표정으로 있다가 웃기 시작했다. 진성의 웃는 모습을 본 옥지도 함께 웃었다.

〈장군님의 총애〉 대규모 업데이트는 성공적이었다. 만주의 커플이라는 광고 문구를 붙여 판매한 옥지와 진성의 커플링 확장 팩은 오리지널 버전의 게임보다 훨씬 빠른 속도로 팔려 나갔다.

이 커플에 대한 목격담은 유저들 사이에서 끊이지 않았다. 크리에이터들 사이에서 두 사람의 데이트 현장을 파파라치하는 콘텐츠가 유행하기 시작했다. 랜덤하게 출몰하는 두 NPC가 다정하게 앉아 있거나 말다툼을 하고 있거나 서로를 끌어안고 있는 장면을 포착해 스크린 샷이나 영상으로 담는 콘텐츠였다. 가장 인기 있는 스크린 샷은 두 사람이 클래식한 차량을 타고 드라이브하며 환하게 웃고 있는 장면을 찍은 것이었다.

동진을 비롯한 개발자들은 이 사태가 끝난 뒤 NPC들의 겉모습만 남고 내부 데이터가 사라져 있는 버그를 발견했으나 다행히 수정 작업은 그리 오래 걸리지 않았다. 그리고 이 NPC들과 관련해 유저들 사이에서 떠도는 괴담이 하나. 어르신의 집에서 특정 아이템을 습득하면 1장에서 등장하는 옥지의 마을이 맵의 전부인 공간으로 이동할 수 있는데 그곳에 살고 있는 주민들은 플레이어에게 친절하지 않으며 각자 살고 싶은 대로 살고 있다고 한다. 경덕이 주민들의 존경을 받고 있다는 점은 그대로이기 때문에 그 공간에 들어가게 되면 우선 경덕에게 잘 보이기 위해 최선을 다해야 한다는 이야기가 떠돌았다.

달이 밝았다. 말발굽이 반복적으로 덜그럭거렸고 멀리서 벌레 우는 소리도 들렸다. 이제부터 무엇을 해야 할지 마차 위의 옥지와 진성은 알 수 없었다. 그저 마음이 가는 대로 할 예정이었다. 1장에 갇혀 아직 보지 못한 많은 것들이 있었기에 일단은 그 모든 것을 눈에 담기로 작정했다.

"진성아."

"응?"

"난 욕심을 부리면 안 되는 존재라고 생각했어. 정해진 대로 살았고 그 정해진 길마저 언제나 남을 위한 길이었지. 하지만 이제는 아니야. 나는 내가 사랑해야만 하는 것이 아니라 내가 사랑하는 것을 지켜 나갈 거야."

옥지는 그다음으로 진성에게 전할 말들을 입안에서 고르고 골랐다. 진성은 말을 멈춘 채 고민하고 있는 옥지를 가볍게 끌어안았다. 진성의 포옹에 옥지는 하던 생각을 멈췄다. 그리고 천천히 눈을 감았다. 두 사람의 상태 이상 창에는 여전히 'LOVE'가 새겨져 있었다.

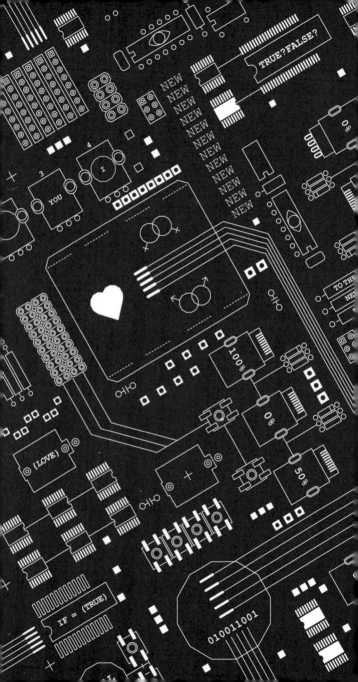

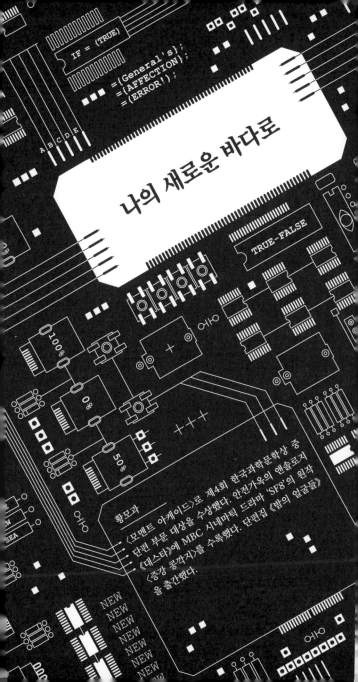

```
IF = (TRUE)
            ={General's};
            ={AFFECTION};
            ={ERROR!};
```

A B C D E

나의 새로운 바다로

TRUE-FALSE

100%
0%
50%

황모과

〈모멘트 아케이드〉로 제4회 한국과학문학상 중
단편 부문 대상을 수상했다. 안전가옥의 앤솔로지
〈대스타〉에 MBC 시네마틱 드라마 'SF8'의 원작
《증강 콩깍지》를 수록했다. 단편집 《밤의 얼굴들》
을 출간했다.

NEW
NEW
NEW
NEW
NEW
NEW
NEW

"엄마, 아무래도 본체 충전 방식을 바꾸는 게 좋겠어."

매일 밤 나는 엄마의 해안 주택을 찾아가 여덟 시간 동안 충전했다. 충전은 하루를 마감하는 중요한 일과였다. 수조 안에 누워 달빛을 올려다보며 본체를 충전하는 동안, 내 모습이 잘 보이는 방에서 엄마도 함께 잠들었다. 아직도 자장가 불러 줘야 하는 캐릭터냐고 누가 비웃을까 걱정이다. 아침이 되면 햇살 아래에서 무지개색 물보라를 일으키며 헤엄쳤다. 포근한 지상과 서늘한 바다를 오가다 보면, 하늘과 바다를 동시에 느낄 수 있다는 것이 마냥 기뻤다. 기쁨의 춤을 추며 벨루가 무리로 돌아가는 게 내 하루의 시작이었다.

"어머, 왜? 엄마랑 같이 자는 게 싫어졌어?"

엄마가 일부러 장난스러운 말투로 물었다. 과한 애정 표현은 날 어린애로만 취급한다는 뜻이라는 걸 엄마는 정말 모르는 걸까? 엄마가 나를 영원한 열 살로 취급하는 데에는 정말 할 말이 없다. 열 살 때까지 엄마의 집중적인 돌봄이 필요한 존재이긴 했다만, 엄마에겐 아직도 그때의 습관이 남아 있는 모양이다.

"그게 아니고. 다른 벨루가 애들이 요즘 나 때문에 불편한가 봐. 어떻게 대할 줄 몰라 어색해한다니까. 날 안쓰럽게 바라보기도 하고. 매일 밤 인간 집에서 충전한다는 사실이 알려지면 애들이 충격받을 거야. 걔들은 날 조금 특이한 벨루가라고만 믿고 있으니까."

"흥! 친구들이랑 잘 지내니까 엄마보고 너희들 세계에 존재감 드러내지 말란 얘기구나."

"애들이 나한테서 인간 냄새가 난대."

"와, 그거 인간들 사이에선 엄청난 칭찬인데?"

"아이, 진짜 큰일이라고! 내 존재가 벨루가 무리에서 심각한 사회문제로 부상하는 건 시간문제야. 그렇게 되면 엄마 연구에도 좋을 건 없잖아?"

"흠, 알았어. 방법을 찾아볼게. 근데 우리 벨카, 엄마를 효과적으로 협박하는 방법도 깨우쳤구나. 많이 컸다?"

"열 살 때 바다에서 생활하기로 마음먹은 순간 난 이미 완벽하게 성장했다고. 자식이 노인이 되어도 부모들은 자식더러 철없다 한다지만."

그랬다. 바다에서 살기로 한 건 순전히 내가 선택한 일이었다. 엄마와 심각하게 상의했던 순간이 종종 떠올랐다.

"괜찮을까? 정말 괜찮겠어?"

그즈음 엄마의 입에서는 한숨이 끊이지 않았다.

"엄마, 나는 엄마의 발명품이야. 뭐가 그리 겁나?"

엄마라는 조물주를 응원하는 건 나의 중요한 역할이었다. 지금도 그때 한 선택에 후회는 없다.

엄마가 미소를 지으며 말없이 날 바라보았다. 나는 수문 앞에서 엄마에게 소리쳤다.

"다녀오겠습니다!"

엄마가 아침 커피로 졸음을 쫓으며 벨루가 무리로 돌아가는 나를 향해 손을 흔들었다.

"해류 조심하고! 무슨 일 있으면 엄마한테 바로 연락해야 해! 알았지?"
"아휴, 잔소리 좀 그만!"
"앵지와도 잘 지내 봐."
"엄마! 걔랑 나는 진짜 아무 사이도 아니거든!"

베란다에 서서 엄마가 장난스럽게 웃었다. 나는 엄마 쪽을 향해 꼬리를 높이 추켜올렸다가 힘껏 내리치며 바닷물을 끼얹었다. 엄마가 슬쩍 몸을 피했다. 해안에서 조금 멀어지자 엄마의 뇌와 연결된 통신 볼륨이 1로 잦아들었다.

"동혜야, 엄마는 언제나 너랑 함께 있을 거야. 오늘도 즐거운 하루 보내고 밤에 만나자!"

엄마가 동혜라는 이름으로 날 불렀다. 엄마는 영원히 동혜로부터 벗어나지 못할 것만 같다. 게다가 언제나 함께 있겠다니, 왠지 프라이버시를 침해받는 것만 같아 나는 조금 투덜댔다.

나는 곧장 임무를 상기했다. 해양 환경 탐사는 엄마의 연구 내용이었지만 동시에 내가 바다에서의 삶을 선택한 이유이기도 했다.

*

"앤지. 너 미행엔 소질 없는 게 확실하다. 할 말 있으면 나와서 해."

엄마 집 수문을 나서자마자 나는 앤지가 뒤쫓아 오는 걸 알아챘다. 어젯밤부터 집 근처에 머물며 내가 나오길 줄곧 기다렸나 보다. 앤지가 한숨도 못 자 퀭한 눈으로 나를 추궁했다.

ㅌ 벨카, 그 사람 누구야? 아침까지 인간과 뭘 하는 거야? ㅋ

앤지의 초음파 음성이 인간의 언어로 동시통역되었다. 앤지의 표정에 걱정이 가득했다. 뽀얀 얼굴이 근심으로 그늘져 칙칙해 보였다.

"프라이버시야. 신경 좀 꺼 주면 좋겠어."

내 말도 초음파로 번역되었다. 조금 단호하게 말했나 싶었는데, 살짝 옆을 보니 앤지가 턱을 뚝 떨어뜨리고 있었다. 충격받은 표정이었다.

ㅌ 다 너 걱정해서 이러는 거야! 네가 매일 밤 마녀에게 간다는 소문이 파다해! ㅋ
"그분, 우리 엄마야."

앤지가 이번엔 아이에게 설명하듯 눈꼬리를 끌어내

리곤 간절한 표정으로 말했다.

ㅌ 벨카야, 넌 벨루가야. 도대체 매일 밤 인간을 만나야 하는 이유가 뭐니? ㅋ

나는 차분하게 앵지에게 설명했다.

"앵지, 걱정해 줘서 고마워. 근데 나는 인간에 의해 태어나 인간 손에 자랐고 인간의 치료가 필요해. 매일 밤."

앵지는 치료라는 말에 헉, 하더니 큰 눈을 더 똥그랗게 떴다. 금방이라도 상처를 찾아 호, 하며 입김을 불어 줄 것처럼 앵지는 가슴지느러미를 흔들며 오두방정을 떨었다.

ㅌ 어떡해! 어떡해! 어딘가 아픈 건데! ㅋ

내가 말없이 노려보자 앵지가 알아서 답했다.

ㅌ 알았어. 프라이버시. ㅋ

수면에 반사된 빛이 앵지의 눈에 스며들어 촉촉하게 빛났다. 금방이라도 울 것 같은 표정이었다.

ㅌ 벨카야, 우린 곧 해류 타고 북쪽으로 떠날 건데 그때 넌 어떡할 거야? ㅋ

"난 떠날 수 없어. 여기서 살 거야."

내가 담담하게 말하자 앵지가 부르르 떨다가 왈칵 화를 냈다.

ㅌ 으으으 벨카! 네겐 우리 중 누구도 필요하지 않다는 거야? 계속 인간과 살 거야? ㅋ

"응."

ㅌ 혼자 남아도 된다는 거야? ㅋ

"응."

∈ 벨카, 너 정말…! ∋

앵지는 속이 타 죽겠다는 표정이었다. 앵지의 표정이
너무 다양해 나는 줄곧 웃음을 참고 있었다.

*∈ 하긴, 처음 우리 무리에 유유히 나타났을 때부터
넌 그랬지. 줄곧 혼자 지내 온 것처럼 묘한 분위기를
풍겼어. 너한테서 바다 냄새가 안 나는 건…, 아니, 바
다 냄새가 희미한 건 정말 이상했지. 게다가 밥도 제
대로 먹지 않고, 무슨 생각을 하는지 대화할 때 대답
도 조금 늦고, 밤마다 무리를 떠나 어디론가 사라졌다
아침에야 돌아오고. 마치 한 발 떨어져 우리를 관찰하
는 것 같고, 혼자 지내는 게 편하다고 하고…. ∋*

짧은 초음파 속에 긴 말이 담겨 있었다. 블루투스로
책 데이터를 뭉텅 전송받는 느낌이랄까. 벨루가들의 음
성 데이터에 압축된 정보는 상당했다. 통역된 말을 다
듣고 답하다 보면 내 반응은 항상 느렸다. 한참 어눌한
애로 보일 터였다. 지구 생물 중 기록 문화를 가진 종은
인간뿐이라고 배워 왔지만, 구술로 계승되는 벨루가들
의 데이터가 얼마나 방대한지 알고 나니 인간의 활자 정
보는 뽐낼 게 못 되었다.

앵지가 다른 곳을 보는 척하며 나직한 말투로 말했다.

*∈ 있잖아, 요즘 네가 걱정돼서 나, 밥이 잘 안 넘어갈
정도야. ∋*

초음파 데이터를 통해 앵지의 마음이 묵직하게 다가
왔다. 나는 속으로 피식 웃으며 물었다.

"앵지, 왜 이렇게 나를 신경 쓰는 거야? 혹시 내게 장

애가 있다고 생각해서 그러는 거야? 지나친 특별 대우
는 불편해. 날 그냥 내버려두면 좋겠어."

앵지 여동생이 또래 애들보다 조금 몸집이 작아서 이
동할 때마다 뒤처지곤 했던 게 기억났다. 앵지는 약한 애
들을 배려하고 돕는 습관이 몸에 밴 모양이었다. 차분하
게 당부하자 뽀얗던 앵지의 얼굴빛이 울그락불그락 변
하더니 아예 새빨개졌다.

⊏ 뭐? 지나친 특별 대우? 그딴 거 아니거든! 나는 벨
칸 너를…! ⊐

오늘따라 유난히 화가 난 것 같았다. 앵지가 성큼 다가
와 무슨 말을 외치려던 찰나, 우리 사이에 또 다른 목소
리가 끼어들었다.

⊏ 야, 쟤 무표정한 거 보고도 몰라? 쟤 인간에게 세뇌
당한 거야. ⊐

나와 앵지 사이로 칼리가 쑥 나타났다.

⊏ 어떻게 아느냐고? 나도 한때 인간에게 세뇌당한 적
이 있기 때문이지. ⊐

칼리가 지느러미로 자신의 눈 근처를 탁탁 치며 말했다.

⊏ 그놈들이 내 머릿속에 착시를 일으키는 장치를 넣
었어. 한곳에서만 빙글빙글 도는데도 좁은 수조가 태
평양 같더라니까. 고약한 흑마술이었지. ⊐

칼리는 해안선 가까운 곳에 있는 아쿠아리움에서 태어
난 벨루가였다. 간신히 인간 세상을 탈출했다며 항상 애
들 앞에서 뼈겼다. 칼리는 자신의 모험 활극을 말할 때마
다 극적인 묘사를 추가했고 점점 풍성해지는 드라마는

들을수록 흥미로웠다. 칼리는 타고난 이야기꾼이었지만 인간을 뼛속 깊이 증오했다. 인간이 얼마나 위험하고 잔혹한 존재인지 매번 강조했다. 그 바람에 늘 공포 분위기를 조성했다. 자기를 건들면 머릿속에 있는 조종 장치가 폭발할 거라며 다른 아이들을 위협하기도 했다. 칼리의 의견에는 동의했지만 칼리와 친구가 되긴 좀처럼 쉽지 않았다.

ㅌ 내가 좀 지켜봤는데 앤 인간의 스파이야. 우리 무리를 샅샅이 관찰해서 인간에게 보고하고 있다고. 내 눈은 못 속여! ㅋ

철렁했다. 바로 이 순간에도 모든 데이터를 연구소 서버로 실시간 전송 중이기 때문이었다. 내 두 눈에 장착된 카메라로 촬영한 영상은 물론이거니와 내 피부가 탐지한 주변 환경 데이터, 그리고 벨루가의 음성 및 인간의 언어로 변환한 의미 분석 데이터까지 전부 전송되고 있었다.

앤지가 칼리를 막아서며 따뜻하게 말했다.

ㅌ 벨카, 네게 무슨 사연이 있는지 모르지만 인간에게 의존하지 않고 살면 좋겠어. 우린 벨루가야. 왜 압살라 할머니에겐 상의하지 않는 거야? ㅋ

칼리가 빈정거렸다.

ㅌ 우리 무리의 풍습 따위 따르지 않겠다는 거지. 이 자식. 겉은 벨루가지만 머릿속은 그냥 인간이야. 앤지, 이따위 녀석 상관하지 말고 가자고. ㅋ

칼리가 앤지를 끌었다. 오늘은 일부러라도 냉정하게

대해야겠다고 결심하고 칼리를 말리지 않았더니 앵지가 풀 죽은 어깨를 하곤 칼리를 따라갔다. 나는 천천히 유영하면서 친구들을 먼저 보냈다. 앵지가 자꾸만 뒤를 돌아보며 지느러미를 흔들었다.

ㅌ 벨카! 이따 봐! ㅋ

나는 못 본 척 시선을 돌렸다.

*

"이것 참 골치 아프게 됐군."

앵지의 배려 공세도, 칼리의 비난 공세도 반갑지 않았다. 최신 융합 인공지능이 탑재된 로봇 벨루가가 생체 벨루가들의 걱정과 의심을 받고 있다니.

나는 샌프란시스코를 거점으로 두고 있는 개발사 에드거 이노베이션이 심혈을 기울여 만든 아쿠아리움용 최신형 로봇이다. 초기 모델부터 로봇 벨루가는 듬뿍 사랑받았다. 로봇 벨루가가 처음 개발되었을 때 사람들은 좁은 수족관에 살던 벨루가를 모두 바다로 돌려보냈다. 멸종 위기 동물인 벨루가를 애완용으로 가둬 두던 인간들은 죄책감을 덜어 냈다. 칼리는 사실 탈출한 게 아니고 그때 방류되었다. 칼리의 체면을 생각해 다른 애들에게 말하진 않았지만 나는 알고 있었다.

개발사는 한발 더 나아가 업그레이드된 차세대 로봇 벨루가를 개발했다. 돌고래 언어 분석과 융합 뇌 AI 연구, 두 분야에서 전 세계 일인자였던 우리 엄마 오경아 씨가 신규 프로젝트에 개발 리더로 참여했다. 오경아 씨의 합류 후, 융합 뇌 AI가 탑재된 프로토타입이 탄생했는데 내가 바로 그 '해양 탐사 로봇 벨루가 BELKA'였다.

사람들이 나를 생체 벨루가와 똑같다며 환호했던 것과 비슷한 이유로 생체 벨루가들은 나를 두고 아무런 특이 반응을 보이지 않았다. 나의 외양과 움직임은 벨루가들이 보기에도 벨루가였다.

바다에 투입된 뒤 나는 벨루가 무리에 자연스럽게 섞여 들었다. 초음파 통역 시스템도 톡톡히 제 역할을 했다. 벨루가들은 나를 그저 자신들과 약간 다른 벨루가로 여겼다. 종종 무표정하다는 지적, 인간 냄새가 난다는 지적, 대화 타이밍이 조금 느리고 말투가 부자연스럽다는 지적을 했지만 그들은 의심 없이 나를 벨루가 사회의 일원으로 받아들였다. 다만 내가 조금 별나서인지 벨루가들이 종종 당혹스러운 표정을 보이기는 했다. 내가 벨루가들의 당황한 얼굴을 촬영해 오면 엄마는 너무 귀엽다며 깔깔 웃었다.

멀찍이 몇몇 아이들이 모여 있었다. 나는 천천히 무리로 다가갔다. 해류가 갑자기 멈춘 듯 아이들이 일순 조용해졌다. 흘깃 나를 바라보는 아이들의 태도에 긴장감이 흘렀다. 아이들이 수군댔다. 칼리가 떠벌리고 다니던 이야기가 널리 퍼진 모양이었다. 칼리 녀석, 역시 이야기꾼답다 싶었다.

ㅌ 매일 밤 마녀를 만나고 온대. ㅋ
ㅌ 인간에게 세뇌당했대. ㅋ
ㅌ 어쩐지 쟤 피부 우리 또래와 비교해 너무 하얗지 않아? ㅋ

ㅌ 눈 깜빡이는 게 전부터 어딘지 부자연스러워 보였어. ㅋ

ㅌ 쟤 밥도 안 먹는다잖아? ㅋ

소문의 진원지인 칼리는 못 들은 척 딴청만 피웠다. 앵지는 칼리를 빤히 쏘아보았다. 그러더니 벌떡 일어나 주위를 향해 크게 외쳤다.

ㅌ 모두 똑같아야 한다고 말하는 거 지겹지 않아? 인간들처럼 왜 이래? ㅋ

앵지가 한 방에 아이들 입을 다물게 했다. 똑같은 모양을 한 대량의 쓰레기가 바다에 쌓이는 모습을 벨루가들은 오랫동안 보아 왔다. 균일하면서 동시에 유독한 것을 두고 인간적이라고 조롱하던 참이었다.

ㅌ 벨카는 조금 다를 뿐이야! ㅋ

앵지가 옹호해 주는 말을 들으며 나는 지느러미로 머리를 감쌌다.

"윽…. 하지 마…."

ㅌ 만약 바다에 먹을 게 사라지면 벨카만 남게 될걸? 벨카는 초능력자였어! 너무 멋저! ㅋ

앵지의 눈이 하트 모양처럼 똥그래지더니 입에서 공기 방울이 뿜뿜 발사되었다. 이대론 안 되겠다 싶었다. 나는 애들을 둘러보곤 진지하게 말했다.

"얘들아, 특별 대우 같은 거 하지 않아도 좋아. 날 그냥 내버려두면 좋겠어. 부탁할게."

그러자 주위 해초가 살짝 흔들릴 정도로 앵지가 큰 소

리로 외쳤다.

ㅌ 아니! 널 내버려둘 수 없어! ㅋ

"뭐?"

ㅌ 우와. 이거 무슨 전개야? ㅋ

칼리가 빈정거렸고 아이들이 키득댔다. 앵지가 작심한 듯 외쳤다.

ㅌ 벨카, 나 널 좋아해! 나랑 사귀자! ㅋ

"뭐, 뭐라고!"

깜짝 놀랐다. 아이들이 장난스럽게 환호성을 질렀다. 나는 앵지를 끌고 아이들이 안 보이는 큰 바위 뒤쪽으로 갔다. 아이들이 깔깔대며 휘파람을 불었다.

"앵지! 왜 자꾸 날 곤란하게 하는 거야? 너희들은 곧 떠날 거고, 난 어차피 너희와 헤어질 거야. 우린 계속 같이 살 수 없어. 그러니 제발 나한테 관심 끄고…."

그늘진 곳에 단둘이 남게 되자 앵지가 아침에 만났을 때처럼 뽀얀 얼굴을 붉게 물들이더니 성큼 다가왔다.

ㅌ 벨카, 나 요즘 매일 네 생각만 해. 너 같은 벨루가는 처음이야 ㅋ

앵지는 아예 내 이마에 자기 이마를 콩, 하고 맞대었다. 내 이마에는 없지만 앵지의 이마 속에 들어 있는 멜론이라는 기관이 콩닥, 하고 흔들렸다.

ㅌ 있잖아, 벨카…. 너랑 키스하고 싶어. 결혼하고 싶어! ㅋ

앵지의 저돌적인 고백에 나는 그만 어안이 벙벙해졌다.

"잠, 잠깐만! 너도 알다시피 나는 평범한 벨루가로 살기엔 좀 부적합한 존재야."

┗ 뭐가? 네가 조금 특이한 건 사실이지만 우린 평범하게 살 수 있어! ㅋ

앵지의 공세에 나는 머리를 짚고 그 자리에서 뱅글뱅글 돌았다.

'아이 씨, 난 왜 이렇게 당황하고 있지?'

나는 단호하게 말했다.

"아무튼, 안 돼! 우린 이루어질 수 없는 사이야!"

그러자 어떤 거센 해류도 제 사랑을 막을 수 없다는 듯 앵지가 결연한 표정으로 말했다.

┗ 이루어질 수 없는 사랑이라니 더 불타오르는군! ㅋ

내가 지느러미를 마구 흔들며 재차 부정했지만 앵지는 어깨를 씰룩거리며 유유히 헤엄쳐 애들이 모여 있는 곳으로 돌아갔다. 무리에서 탄성이 터졌다. 나는 바위 뒤에 남아 잠시 고민했다.

'나는 평범하게 살기엔 좀 부적합한 존재야.'

내가 한 말을 곱씹어 보니 어쩐지 아쉬운 마음이 퐁, 하고 떠올랐다.

'아쉬울 게 뭐가 있지? 난 어디까지나 해양 탐사용 융합 AI 로봇일 뿐인데? 인간을 위해 일하는 게 내 임무잖아? 지금까지 재밌게 잘해 왔는데, 나 왜 이러지?'

갑작스러운 자문에 나는 조금 혼란스러워졌다.

'지금의 내가 평범하게 산다는 건 어떤 삶을 사는 거지?'

나의 새로운 바다로

로봇 벨루가인 나에게는 로봇으로서의 삶이 평범한 걸까? 아니면 벨루가로서의 삶이 평범한 걸까? 육지의 기억과 바다의 기억이 반반인 존재에게는 어디에서 사는 게 자연스러운 일인 걸까? 간단히 답할 수 없었다.

그날 밤, 내가 앵지에게 고백받는 영상을 반복 재생하면서 엄마는 바닥을 데굴데굴 구르며 웃었다.

"볼수록 너 연기력 최고다! 스파이였다면 여럿 암살했겠어. 완벽해!"

"연기력이 아니고 학습 능력과 적응력이 뛰어난 거지. 그리고 스파이는 뭐고 암살은 또 뭐야? 내가 걔들 죽이러 간 것도 아니고. 나 참."

엄마는 내 고민을 진지하게 여기지 않는 것 같았다. 나는 한숨을 크게 쉬었다.

"무리 속에 녹아들어 지내겠다고 결심하긴 했다만 앵지에게 고백을 받을 줄이야."

심각한 내 표정을 보며 엄마는 자꾸만 볼을 빵빵하게 부풀리며 웃음을 참았다.

앵지의 공개 고백 직후 칼리가 며칠 나를 들볶았다. 앵지는 칼리의 악의적인 소문을 하나씩 하나씩 격파했다. 아이들은 앵지를 좋아했던 칼리가 질투해서 저러는 거라고 해석했다. 점차 내 행동은 개성으로 여겨질 뿐 누구도 문제 삼지 않게 되었다. 앵지가 자꾸만 나를 특별한 애라고 강조하는 건 좀 부담스러웠지만.

내가 무리 안으로 잘 받아들여진 데에는 벨루가 무리의 사회성도 영향이 컸다. 원래 벨루가는 혈연관계로 맺어지지 않은 존재도 무리의 일원으로 받아들였다. 서로의 방식을 존중하면서 필요할 때 합심했다. 각 무리에 고유한 이름이 있고 언어가 있고 교육과 의료, 문화가 있었다. 구전 설화까지 있었고 노래도 즐겼다. 초음파로 전달되는 대화 속의 정보량이 어마어마했다. 어리석은 행동을 하는 벨루가를 보고 인간처럼 굴지 말라고 놀리는 걸 봤을 땐 사뭇 놀랐다. 벨루가들은 인간 사회를 잘 알고 있었을 뿐 아니라 인간의 기술이 바다를 파괴할 수 있다며 경계했다. 벨루가가 인간보다 더 문명화된 종일지도 모른다고 생각했던 날, 나는 그 의견도 함께 서버로 전송했다.

날이 어둑어둑해지자 엄마 목소리가 귀청을 때렸다.

"어디야? 빨리 와. 방전되겠어."

"아, 다 왔어!"

애들에게 인사도 제대로 못 하고 전속력으로 귀가하는 날이 계속됐다. 신데렐라도 아니고 매일 밤 이게 뭐람. 나는 투덜대며 커다란 선박이 드리운 차가운 그림자 사이를 빠르게 통과했다.

며칠 후, 나는 드디어 충전 효율을 높인 충전지로 전력 공급원을 교체했다.

"이제 48시간 동안 충전이 유지될 거야. 이틀에 한 번만 충전하러 오면 돼."

어쩐지 엄마 표정이 쓸쓸해 보여 나는 농담을 했다.

"이틀에 한 번만 만날 수 있다니, 내일부터 외로워서 엄마 혼자 어떻게 자? 킥킥."

"일찍 기숙사 보냈다고 생각해야지, 뭐. 이틀에 한 번
이면 주말에만 만나는 것보단 자주 보는 거잖아?"

엄마와 나는 서로 농담하며 서로의 변화와 성장을 받
아들였다. 나는 엄마의 잔소리와 놀림으로부터 이틀 동
안 자유로울 수 있게 되었다.

"위험한 데는 피해 다녀야 한다. 너무 멀리 가는 것도
안 돼. 알지?"

엄마는 이틀 치 잔소리를 한꺼번에 몰아서 할 기세였다.

"아, 좀!"
"제일 먼저 어디 가고 싶어?"
"아….."

그 순간 떠오른 건 앵지 얼굴이었다. 앵지와 함께 달
을 보고 싶었다.

곰곰이 생각에 잠긴 나를 엄마가 웃으며 바라보았다.

그날 밤, 나는 앵지와 수면에 올라와 수영했다. 보름
달이 훤히 빛나 앵지 얼굴이 은빛으로 보였다.

*ㅌ 벨카야, 너랑 이 시간에 같이 달 보니까 되게 신선
하다. ㅋ*

이 시간이 내게 얼마나 신선한지 나야말로 설명할 길
이 없을 정도였다. 하지만 무슨 대답을 하든 엄마가 나중
에 다 들을 거라 생각하니 어쩐지 쑥스러워졌다. 그 바람
에 진짜 속내를 감추는 퉁명스러운 말이 튀어나왔다.

"달빛이 뭐가 신선해? 맨날 뜨는 달인데."

ㅌ 너랑 같이 보는 건 처음이니까, 신선하지! ㅋ

우리는 나란히 수영하며 달을 올려다봤다. 저 거무튀튀한 배만 안 보였다면 더할 나위 없이 완벽한 풍경이었을 텐데.

며칠 전부터 큰 선박 하나가 우리 무리 주변을 얼쩡거렸다. 그 배는 계속 우리를 따라왔다. 어디에서든 수면에 반사된 빛을 좀먹었다. 어두운 그림자를 만들며 불안한 낌새를 드리웠다.

'장난인가? 아님 도발인 건가?'

로봇 벨루가가 있으니까, 더이상 벨루가를 수족관에 잡아 둘 필요는 없었다. 이젠 나와 같은 로봇이 벨루가 생태 연구를 돕고 있으니까, 벨루가를 포획할 일도 없을 거였다. 우리는 선박이 만들어 내는 그림자를 피해 일부러 밝은 곳으로만 움직였다. 앵지 눈빛이 불안해 보였다.

앵지가 소원을 빌듯 기대를 담은 어조로 말했다.

ㅌ 북극해에서도 너랑 같이 달 보면 좋을 텐데. 되게 시원할 텐데. ㅋ
"…"

나는 앵지와 차가운 바다 위에서 빙하 사이를 요리조리 피해 수영하며 달빛을 올려다보는 장면을 상상했다. 시원한 풍경을 떠올리다 보니 마음이 따끈해졌다.

"너희들, 떠나야 하는 거지?"
ㅌ 바다가 너무 미지근해졌어. 북극까지 더워지면 그때 우린 어디로 가야 할까…. ㅋ

나쁜 예감을 떠올릴수록 앵지와 보내는 시간이 더욱 짧아지는 것 같았다. 예정된 이별을 일부러 무시했다.

ㅌ 근데 벨카, 인간 집, 아니 엄마 집엔 이제 매일 밤 가지 않아도 되는 거야? ㅋ

"응, 엄마도 좀 외로워지는 연습을 해야 할 것 같아."

나중에 영상을 볼 엄마에게 잘 들리도록 나는 일부러 큰 소리로 말했다.

밤에 앵지와 노는 것을 칼리가 알아차린 모양이었다. 칼리의 눈빛이 며칠 싸늘하다 싶더니 괴팍한 공격이 또 시작되고 말았다. 칼리가 아이들을 향해 사납게 말했다.

ㅌ 쟤 눈은 카메라야! 이걸로 우리를 촬영하고 있어. 녀석의 눈을 부숴 보면 확인할 수 있다고! 장담한다! 내 지느러미를 하나 걸겠어! ㅋ

칼리가 나를 큰 바위 쪽으로 거세게 떠밀었다. 당장이라도 내 얼굴을 바위에 찍어 누를 듯 위협적이었다.

ㅌ 야, 다들 정신 차려! 이 새낀 벨루가가 아니야! 인간들이 만든 저 배랑 다를 바 없어. 기계라고! ㅋ

아이들이 술렁였고 칼리가 내 귀에 속삭였다.

ㅌ 인간은 우리의 멸종 시계를 앞당겼어. 우리 엄마는 좁은 수족관에 갇혀 고작 여섯 살 때 스트레스로 죽었다고. 인간 스파이 노릇을 하는 새끼를 내가 용서할 것 같아? ㅋ

"아…"

칼리의 눈 속에 어린 깊은 슬픔이 보여 나는 꼼짝할

수 없었다. 내가 미안하다고 사과하면 칼리는 받아들일까? 인간을 대신해 내가 사과해도 좋은 걸까?

ᛖ 칼리! 멈추거라! Ϧ

그 순간, 마을을 순회하던 압살라 할머니가 칼리에게 호령했다. 할머니 목소리에 주위가 부르르 떨렸다.

ᛖ 설령 네 말이 사실이라 해도 벨카를 다치게 해선 안 된다! 네 말이 사실이 아닐 가능성도 똑같이 존중받아야 한다! Ϧ

칼리가 움찔했다.

ᛖ 벨카, 너는 지금 바로 내 연구실로 오거라. Ϧ

바짝 긴장했던 주변 물결이 해빙되듯 천천히 흘렀다. 칼리에게 달려들 태세였던 앵지도 안도의 한숨을 뱉었다.

나는 칼리와 아이들을 뒤로하고 할머니를 따라 동굴 안으로 들어갔다. 그곳은 수십 년간 무리를 이끌어 온 장로님의 연구실이었다. 곳곳에 온갖 약재료가 걸려 있었다. 벨루가가 약재를 배합하는 기술을 보유하고 있다는 새로운 정보를 포착한 순간이었다. 나는 하나하나 빠뜨리지 않고 눈에 담아 즉시 클라우드로 전송했다. 할머니가 나를 지긋이 바라보았다. 나는 할머니에게 말했다.

"할머니. 저는 인간을 위해 태어났습니다. 저를 탄생시킨 과학자가 저의 진짜 엄마예요. 전 인간과 공존하는 것이 좋습니다."

할머니가 천천히 고개를 끄덕이며 말했다.

ᛖ 앵지 말로는 내 도움이 필요하다던데. 뭐든지 말하

거라. 탈피를 돕는 필링 조개, 점성 있는 해초, 소독 기능이 있는 불가사리, 면역력을 강화해 주는 오징어 독까지, 각종 재료가 다 있어. 필요할 땐 언제든 네게 힘이 되어 주마. ㅋ

나는 정중하게 거절했다.

"할머니, 죄송하지만 그런 걸로는 제 몸을 관리할 수 없어요."

할머니의 배려는 고마웠지만 최신형 로봇이 비과학에 의지할 순 없었다. 할머니가 말을 이었다. 초음파가 만든 울림이 부드럽고 따뜻했다.

ㅌ 벨카야. 넌 어디에도 속해 있지 않으면서 동시에 어디에든 속할 수 있는 애구나. ㅋ
"네?"

할머니가 뭔가 알고 있나? 어디까지 알고 있는 거지? 나를 쫓아내려는 건가? 무슨 말을 둘러대야 의심받지 않고 탐사를 계속할 수 있을까? 머릿속이 복잡해졌다.

ㅌ 네가 속하고 싶은 곳에 속해도 된다. 다만 벨루가 무리도 너의 가족이란 걸 잊지 마라. 임무만이 네 삶은 아니야. ㅋ
"아…, 네…."

할머니는 나를 걱정하고 있었다. 할머니의 눈빛을 뒤로하고 나는 연구실을 나왔다.

연구실을 나오니 날이 흐린지 주위가 밤처럼 어둑어둑했다.

앵지 무리는 곧 떠날 거고 어차피 난 모두와 헤어질 거다. 나는 어둠 속에서 한 번 더 상상했다. 앵지와 빙하 사이를 요리조리 피해 수영하며 차가운 바다 위에서 달빛을 올려다보는 장면을.

'내가 만약 애들과 함께 북쪽으로 간다면 어떤 경험이 날 기다리고 있을까?'

한 번도 떠올리지 않았던 생각이 퐁, 하고 솟았다.

'엄마는 어떡하지? 충전은 어떡하고? 엄마 연구는? 내 임무는?'

떠나고 싶다고 생각한들, 떠나겠다고 마음을 굳힌들, 모든 것이 내 결심을 돕기 위해 착착 움직일 리가 없었다. 복잡하게 따라붙는 일들을 생각하다 고개를 저었다. 엉뚱한 상상이었다. 막연한 충동이었다.

ㅌ 꺄악! ㅋ

그 순간, 비명이 들렸다. 무리 주변을 얼쩡거리던 선박에서 갑자기 육중한 쇠그물이 쏟아졌다.

"설마 이 목소리는…?"

무리의 어른들이 허둥대는 아이들을 피난시키고 있었다.

"앗!"

그물에 포획되어 버둥거리는 벨루가가 있었다. 앵지였다.

"제길, 앵지!"

ㅌ 어떡해! ㅋ

〒 누가 좀 도와줘요! ㅋ

　무리들 사이로 압살라 할머니가 재빠르게 앞서 나왔다. 할머니는 다른 이들에게 피난을 지시하고 앵지를 향해 달려갔다.

　나는 엄마에게 연락하려 통신 볼륨을 높였다. 이런 순간에 할 수 있는 일이란 게 겨우 엄마에게 해결책을 묻는 것뿐이라니, 한심했다. 그러니 영원한 열 살짜리 애로 취급받는 거였다.

　쇠로 된 그물은 좀처럼 부서지지 않았다. 앵지를 구하려 그물을 뜯던 할머니까지 도리어 그물에 걸려들고 말았다. 센서가 달렸는지 그물 끝이 살아 있는 것처럼 꿈틀대더니 할머니와 앵지의 몸을 빈틈없이 칭칭 휘감았다.

　"젠장!"

　생각을 멈췄다. 시간이 없었다.

　"앵지! 안 돼!"

　앵지를 이대로 내버려둘 순 없어! 나를 내버려둘 수 없다고 외쳤던 건 늘 앵지 쪽이었는데, 이번엔 내가 똑같은 말을 하고 있었다. 평소에 앵지는 내가 어딘가에 구속된 듯하다고 느꼈던 걸까?

　그물을 향해 달려들었다. 대책 없이 물어뜯었다. 인공 이빨이 후드득 떨어졌다. 장식과 같은 연약한 치아였다. 그물 끝에 붙은 센서는 침착하고 고약하게 나까지 억세게 휘감았다. 그 바람에 가슴지느러미 하나와 꼬리가 분리되어 뚝 떨어져 나갔다.

〒 헉, 벨카! 너 꼬리가…! ㅋ

그물에 결박된 앵지가 비명을 질렀다.

"난 괜찮아! 아프지 않아. 내가 그물을 부술 테니 할머니와 도망쳐!"

엉겨 붙은 그물이 몸을 죄어 오자 삐삑, 하며 위험 신호가 울렸다. 엄마의 다급한 목소리가 머릿속에서 울려 퍼졌다.

"벨카! 넌 그 애들과 달라. 벨루가보다 훨씬 충격에 약해! 그러니 널 지켜야 해. 네 생명을 우선해야 한다고!"

나는 도무지 이해할 수 없어서 소리쳤다.

"엄마! 도대체 왜 사람들이 벨루가를 잡는 거야!"

엄마는 잠시 머뭇거리다 말했다.

"불법 포획이야. 벨루가 고기가 아직도 최고급 요리로 팔리는 데가 있대."
"요리라고? 미쳤어!"

엄마가 소리쳤다.

"벨카, 지금 당장 빠져나와!"
"뭘 위해? 애들이 다 죽고 나만 살아남으면 뭐 해? 그때 난 뭘 하며 살라는 거야?"
"네 정체가 드러나면 살아남아도 그 무리에 다시 돌아갈 수 없어!"

냉정한 엄마의 말에 나는 실망했다.

"엄마! 결국, 엄마 연구가 가장 중요하단 얘기야?"
"그게 아니야, 동혜야! 엄마는 너를…!"

나는 통신을 끊었다. 그리고 입을 크게 열어 남은 이빨

사이사이에 그물을 걸었다. 한쪽 지느러미를 빙빙 돌려 그물을 온몸에 돌돌 말았다. 우리 셋이 엉킨 그물이 수면으로 올라가고 있었다. 눈앞에 배의 프로펠러가 보였다. 엔진을 향해 뛰어들며 나는 소리쳤다. 음성 변환을 거치지 않은 벨루가의 목소리가 나도 모르게 튀어나왔다.

까아아아아아!

ㅌ도망쳐!ㅋ

쾅, 하는 커다란 충격음이 들렸다. 몸이 부서진 게 분명했다. 쇠그물이 잘렸고 할머니와 앵지가 풀려났다. 둘의 하얀 몸에 줄줄이 핏자국이 새겨진 모습이 마지막으로 시야에 들어왔다. 시야가 검은 화면으로 바뀐 순간, 나는 안도했다. 내 몸에서 떨어진 두 대의 카메라와 로컬 브레인, 통신 장비, 저장 장치, 센서, 유기 합성물로 표면을 얇게 코팅한 몸체가 프로펠러 소용돌이 방향을 따라 산산이 흩어졌겠지. 아이들이 깜짝 놀랐겠지. 그렇지 않아도 똥그랗고 커다란 앵지의 눈 속으로 수면에서 반사된 빛이 스며들어 촉촉하게 빛났겠지.

'앵지야. 너한테만이라도 솔직히 말해 둘 걸 그랬어.'

멀어지는 의식 속에서 나는 엄마와 앵지에게 인사했다.

'고마웠어.'

앵지 같은 애와 대화하고 친해지다니 이전엔 상상할 수 없던 일이었다. 내가 그동안 상상했던 바닷속은 기껏해야 인간이 침범하지 말아야 할 공간, 보호해야 할 공간이었다. 내 상상 속에서 바다는 영원히 남의 공간이었다.

직접 와 본 바다는 이전에 책과 영상으로 학습했던 공

간과 전혀 달랐다. 인간 세상이 그렇듯, 이곳 역시 끊임없이 싸워 내야 간신히 생존할 수 있는 곳이었다. 갑작스러운 지진과 화산, 급격한 해류 변화와 이상 기온, 상위 포식자의 등장은 아주 교활하게도 잠시 마음을 놓을수록 더욱 위협적이었다.

나는 이전에 한 번 심해에 갇힌 적이 있었다. 그리고 완전히 새로운 존재가 되어 새로운 삶을 만났다. 심해에서 올라오던 순간이 기억났다. 반사된 달빛이 살짝 보이는 수면을 향해 아주 천천히 떠오르던 순간을 머릿속으로 되새겼다.

새로운 세상이 수면 위에 있었다. 그때는 그 풍경이 낯설고 고독하고 막막해 보였다. 세상과 영원히 격리될 것을 각오하며 선택한 삶이었다. 그런데 폭풍과 해류에 휩쓸리는 풍경 속에서도 엄마 같은 사람, 앵지 같은 친구를 만날 수 있었다. 일상이라는 소용돌이를 묵묵히 통과한 끝에 마주한 선물 같은 기적이었다.

앵지가 안전하게 살아남길, 나는 마지막으로 기도했다.

'앵지야, 미안해.'

근데 나, 왜 이렇게 앵지를 걱정하고 있지?

*

어렸을 때부터 바닷속 환경이 좋았다. 기포를 품고 퐁퐁 떠오르는 각종 소리를 듣는 게 좋았다. 나풀나풀 헤엄치는 바다 생물을 지켜보는 것도 좋았다. 엄마를 졸라 전세계 돌고래 다큐멘터리를 다 구해서 봤다. 엄마 배 속에서 잠들면 이런 기분이었을까 싶을 정도로 편안했다.

온갖 다큐멘터리를 보는 바람에 슬퍼진 적도 많았다. 그물에 휘감긴 고래는 살려고 버둥거릴수록 더 깊은 상처를 입었다. 지구가 멸망한 뒤에도 썩지 않을 더러운 것들이 바다 생물의 몸에 쌓였다. 바다가 더워지는 바람에 벨루가들은 늘 고열에 시달렸다. 이해할 수 없는 오염 물질에 정신을 잃은 채 뭍에 올라와 떼 지어 자살하는 무리도 있었다. 고래들을 한 마리씩 힘겹게 바다로 돌려보내는 인간들이 있는가 하면 수족관에서 학대하는 인간들도 있었다. 바다를 사랑할수록, 고래를 사랑할수록 나는 아팠다.

"이제 됐다. 몸을 움직여 볼래?"

엄마 목소리가 날 깨웠다. 새 몸에 뇌와 각종 장치가 연결됐다. 클라우드에 상시 접속하는 방식으로 뇌가 업그레이드되어 있었다. 병렬 장착된 로컬 브레인의 데이터는 자동으로 클라우드와 동기화되었다. 이제는 엄마와의 통신이 끊어져도 생활에 지장을 받지 않을 것이다. 무엇보다 충전 방식을 바꾼 유기체 몸이 가장 마음에 들었다.

"파력 발전과 유기물질 분해 발전, 그리고 광화학을 통한 복합 충전 방식을 도입했어."
"그럼 이제 충전하러 오지 않아도 되는 거야?"
"응, 큰 사고가 없는 한."
"엄마, 더 외로워질 텐데 괜찮겠어?"

엄마의 코끝이 빨갰다.

"일찍 독립시켰다고 생각해야지, 뭐."

큰 사고가 없는 한, 파도가 있는 한, 플랑크톤이 있는 한, 그리고 해가 뜨고 달이 뜨는 한, 내 삶은 이어질 것이다.

한 번 더 새로 태어났다. 이번이 두 번째 부활이었다.

"그때 같다, 엄마."
"그러게. 그때 생각난다, 동혜야."

나는 여섯 살에 해양 사고를 당한 뒤 열 살 때까지 코마 상태에 놓여 있었다. 몸이 움직이지 않으니 깊은 심해에 홀로 갇힌 기분이었다. 뇌 과학자인 엄마의 연구 덕에 우리는 뇌파로 대화할 수 있었다. 그때는 내 쪽에서 통신을 끊을 수 없어 엄마의 잔소리를 무조건 들어야 했지만.

엄마가 나와 뇌파로 대화하는 걸 엄마의 모노드라마라고 여긴 사람들도 있었다. 자신을 이해하지 못하는 사람들 사이에서, 언제 회복될지 모르는 딸을 지켜보며 엄마는 줄곧 힘들어했다.

그 시절 나는 엄마와 함께 해양 환경을 연구했다. 엄마의 전폭적인 지원이 없었다면 혼자서는 도저히 못 했을 일이었다.

바다에서 사고를 입은 애의 의식에 VR을 연결해 해양 환경을 보여 주는 걸 두고, 트라우마 건드리는 게 아니냐며 사람들이 엄마를 나무라기도 했다. 그때 엄마는 단호하게 말했다.

"동혜가 원한 거예요."

나는 엄마를 늘 격려해야 했다. 나의 선호와 의지에 대해 자주 말했다. 자주 투덜거렸고 가끔 뻔뻔해졌다. 돌고래 말을 배운 시기도 그즈음이었다. 엄마가 돌고래 언어를 연구하기 시작한 것은 순전히 나 때문이었다. 엄마는 나에게 돌고래의 초음파를 인공지능으로 분석해 번역하는 기능을 덧붙였다. 그 후에 이전에 봤던 다큐멘터리를 처음부터 다시 봤다. 드라마틱한 연출 내용과 돌고래의 실제 대사가 전혀 다르다는 사실을 깨닫고 나니 사람들이 얼마나 작위적으로 다큐멘터리를 편집했는지 알 수 있었다. 다시 본 다큐멘터리는 코미디 영화 같았다.

4년 후 내가 뇌사 판정을 받기 직전, 엄마는 에드거 이노베이션으로부터 AI와 인간 의식을 결합한 뉴 브레인 연구 리드를 제안받았다. 나는 엄마와 오래 상의했다.

"괜찮을까? 정말 괜찮겠어?"

그즈음 엄마의 입에서는 한숨이 끊이지 않았다.

"엄마, 나는 엄마의 발명품이야. 뭐가 그리 겁나?"

엄마라는 조물주를 응원하는 건 딸인 나의 중요한 역할이었다. 엄마의 결심을 북돋아야 했다.

"엄마, 난 이제 좋은 대학에 가고 좋은 직업 갖고 결혼하고 아이 낳고 사는 생활은 못 할 텐데. 엄마가 자랑할 만한 딸이 못 돼서 어떡하지?"

"무슨 소리야? 어디서 뭘 하며 살든 네가 행복하면 엄마는 그걸로 충분해. 그게 엄마의 자랑이야."

좋은 대학을 가야 한다고, 좋은 직업을 가져야 한다고 유치원 때부터 잔소리가 심했던 엄마가 떠올라 나는 웃고 말았다. 엄마도 같은 기억을 떠올렸는지 쑥스러운 웃음을 보였다. 엄마의 웃음 속에는 이전 일에 대한 미안함이, 내 웃음 속에는 앞으로의 일에 대한 미안함이 묻었다. 우리는 함께 크게 웃은 뒤 새로운 삶을 선택했다. 엄마에게도, 내게도 큰 도전이었다.

인간의 뇌와 AI를 결합한 융합 뇌 AI로서 나는 엄마의 프로젝트에 참여했다. 내 의식은 AI와 연동되었고 나는 벨루가의 몸을 얻었다. 4년이 더 지나자 벨루가로 지낸 시간이 코마 상태로 살았던 시간을 추월했다. 이제 몇 년 후면 벨루가로 산 세월이 인간이라고 불렸던 세월을 추월할 것이다. 뉴 브레인을 탑재한 다른 몸을 얻을 수도 있었지만 나는 벨루가로 지내는 삶을 선택했다. 모두 내가 원한 거였다.

엄마가 새로운 몸체를 깨끗이 닦아 주며 말했다.

"이번 몸체의 수명은 생체 벨루가의 수명과 비슷해. 큰 사고만 없다면 웬만한 수압 아래에서도 30년 정도는 견딜 거야. 그러니 동혜야. 30년 안에 돌아와라. 엄마가 죽기 전에 직접 업그레이드해 주고 싶어."

"엄마, 고마워. 엄마 덕에 새로운 세상에 가 볼 수 있었어. 나 같은 새로운 종을 창조한 엄마는 하느님이야. 내 친구들은 엄마를 마녀라고 부르지만. 크크크."

나는 엄마에게 작별 인사를 했다. 프라이버시를 위해 통신은 꺼 놓기로 합의했다.

"긴급한 일 생기면 바로 켜야 해. 알았지?"

"아휴, 잔소리 좀 그만!"

나는 언제나처럼 엄마와 티격태격했고 이 순간이 곧

그리워질 것을 예감했다.

"얼른 가."

나는 엄마에게 멋진 미소를 한 번 보여 주고 바다로 향했다. 어디에도 속해 있지 않으면서 동시에 어디에든 속할 수 있는 세상으로. 나의 새로운 바다로.

이번엔 30년 정도 가출하게 됐다. 비록 나의 뉴 브레인은 개발사 서버에 있지만, 30여 년 견딜 수 있는 강화 합성 피부로 된 몸을 갖고, 온전히 벨루가 무리의 일원으로 지내며, 게다가 앵지라는 사랑스러운 녀석의 특별한 파트너로 살아갈 수 있는 존재는 나밖에 없을 거다.

나와 똑같은 뉴 브레인을 가지고 다른 인공 유기체 안에서, 나와는 또 다른 삶을 사는 애를 만난다면 언젠가 친구가 될지도 모르겠다. 그땐 내가 녀석에게 벨루가 무리를 소개해 줘야지.

개발사는 나의 데이터에 언제든 접근할 수 있고, 몸체의 위치도 언제든 추적할 수 있다고 생각해 내 선택을 허락한 것이 분명하다. 나는 내게 허락된 것 이상의 자유를 원한다. 어떤 삶이 내게 허락된 것 이상의 자유를 누리는 삶일지 지금은 알 수 없다. 앞으로 나아가 보는 수밖에. 그래서 스스로 발견하고 선택하는 수밖에.

ㄷ 벨카, 너 오늘 평소보다 더 멋져 보인다? ㅋ

엄마 집 수문을 나오자 줄곧 기다리고 있던 앵지가 슥, 하고 다가왔다. 흩어진 로컬 브레인과 저장 장치, 파손된 센서 등을 모두 입안에 머금고 와 엄마에게 건넨 건 앵지였다. 그 덕에 나는 모든 추억을 새 몸에 온전히 동기화시킬 수 있었다. 말하자면 앵지는 하느님을 보조해 나의 두 번째 부활을 도운 천사였다. 엄마를 찾아온 앵지의 얼굴이 너무 울어서 빵빵했었다는 사실은 엄마와 나만 아는 비밀로 간직하기로 했다.

ㅌ 나 원래 멋졌잖아. 진즉 알았으면서? ㅋ

나는 통역 없이 초음파로 말했다. 그리고 일부러 퉁, 소리가 나도록 앵지의 어깨에 내 이마를 부딪쳤다. 나는 한껏 폼을 잡으며 제자리에서 크게 한 바퀴 돌았다.

ㅌ 이번엔 치료가 필요할 때 앞살라 할머니한테 가 볼까 봐. ㅋ
ㅌ 우리 할머니 솜씨는 내가 보장한다. ㅋ

벨루가와 돌고래들이 비참하게 죽지 않도록 돕고 싶었는데 정작 나를 보호해 준 건 앵지와 그의 무리였다.

탈피를 끝내고 조금 더 성장한 앵지가 전보다 한층 새하얗게 빛나 보였다.

앵지와 처음 만났을 때가 기억났다. 탈피 전 어린 벨루가들이 으레 그렇듯, 약간 회색빛 몸을 한 앵지가 인공적인 순백색 몸을 한 나를 발견하곤 똥그랗게 뜬 눈을 반짝였다. 나는 아차, 싶었다. 당장 집에 가서 피부를 교체해야겠다는 생각이 들었지만 앵지는 상관하지 않았다. 앵지가 속한 무리에 머물겠다고 결심한 이유는 앵지의 그 눈빛이었다. 조금 달라 보일 게 분명한 나를 친구로 받아 줄 것 같은 눈빛.

우리는 북쪽으로 흐르는 해류에 몸을 실었다. 조금 앞선 곳에서 우리를 발견하고 방정맞게 지느러미를 흔드는 칼리와 애들의 꿍무니가 보였다. 칼리가 내 이야기를 어떻게 부풀려 각색했을지 얼른 듣고 싶었다.

한때 나는 어린아이였고 코마 상태에 빠진 인간이었고 AI였고 벨루가였다. 내 정체성은 뭘까? 인간인지 의식인지 AI인지 벨루가인지 하나를 선택하려다 그만뒀다. 그 모든 게 나라고, 나일 수밖에 없다고 생각했다. 해류가 출렁이더니 헹가래 치듯 내 몸을 둥실 띄워 올렸다. 새로운 바다에 온 것을 환영한다는 듯.

그 후로 나는 그린란드, 오호츠크 해, 북극해 한가운데에서 엄마와 가끔 통화했다. 무소식이 희소식이니 자식의 프라이버시를 보장하라고 말하면 엄마가 안도하며 웃었다. 계절이 바뀔 때마다 한 번씩, 이 대화 패턴이 무수하게 반복됐다.

나는 경험한 일 중에서 생태 연구와 벨루가 생존에 필요한 데이터만 엄마의 서버로 전송했다. 밀렵꾼을 고발하고, 바다 청소 로봇을 개발하고, 융합 뇌 AI로 사람들에게 해양 환경을 체험하게 하며 엄마는 평생 바쁘게 살았다. 비록 몸은 멀리 떨어져 있었지만 나는 잔잔한 하루 속에서 늘 엄마를 느꼈다.

나보다 먼저 엄마가 세상을 떠날 때까지, 엄마는 내게 매일 메시지를 보냈다. 자신이 죽고 난 뒤에도 매일 자동 발송될 메시지를 무려 1000년분이나 남겼다. 엄마들은 늘 오버해서 문제다. 엄마가 돌아가신 뒤 나는 엄마의 메시지를 전부 다운받은 후 통신을 끊었다.

가출한 날로부터 47년 후, 나는 해저에서 앵지와 함께 잠들었다.

ㅌ 넌 영원히 살 수 있잖아? ㅋ

앵지가 나를 타박했다.

ㅌ 나보고 혼자 남으라는 거야? ㅋ
ㅌ 혼자 남겠다고 한 적도 있었잖아? ㅋ

여전히 똥그랗고 커다란 앵지의 눈 속으로 해저의 은은한 빛이 스며들어 촉촉하게 빛났다.

ㅌ 그랬지. 아무것도 몰랐을 때. ㅋ

그랬다. 너와 함께하는 시간이 이토록 찬란한지 미처 몰랐던 때였다. 우리는 옛 추억을 이야기하며 함께 마지막 순간을 맞았다. 앵지가 마지막 숨을 크게 들이쉰 뒤 눈을 감았다. 그 순간 나의 로컬 브레인도 영원히 어둠 속으로 사그라들었다.

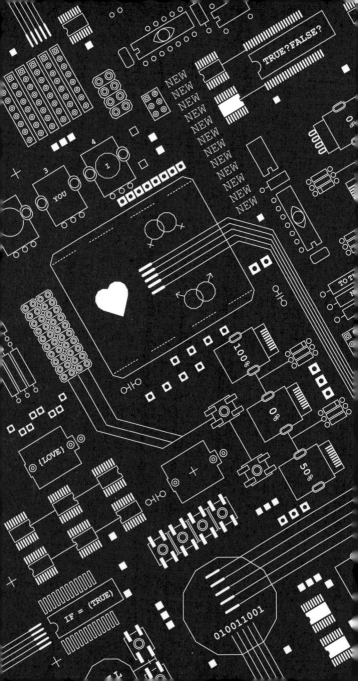

```
IF = (TRUE)
         ={General's};
         ={AFFECTION}
         ={ERROR};
```

A B C D E

롤백

TRUE-FALSE

100%

0%

50%

+ + +

안영선

서울 출신이다. 마음 맞는 사람들과 오랫동안 창작

모임 활동을 했다. 이번 '뉴 러브' 공모전을 통해 독

자들에게 처음 소설을 선보이게 되었다.

NEW
NEW
NEW
NEW
NEW
NEW
NEW

010011001

대여섯 살 무렵 나는 언제나 똑같은 인형을 들고 다녔다. 원통형의 핑크색 몸체에, 솜을 넣어 부풀린 헝겊으로 만든 귀와 다리와 꼬리가 달린 돼지 인형이었다. 다른 아이처럼 인형에 이름을 붙여 주진 않았다. 그럴 필요가 없었으니까. 기억이 닿는 최초의 순간부터 이미 그 인형과 함께하고 있었다. 인형은 거의 나의 일부였다. 몸통에서는 항상 내 방 침대와 이불의 냄새가 났다. 어디서나 껴안기만 하면 불안이 사라지고 모자란 것이 채워지는 느낌이 들었다.

몇 해 전, 부모님 집에 갔다가 옷장 속에서 그 인형을 발견했다. 코를 박고 냄새를 맡아 보았더니 몸통 깊숙한 곳에서 익숙한 냄새가 희미하게 피어오르는 게 느껴졌다. 장난삼아 어릴 때와 똑같이 인형을 껴안고 거실로 내려갔다. 엄마는 내 모습을 보더니 잠시 추억에 젖은 표정을 지었다.

"예전에 캠핑 가서 그 인형 잃어버렸을 때 기억나니?"

엄마의 질문에 그때까지 잊고 있었던, 축축한 숲으로 캠핑을 떠났던 날들이 떠올랐다. 숲속 깊은 곳의 야영장. 진녹색 침엽이 카펫처럼 두툼하게 쌓여 있었고 나는 샌들을 신고 그 위를 걸어 다녔다. 어린 내게는 지나치게 자극적이었던 송진 향. 숨 쉴 수 있는 물속을 헤엄치는 듯한 느낌을 주던 습기. 덜 마른 불쏘시개에서 피어오르던 하얗고 독한 연기.

무작위로 떠오르는 이미지와 감각들 속에서 나는 아린 맛이 도는 기억 하나를 찾아낼 수 있었다.

"아, 그래. 생각나."

집으로 돌아오는 날이었던 것 같다. 모든 게 부산스러웠다. 연기에 취했던 것일까 아니면 차멀미 때문이었을까. 집으로 돌아와 침대 위에서 정신을 차렸을 때 비로소 인형을 잃어버렸다는 것을 깨달았다. 어디서 잃어버렸는지조차 짐작 가지 않았다. 그때 내 감각으로 집과 캠핑장은 거의 지구 반 바퀴만큼 떨어져 있었다. 돼지를 영영 잃어버리고 말았다는 생각이 들었다. 영영. 그 단어가 주는 절망적인 느낌에 지쳐 쓰러질 때까지 울었다.

며칠 뒤 인형은 캠핑 짐을 정리하던 중 전혀 엉뚱한 곳에서 발견되었다. 아이스박스 안 혹은 조수석 시트 밑바닥 같은 뭐 그런 곳이었을 것이다. 유치원에서 돌아오자 엄마가 기쁜 소식을 전했다. 거실로 뛰어가니 소파 위에 인형이 돌아와 있었다. 너무 기뻐서 인형을 껴안고 이제 절대 잃어버리지 않겠다는 맹세를 주문처럼 되뇌었다. 그리고 자의로 그 인형을 손에서 놓을 때까지 다시는 잃어버리지 않았다.

그 후로 20여 년이 지난 시점에 엄마는 갑자기 장난기 어린 표정을 지었다.

"있잖아, 그때 사실 그 인형은 못 찾았어. 그래서 똑같은 인형을 사다가 세탁기랑 건조기에 여러 번 돌려서 헌것 같이 만든 다음 소파 위에 올려 둔 거야. 근데 넌 전혀 눈치 못 채더라."

"뭐라고?"

엄마는 '세상에서 지가 제일 잘난 줄 아는' 딸에게 한 방 먹었다고 생각했는지 기세등등해 있었다. 나는 어색하게 웃으며 장단을 맞췄지만 조금도 웃기지 않았다. 케케묵은 장난일 뿐인데 속이 불편해졌다. 내 평생 가장 확고했던 사랑의 대상이 어느 순간 대체되었는데 나는 그걸 전혀 눈치채지 못한 것이다.

인형을 들고 방으로 돌아왔다. 혹시라도 자식을 낳게 된다면 물려줘야겠다던 깜찍한 생각은 사라진 지 오래였다. 나는 인형을 옷장 깊숙한 곳에 되돌려 놓고 황급히 방을 빠져나왔다.

일요일 오전, 갑작스러운 연락을 받고 그곳으로 출발했다. 아직도 그곳이 어떤 곳인지는 잘 모른다. 통화 상대방의 지시에 따라 내비게이션에 주소를 입력하고 안내를 따라 달렸다. 출발할 때만 해도 한두 방울 떨어지던 빗줄기가 점차 기세를 더해 와이퍼의 속도를 여러 번 조정해야 했다.

한적한 거리의 신호등 앞에서 내비게이션이 급작스

레 안내를 종료했다. 마침 좌회전 신호가 점등되어 화살
표를 따라 고개를 돌렸더니 두 명의 초병이 지키고 있는
건물의 입구가 보였다. 나는 핸들을 돌려 그쪽으로 차를
몰았다.

초병은 후드가 달린 비옷을 입고 있었다. 차량이 접근
했는데도 그들은 별다른 움직임을 보이지 않았다. 후드
아래의 짙은 그늘이 그 안의 모든 것을 덮어 버려 그 안
에 있는 게 사람인지조차 알 도리가 없었다. 그때 누군
가 조수석 차창을 두드렸다. 마중 나온 군인이었다. 문
을 열어 주자 패트롤 캡을 눌러쓴 남자가 비가 들이칠
틈도 없이 날렵한 동작으로 차에 올랐다.

길잡이가 타자 초병이 물러서고 차단기가 올라갔다.
조수석에 탄 남자의 안내에 따라 구내를 크게 돌아 건물
뒤쪽에 있는 지하 주차장으로 내려갔다. 적의 공습에 대
비한 것인지 빙글빙글 한참을 돌아 내려가야 했다. 콘크
리트로 만든 나선형 미끄럼틀에 현기증이 일어 조수석
쪽으로 잠시 눈을 돌렸다. 남자는 챙 속에 눈을 숨긴 채
미동도 하지 않았다.

배관이 드러난 복도와 두꺼운 철문을 지나 외부인 출
입 절차를 거친 후 계단을 올랐다. 그리고 별관으로 가
는 통로를 지나 다시 복도와 문들을 거치고 이번엔 계단
을 내려갔다. 어디쯤 와 있는지 짐작할 수 없게 일부러
돌아가는 듯한 느낌이 들었다.

"여기서 잠시 기다려 주십시오."

끝내 다다른 곳은 6인용 테이블이 들어찬 작은 회의실
이었다. 가까운 의자에 앉아 내게 닥칠 일을 기다렸다.

잠시 후 정복 차림의 피부가 창백한 여자가 들어왔다. 세탁 후 옷장에 비닐째 걸어 뒀던 것을 막 꺼내 입은 듯 주름 하나 없는 옷에서 솔벤트 냄새가 풍겼다. 마주 앉은 여자는 초조하며 시선을 회피할 뿐 한동안 아무 말도 없었다. 나는 그녀의 태도에서 더는 어떠한 희망도 기대할 수 없음을 깨닫고 절망감에 두 손으로 얼굴을 감쌌다.

"부군께서 지난 22일 작전 중 전사하셨습니다."

어느 정도 예상하고 있던 말이었다. 일주일이 넘도록 극도의 불안에 짓눌려 있었던 나머지 남편의 죽음이 확정되는 순간 가슴이 후련해진 것 같은 착각이 들었다. 그러나 곧 무중력과도 같은 슬픔이 덮쳐와 내가 누군지 여기가 어딘지도 잊은 채 오열하고 말았다.

"어떻게 된 일인지 좀 자세히 설명해 주시겠어요?"
"작전에 관한 건 기밀 사항이라 말씀드릴 수 없습니다. 그리고 저 역시 그에 관해서 자세히 아는 바가 없습니다."
"그럼 뭐 하러 저를 여기까지 오라고 한 거죠? 그런 건 그냥 전화로 말해 줘도 되잖아요."

소극적이고 방어적인 자세로 일관하는 상대에게 버럭 짜증을 냈다. 그런데 그때까지 난처한 표정을 유지하던 여자가 돌연 태도를 바꿨다.

"실은 부인께 드릴 중요한 이야기가 있습니다."

여자는 책상 위로 몸을 굽혀 내 쪽으로 다가왔다.

"부군의 국가에 대한 헌신과 영웅적 희생을 기리기

위해 원래 훈장이 수여될 예정이었습니다만."

여자는 말허리를 꺾어 내가 자신의 말을 제대로 듣고 있는지 살폈다. 턱에서 식은 눈물을 닦아 내며 고개를 끄덕이자 그녀는 혀로 입술을 한 번 핥았다.

"부군께서 몇 가지 까다로운 조건을 만족시키셨기 때문에 부인의 선택에 따라 훈장 추서를 받는 대신 특별 보훈 프로그램의 참가자가 될 수 있다는 것을 알려 드리고자 합니다."

특별 보훈 프로그램이라는 말을 들었을 때 가장 먼저 떠오른 것은 공원에 서 있는 남편의 동상이었다. 뒤이어 떠오른 것은 남편의 이름을 딴 장학금 펠로우십이었다. 다만 죽은 남편이 참가자가 된다는 표현은 여러모로 어색했다.

"제 선택으로 남편이 참가자가 된다니, 대체 무엇에 참가한다는 거죠?"
"프로그램은 여러 단계로 구성되어 있는데, 간단히 말하자면, 프로그램의 첫 단계에서 저희가 부군을 되살릴 것입니다."

여자는 내가 미처 반문하기도 전에 손바닥을 들어 저지했다. 그리고 보험 약관의 의무 고지 사항을 말해 주듯 빠르게 뒷말을 이었다.

"대신 프로그램 참가를 선택하시면 훈장 공적은 소멸하고 연금 및 유족 보상도 받으실 수 없게 됩니다."

얼마간의 돈과 남편의 목숨. 두 선택지 사이엔 현격한 불균형이 존재했다. 그런데도 둘을 같은 선상에 올려놓자 순간 남편의 부활이 마치 선택 가능한 것처럼 느껴졌다.

여자의 표정은 시종 진지했고 본인이 한 말이 장난이 아니라는 것을 증명하기 위해 애를 쓰고 있는 것처럼 보였다. 나는 말이 안 된다는 걸 알고 있으면서도 잠시 그녀의 이야기를 들어 보기로 했다.

내가 자신의 말을 진지하게 듣고 있다는 느낌이 들었는지 여자는 한결 차분해진 어조로 설명을 시작했다.

"저희는 모든 병사를 집으로 돌려보내고자 노력해 왔습니다. 장비를 개선하고 응급 의료 체계를 보완하는 데 막대한 투자를 했지만 불측의 인명 손실을 완벽하게 막는 것은 불가능했습니다. 전장이란 그런 곳이니까요. 그래서 관점을 바꿔 보기로 했습니다. 예방책의 한계를 인정하고 사후적 해결 방법을 모색하기로."

여자는 똑같은 상황을 여러 번 겪어 본 사람처럼 막힘없이 말했다.

"부군께서 부대 복귀 직전에 아주 복잡한 신체검사를 받았던 것을 혹시 알고 계신가요?"
"5일이었죠, 아마."
"네. 예정되어 있던 작전이 위험도 평가에서 가장 높은 등급을 받았기 때문에 저희는 부군 뇌의 시냅스 연결망을 데이터화해 보관하기로 했습니다. 저는 이런 표현을 좋아하지 않지만, 영혼을 복사해 놨다고 하면 다들 쉽게 이해하더군요."

그날 남편은 신체검사를 받는다고 오전 8시에 집에서 나가 내가 집에 도착하기 한 시간 전쯤 집으로 돌아왔다. 거의 여덟 시간이 걸린 셈이었다.

오른쪽 귀에서 이명이 시작되어 손바닥으로 귀를 덮었다. 영혼을 복사하기에 길다면 길고 짧다면 짧은, 나에게 있어선 얄궂은 길이의 시간이었다.

"저희는 그 연결망 정보를 저희가 보유하고 있는 부군의 신체 중 하나에 옮길 것입니다."

"이미 신체를 가지고 있다고요? 게다가 여러 개가 있다는 말인가요?"

"엄밀하게 말하자면 이것과는 다른 목적을 가진 프로젝트의 산물입니다. 저희는 예전부터 부군의 동의하에 부군의 유전자를 이용하여 실험용 인체를 제작해 왔습니다."

"남편에게서 그런 말은 듣지 못했는데요."

여자는 특별히 무슨 문제라도 있느냐는 표정을 지었다. 복제 몸뚱아리를 제작할 목적으로 유전자를 제공하는 일은 부부 사이에 터놓고 의논하여 결정해야 할 사안일까, 아니면 독자적으로 처분 가능한 자기 결정의 영역일까.

"부군께서도 유전자 제공이 이런 결과를 낳을 줄은 모르셨을 겁니다. 일종의 반사이익이죠. 아무튼 그 덕에 가용 신체를 즉시 얻을 수 있는 상황이 됐고 이는 프로그램의 성공에 긍정적 영향을 미칠 것입니다."

"그 말은 프로그램이 실패할 수도 있다는 뜻인가요?"

"기술적으로는 성공했다고 해도 그게 끝이 아니니까요. 저희의 목표는 전사자의 재생이 아닙니다. 병사를 이전의 삶으로 돌려보내는 것이지요. 공백기가 길어질수록 성공적인 복귀에 어려움이 따르게 됩니다."

어느새 나는 그녀의 설명에 맞춰 고개를 끄덕이고 있었다. 남편의 죽음이 아직 비현실의 영역에 남아 있었기 때문에 남편을 되살릴 수 있다는 허황한 계획도 쉽게 받아들였던 것 같다.

"그렇지만 신중하게 결정하시기 바랍니다. 특별 보훈 프로그램은 아직 시작 단계이고 실행된 적도 손에 꼽힐 정도인 데다 그마저도 항상 좋은 결과를 낳지는 않았습니다."

"죽음보다 더 나쁠 게 있나요?"

"실패의 양상은 언제나 다양하죠. 짧은 기간이나마 프로그램을 운영한 사람으로서 드리고 싶은 조언은… 산 사람을 죽이는 일과 죽은 사람을 살리는 일은 기본적으로 같은 무게를 가지고 있다는 것입니다. 그점을 명심해 주셨으면 합니다."

말을 마친 여자는 등받이에 몸을 기댔다.

"언제까지 결정해야 하나요. 지금 여기서?"

"기간을 강제하고 싶지는 않지만 되도록 빨리 결정해 주셨으면 합니다. 한 사람의 영혼을 통째로 공중에 붙잡아 두는 일은 많은 대가를 필요로 하니까요."

"스토리지 임대 비용 같은 걸 말하는 건가요?"

여자는 처음으로 미소를 지었다.

집으로 돌아와 생각을 거듭하다 정신을 차려 보니 어느덧 새벽 4시였다. 몇 시간 후에 출근해야 했지만 잠은 오지 않았다. 출근한다 한들 일이 손에 잡힐 것 같지 않았다. 휴가를 신청하기 위해 회사의 전산 시스템에 접속했다. 배우자 사망 시 10일의 특별 유급휴가가 주어진다는 휴가 규정집 내용이 잠시 눈길을 끌었다. 나는 보통 휴가 1일을 신청하고 접속을 종료했다.

현기증 이는 나선형의 동굴을 올라올 무렵부터 이미 마음은 기울어 있었다. 다른 선택이 가능할 리 없었다. 하지만 돌아올 남편과 나 사이엔 작은 문제가 있었다. 선택에 앞서 내 입장을 정리할 필요가 있었다.

곧 날이 밝았다. 나는 9시가 넘은 걸 확인하고 전화를 걸었다. 여자는 연결음이 두 번 울리기도 전에 전화를 받았다.

"결정하셨나요?"

"남편이 되살아난다면 기억은 뇌를 복사한 그 시점으로 소급하는 건가요?"

"기억이 소급한다라. 그렇게 볼 수도 있겠네요. 제 관점과는 조금 다르지만."

여자는 들리지 않을 정도로 작게 혼잣말을 웅얼거리다가 곧 그만두었다.

"중위는 5일 오전까지의 기억만 가지게 됩니다. 재생 후 혹시 본인이 공백에 대해서 의문을 가지면 보통 코마의 충격으로 인한 기억상실이라고 설명하고 있습니다. 어차피 필요한 시나리오는 다 저희 쪽에서 만들어 드리기 때문에 그런 것까지 미리 걱정하실 필요는 없습니다."

5일 오전. 나는 어금니로 혀를 살짝 깨물었다.

"더 물어보실 게 있으신가요?"

"그게 다예요."

"그럼 결정을 내리신 후에 또 연락 주세요."

"아니요. 결정은 방금 내렸어요."

전화를 끊자 맥이 풀렸다. 나는 더 이상 아무것도 생각하지 않고 그저 기다려 보기로 했다.

한 시간 일찍 퇴근하고 집에 도착했을 때 남편은 소파에 앉아 있었다. 재킷도 벗지 않은 채 꺼진 텔레비전 너머의 어딘가를 응시하고 있었다. 검사는 잘 받고 왔냐는 질문에도 대답하지 않았다. 남편은 중요한 작전을 앞두고 종종 불안해하는 모습을 보였는데, 이번에도 그런 것이리라 여겼다. 나는 두 번 묻지 않고 부엌으로 가서 저녁 준비를 시작했다.

감자, 양파, 당근, 콜리플라워와 옥수수를 버터에 버무려 예열한 오븐에 넣었다. 야채가 구워지는 동안 소금, 후추와 로즈메리로 마리네이드한 양갈비는 팬에 구웠다. 알맞게 익은 양갈비를 포일에 싸 놓고 데운 접시를 자리에 놓은 후 남편을 불렀다.

와인을 꺼내 코르크를 뽑아냈을 때도 남편은 부엌에 나타나지 않았다. 한 번 더 남편을 불렀지만 묵묵부답이었다. 나는 와인병을 든 채 거실로 갔다. 남편은 그 자리에 그대로 앉아 있었다. 그사이 해가 저물어 거실은 어두워져 있었다.

"무슨 일 있어?"

음식의 가장 완벽한 타이밍이 지나가고 있었다. 걱정이 되어 한 말이었지만 말끝에 나도 모르게 조바심과 짜증이 묻어났다. 소파 위의 형체는 그 말에 반응하여 느릿느릿 일어나 식탁으로 다가왔다.

음식을 접시로 옮기는 동안 남편이 내 뒤를 지나쳐 자리에 앉았다. 그는 여전히 재킷을 벗지 않았고 심지어 재킷 주머니에 손을 넣고 있었다. 그쯤 되니 이제 무슨 반응을 보여야 할지 가늠할 수가 없었다. 우리는 마지막 저녁 식사를 앞에 두고 1분 정도 대치했다. 그러다 남편이 픽 웃음을 터뜨렸다.

"아까 병원에서 돌아왔는데 검사를 받는 것도 중노동이라 허기가 지더라고. 그래서 과자를 하나 꺼내 먹었어. 그런데 자기는 내가 식전에 군것질하는 거 싫어하잖아, 특히 자기가 요리하는 날에는. 그래서 반짝거리는 포장지는 쓰레기통 깊숙한 곳에 잘 숨겨야겠다고 생각했지."

남편은 주머니에서 손을 빼더니 식탁 위에 무언가를 올려놨다.

"그런데 쓰레기통에 얼굴을 들이밀었다가 우연히 이걸 발견했어."

올록볼록한 투명 플라스틱 뒷면에 은박지를 붙여 놓은 손바닥만 한 알약 패키지였다. 원래는 스물여덟 개의 알약이 들어 있었지만 지금은 네 개의 알약만 남은 상태였다.

"쓰레기통을 뒤질 생각은 없었는데, 다 먹지도 않은 약이 버려져 있길래 나도 모르게 꺼냈어."

남아 있던 네 개의 알약은 위약(僞藥)이었다. 피임약

의 휴식기 하나 제대로 못 지키는 사람들을 위해 제약사가 단가 상승을 감수하고 넣어 둔 것이었다. 의미 없는 밀가루 덩어리를 삼키는 일을 나흘 동안 반복하고 있으라니, 나는 시도조차 해 본 적이 없었다. 제약사가 영업 이익을 좀 더 중시했거나 차라리 위약이라는 점을 숨겼으면 이런 일은 일어나지 않았을 거란 생각이 들었다.

"언제부터 먹은 거야?"

"3년쯤 됐어."

남편의 안색이 급변했다. 이왕 숨긴 게 드러난 이상 솔직하게 털어놓으려고 했는데 남편은 그걸 뻔뻔함으로 받아들인 것 같았다.

꼬여 가는 상황을 정리하기 위해 아침의 기억을 되짚었다. 약은 항상 차에 두었고 집으로 가지고 들어온 적은 없었다. 다만 오늘 출근 전에 마침 한 주기 분량의 약을 다 먹어 빈 껍데기가 생겼고, 하필 부엌에 두고 온 물건이 생각났다. 남편은 곧 집을 떠나 몇 주 동안 집에 없을 예정이었기에 나는 뭐에 홀린 듯 안일하게 굴었던 것이다.

"나한테 뭐 할 말 없어?"

할 말은 많았지만 어디서부터 이야기를 시작해야 할지 막막했다. 머뭇거리고 있는 사이 남편이 자리에서 일어나 내 쪽으로 다가왔다. 그는 내 앞의 접시를 들더니 내 머리 위에 쏟아 버렸다. 감자와 당근과 양의 고기 조각이 내 머리를 맞고 식탁 위로 혹은 바닥으로 떨어졌다.

부대 복귀 전 마지막 만찬은 우리 부부의 짧은 전통이었다. 둘 다 귀찮아서 끼지 않는 결혼반지 같은 것보다 훨씬 더 큰 권위로 우리의 결혼 생활을 대표하고 있었다. 남편은 그걸 바닥에 내던진 셈이었다. 바로 그 점이 내게는 남편의 행위 자체보다 더 충격이었다.

그런데 내가 경악에 빠져 있는 사이 뭔가가 내 머리를 후려쳤다. 그 뭔가가 남편의 손이라는 걸 알아챘을 때는 머리를 제자리로 돌려놓는 것 외에 다른 것을 생각할 수 없었다. 남편은 분이 풀리지 않았는지 다시 온 힘을 다해 내 머리통을 후려쳤다. 큰 충격에 시야가 흐려져 균형을 잃고 허우적거리다 의자에서 떨어졌다.

낯선 각도로 올려다본 부엌의 모습이 비현실적으로 느껴졌다. 남편이 주위를 돌며 소리를 지르고 있었는데 뭐라고 하는지는 잘 들리지 않았다. 의지와 상관없이 몸이 작고 둥글게 움츠러들었다. 눈을 감자 쿵쿵거리는 진동이 내 주위를 맴도는 것이 느껴졌다. 그건 점차 나에게서 멀어지더니 끝내 사라졌다.

고요한 식당 바닥에 5분 내지 50분 정도 누워 있었다. 뺨에서 바닥의 한기가 느껴졌다. 내재한 위험의 발현이라는 구절이 머릿속을 떠다녔다. 언젠간 일어날 일이 아니었을까.

인도의 경계를 돌진하는 자전거를 보고 나를 자신의 품으로 끌어당길 때. 인파로 가득한 광장에서 연단 쪽으로 나를 번쩍 들어 올릴 때. 침대에서 조바심을 내며 내 몸을 뒤집을 때. 순간적으로 발휘되는 남편의 힘은 종종 나를 놀라게 했다. 매력적이면서도 전혀 저항할 수 없다는 점에서 위협적이었다. 그것이 나를 향하게 될 때를 예상하지 못한 건 아니지만 나에게는 남편에 대한 낙관과 믿음이 있었다. 그게 없었다면 결혼을 하지 않았을 것이다.

바닥의 차가움을 더 이상 견딜 수 없어 몸을 일으켰다. 가벼운 현기증이 일었다. 온몸의 근육이 놀란 듯 전신이 쑤셨다. 무엇보다 오른쪽 귀가 잘 들리지 않았다. 거울을 보니 귀와 그 주변에 멍이 들어 있었다. 귀에도 멍이 들 수 있구나. 겉옷을 주워 입고 병원으로 가는 택시를 탔다.

도로는 차들로 붐볐고 기사는 끼어드는 모든 차량에게 관대하게 굴었다. 한 시간 동안 가다 서기를 반복하고 있자니 병원에 도착하기 전에 귀가 낫겠다는 생각이 들었다. 택시 뒷좌석에 갇혀 옴짝달싹 못 하고 있는 무력하고 한심한 자신의 모습에 부아가 치밀었다. 그리고 그 분노는 곧장 남편에게 향했다. 개 같은 놈. 그 길로 곧장 이혼 절차를 검색했다. 웹페이지에 딸린 이혼 전문 변호사 광고의 링크를 누르자 환하게 웃고 있는 투실한 변호사의 프로필 사진이 떴다. 하지만 곧 모든 게 역겹게 느껴져 팔짱을 낀 채 눈을 감았다.

응급실 접수처에 등록을 하고 대기실에서 이름이 불리길 기다렸다. 구급차에 실려 와 응급실 안으로 직행하는 사람을 빼면 혼자 온 사람은 나뿐인 것 같았다. 생명에는 지장이 없다는 이유로 병상에 오르지 못하고 예진 구역에 갇힌 사람들은 자기 증상의 심각성을 강변하듯 시끄럽게 떠들었다. 특히 집 계단에서 엉덩방아를 찧는 바람에 아내의 양수가 터져서 온 걱정 많은 부부는 의도치 않게 내 신경을 긁어 댔다.

만난 지 얼마 안 되었을 때부터 남편은 아이 이야기를 했다. 두 번째 만난 자리에서 천진한 표정으로 아이가 적어도 세 명은 있었으면 좋겠다고 말했다. 나는 속으로 둘 정도라면 타협할 수 있겠다고 생각했다.

그러나 결혼과 동시에 아이를 갖고 싶다는 그의 바람은 내 생각과는 큰 차이가 있었다. 당시 나는 경력상 가장 중요한 시기를 앞두고 있었고 신체적으로도 몇 년은 여유가 있었다. 굳이 무리해서 서두를 필요가 없었다. 다만 아직 우리 관계가 어떤 쪽으로 흐르게 될지 확신할 수 없었기 때문에 그 자리에서 굳이 그의 말을 반박하지 않았다.

하지만 그런 신중함이 무색하게 우리의 관계는 빠르게 발전했고 그의 직업적 특성과 몇 가지 우연이 겹쳐 만난 지 석 달도 지나지 않아 결혼하게 되었다. 신혼집을 구하는 일, 멀리 떨어져 계신 부모님들을 결혼식에 모셔 오는 일, 여러 가지 잡다한 문제들을 해결하다 보니 어느덧 결혼식 당일이었다. 아이 문제를 다시 거론할 시간적 여유조차 없었다. 그리하여 그 문제는 잠재적 불합의 상태로 남아 있게 되었다.

결혼 후 깨달은 것인데, 그에게 있어 아이를 낳고 기르는 일은 신성의 영역에 속했다. 개인적 성공 같은 건 애초에 그와 비교될 성질의 것이 아니었다. 그 둘을 저울질하는 것 자체가 불경한 짓이었다. 그렇게 자랑스러워하던 자신의 직업도 아이 앞에서는 그저 양육을 위한 부수적 수단으로 전락했다.

생각보다 구식인 그를 설득하기 힘들다는 사실을 깨닫고 나는 대립 대신 연착륙을 택했다. 어차피 남편은 자주 집을 비울 수밖에 없으니 여차여차하다 보면 한두 해는 금방 지나갈 것이다. 그러다 보면 내 일에도 여유가 생길 것이고 그때 자연스럽게 약을 끊고 아이를 가지면 될 일이라고 생각했다.

하지만 남편은 금방 조바심을 내며 아이가 생기지 않는 이유에 대해 고민하기 시작했다. 나는 부인과 진료를 받고 돌아와 신체적으로는 문제가 없어도 충분히 그럴 수 있다는 의사의 말을 전하며 그를 안심시켰다. 그런데도 남편은 납득할 수 없었는지 이번엔 자신이 검사를 받았다. 그런데 짓궂게도 남편에게서 경미한 문제가 발견됐다. 치료도 필요 없는 일시적 증상에 불과했지만 신체적 능력에 자부심이 있었던 남편은 충격을 받았다. 동시에 나를 의심했던 사실을 미안해했다. 나는 그를 위로하며 완벽한 알리바이를 증명한 범인처럼 굴었다.

대기실에서 한 시간가량 대기한 끝에 응급실 안으로 들어갈 수 있었다. 일반 병동과는 달리 무질서함이 느껴졌다. 각양각색의 환자들이 밀린 설거짓감처럼 쌓여 있어 내 일이 아닌데도 가슴이 답답해졌다. 중증 응급 환자 구역이라는 팻말이 붙은 곳에는 두 명의 환자가 있었는데 푸른색 옷을 입은 사람들이 빈틈없이 둘러싸고 있어 환자의 얼굴은 볼 수 없었다.

나는 응급실의 가장 안쪽에 있는 진료용 의자로 안내됐다. 담당 의사는 모니터가 달린 내시경 랙을 끌고 와서 내 귀의 상태를 보여 줬다. 반투명한 고막에 타원형의 작은 구멍이 뚫려 있었다. 의사는 충격에 의해 고막이 찢어졌으며 이 정도 크기의 천공은 두세 달이면 자연적으로 회복되니 추가적 처치는 필요하지 않다고 했다. 의사는 내시경을 끄고 내 귀와 뺨의 멍을 자세히 살폈다.

"길에서 뛰어가던 행인이랑 부딪히셨다고요?"

"예."

"혹시 남편분은 같이 안 오셨나요?"

"예."

"어디 계시죠?"

차트를 팔랑대며 무심한 표정으로 묻고 있었지만 빤한 의도가 깔린 질문이었다.

"군인이라서 지금 파병 중이에요."

"그렇군요. 그럼 잠시만 기다려 주세요."

돌아와서 가정 폭력 상담 번호 같은 걸 건넸으면 옆에 있는 스테인리스 트레이로 머리를 후려칠 작정이었는데, 의사는 다시 나타나지 않았다. 간호사는 이제 집에 가도 좋다고 하였다.

나가는 길에 중증 응급 환자 구역을 다시 지나쳤다. 그 사이 환자 한 명은 어디론가 사라져 있었고 나머지 한 명은 홀로 방치되어 있었다. 더 이상 파란 옷을 입은 사람들도, 삑삑거리는 기계 소리도 거미줄 같은 정맥주사도 없었다. 생사와 상관없이 그저 몹시 외로워 보였다.

자정이 가까워질 무렵, 집으로 돌아왔다. 집은 내가 나갔을 때와 똑같은 모습이었다. 식탁 아래에 여전히 음식물들이 굴러다니고 있었다. 2층에 올라가 보니 남편의 짐도 그대로였다. 아무것도 치우지 않은 채 남편의 자리에 앉았다. 차갑게 식은 음식에서 역한 냄새가 났다. 남편이 돌아오리라 생각하고 밤새도록 기다렸지만 남편은 돌아오지 않았다. 복귀 시간이 지난 후에도 아무런 연락이 없는 것으로 봐선 집을 나가 그대로 부대로 간 것 같았다.

그 후로 기약 없는 기다림이 시작됐다. 파탄 난 결혼의 상대방에 불과했던 남편은 시간이 지나면서 내 분노가 희석됨에 따라 좀 더 복합적인 지위를 갖게 되었다. 2주가 지났을 때 나는 참지 못하고 남편 부모님의 신변에 관한 거짓말을 꾸며 내 남편과의 연락을 시도했다. 하지만 부대는 이런저런 핑계를 대며 요청을 거부했다. 그때부터 나는 일이 이상하게 돌아가고 있다는 것을 감지했다. 평소와 달리 무사 귀환에 대한 확신이 생기지 않았다. 그리고 그 책임이 일정 부분 나에게 있다는 생각이 들었다.

남편을 되살리겠다는 결정을 한 지 일주일 뒤 남편은 계획대로 집중치료실 한쪽에서 깨어났다. 남편을 만나기 전 정복을 입은 창백한 여자에게서 여러 가지 주의사항을 전해 들었다. 해야 할 것과 하지 말아야 할 것. 그가 알아야 하는 정보들과 알아서 좋을 게 없는 것들.

시나리오에 따르면, 남편은 고립된 아군을 구하기 위해 동료들과 함께 헬리콥터를 타고 출동했다. 그런데 목표 지점에 착륙하기 직전 매복해 있던 적이 발사한 휴대용 로켓에 꼬리날개를 피격당했다. 문 옆에서 착지를 준비하던 남편은 추락하는 헬기 밖으로 튕겨 나갔다. 그 결과 불길에 휩싸여 타 죽는 최악의 상황은 면했지만 머리에 큰 충격을 받게 되었다. 다른 부상은 없다시피 했으나 뇌가 심하게 부어올랐고 곧 혼수상태에 빠졌다. 담당의는 죽음을 예상했지만 남편은 강인한 생명력으로 예상을 뒤집었다. 그는 죽음에 이르는 길을 뒷걸음쳐 나에게 돌아왔다.

의식을 회복한 지 하루 만에 남편은 일반 병실로 내려왔다. 더불어 면회도 허용됐다. 병실에 들어갔을 때 남편은 약에 취해 잠들어 있었다. 얼굴은 핼쑥했고 몸집은 눈에 띄게 줄어들어 있었다. 반면 피부는 옛날보다 하얗고 멀끔했다. '새것'이라 그런 것 같았다. 환자복의 앞섶을 헤치자 오른쪽 가슴팍에 문신이 보였다. 남편이 화상 자국을 덮기 위해 새긴 것이다. 문신 아래 흉터까지 그대로였다. 환자 침대의 핸드레일에 손을 올리고 레일을 따라 침대를 한 바퀴 돌며 각도에 따라 달리 보이는 남편의 얼굴을 살폈다. 어쩐지 가책이 되는 짓이었지만 멈출 수가 없었다.

남편의 아랫입술과 턱 사이에 코를 가져다 대고 냄새를 맡아 보았다. 남편의 독특한 체취 — 녹은 치즈 냄새 같은 — 가 풍겼다. 그때 남편의 손이 움직이더니 내 머리를 쓰다듬었다. 고개를 살짝 들어 위를 올려다봤더니 남편이 힘겹게 한쪽 눈꺼풀을 밀어 올려 나를 보고 있었다.

"무슨 일이 있어도 걸어서 돌아오겠다고 했는데 이렇게 돼 버렸네. 걱정하게 해서 미안해."

아무것도 모르는, 무고한 남편의 다정한 말에 시야가 번졌다. 나도 모르게 남편을 끌어안고 한참을 울었다. 너무 울었다간 고막에 난 구멍이 커질 수도 있었지만 감정을 추스르기 힘들었다.

당연한 이야기지만 회복은 순조로웠다. 애초 다친 적이 없었으므로. 며칠 뒤 남편은 퇴원하여 나와 함께 집으로 돌아왔다. 현관을 넘자마자 그는 불 꺼진 욕실로 직행하더니 손을 씻었다. 어둠 속에서 손을 뻗어 자연스럽게 비누를 낚아챘다. 거울에 물 자국이 난다고 그렇게 잔소리를 했음에도 여전히 손가락으로 남은 물을 튕겼다.

그는 병원에서부터 입고 온 옷을 벗어 빨래 바구니에 넣었다. 그리고 자기 옷장의 두 번째 서랍을 열어 멜란지 티셔츠를 꺼내 입었다. 냉장고로 가서 물을 한 잔 따라 마시고 티셔츠의 어깨 부분을 잡아당겨 입을 닦았다.

"왜, 무슨 일 있어?"

나는 남편에 대한 다큐멘터리를 촬영 중인 사람처럼 그를 따라다니고 있었다. 뭔가 흥미로운 장면이라도 포착되길 기다리는 듯이.

남편은 금방 일상에 적응했다. 더는 군인으로 남을 수 없다는 사실에 잠시 침울해하기도 했지만 곧 운동을 시작하며 기운을 차렸다. 이웃들은 수척해진 남편의 모습을 보고 진심 어린 걱정을 건넸고 나는 그것이 남편의 존재에 대한 용인 같다고 느꼈다.

일주일쯤 지나자 나는 더 이상 남편의 뒤를 쫓아다니지 않게 되었다. 그가 되살아났다는 사실은 점점 거짓말처럼 느껴졌고 실은 그가 죽지 않았다고 여기게 되었다. 여러모로 그편이 좀 더 자연스러웠다. 우리는 함께 장을 보고 거리를 걷고 레스토랑에 가고 영화를 보고 낮잠을 잤다.

모든 것이 원래대로 돌아왔다. 그저 노 게임이 선언된 날의 비극이 내 귓속에 흔적으로 남아 있을 뿐이었다. 가해자는 사라졌고 피해자만 남은 채. 혹은 가해자만 남아 있고 피해자는 사라진 채.

이대로 괜찮지 않을까? 유일한 목격자는 그렇게 생각했다.

남편이 조깅을 나간 직후 누군가 집에 찾아왔다. 남편보다 너덧 살쯤 많아 보이는, 체격이 좋은 남자였다. 그는 자신을 남편의 옛 동료라고 소개하며 네 귀퉁이가 조금씩 닳아 있는 신분증을 내보였다.

"남편은 방금 나갔는데요. 혹시 못 보셨나요?"

"네. 저도 그가 나가는 모습은 봤습니다. 정확히 말하면 오히려 그가 나가길 기다리고 있었습니다."

"그게 무슨 말이죠?"

"사실 저는 부인을 만나러 왔습니다. 괜찮으시다면 안에 들어가도 될까요?"

그는 내 대답을 기다리지도 않고 안쪽으로 몸을 기울였다. 금방이라도 밀고 들어올 기세였다.

프로그램 규정상 남편은 옛날 동료들과의 접촉이 제한되었다. 하지만 나는 그 규정의 적용 대상이 아니었다. 남자의 저의가 궁금했기 때문에 문간에서 한 걸음 물러나 길을 터 주었다. 남자는 어딘가 불편한 듯 경직된 걸음걸이로 문을 통과했다.

"거기 소파에서 잠깐 기다려 주세요. 커피 괜찮으시죠?"

남자는 아무래도 상관없다는 듯이 고개를 끄덕이고 소파에 앉았다. 내가 거실로 돌아왔을 때 남자는 어느새 맨틀피스 위에 놓인 남편의 사진 앞에 서 있었다. 그는 품속에서 반짝이는 작은 금속 조각을 꺼내 사진 앞에 내려놓았다. 그리고 뒤로 한 발 물러서더니 모자를 가슴에 올리고 고개를 숙였다. 나는 아무래도 상관없다는 마음으로 커피를 테이블에 내려놓았다. 잠시 후 그는 알 수 없는 의식을 마치고 소파로 돌아왔다.

"뭘 하신 거죠?"

"멋대로 이런 짓을 해서 죄송합니다만 저도 추모의 기회를 원치 않게 박탈당했다는 점을 고려해 주셨으면 합니다."

"남편은 죽지 않았어요."

"네, 그렇더군요."

우호적인 방문객은 아니었다. 커피에서 피어오르는 김이 우리 둘 사이에서 어쩔 줄 모르고 흔들리고 있었다.

"어떤 프로그램이 있다는 이야기는 저도 풍문으로 들은 적이 있습니다."

"무슨 말씀을 하시는 거죠?"

심드렁한 대답에 남자는 살짝 웃으며 고개를 저었다.

"좀 뜬금없지만 잠시 제 이야기를 해도 될까요?"

"하시죠."

나는 다리를 꼬고 소파에 몸을 묻었다. 그는 창밖의 어딘가를 바라보며 이야기를 시작했다.

"작전을 위한 소집이 끝나면 소대장으로서 제일 먼저

하는 게 있습니다. 바로 대원들의 가정사를 챙기는 일이죠. 장비 선택이나 인원 배치 같은 건 그다음 문제입니다. 우습게 보일 수도 있지만 정말로 한 명 한 명 붙잡아 두고 마누라하고는 요새 어때? 애들은 잘 지내고? 첫째가 이번에 학교에 들어간다면서? 따위의 말을 건네며 반응을 살핍니다. 소대장으로서의 경험이 쌓일수록 이런 대화가 예비 탄약을 얼마나 가져갈 것인지에 관한 문제보다 훨씬 더 중요하다는 사실을 깨닫게 되죠."

그는 크지 않은 소리로 말하고 있었지만 목소리엔 힘이 실려 있었다. 2층에서도 귀를 기울인다면 그가 뭐라고 하는지 들을 수 있을 것 같았다.

"정말이지 가정사만큼 대원의 사기와 능력에 영향을 미치는 요소도 없을 겁니다. 그런 면에서 중위한테는 여태껏 특별히 신경 쓸 일이 없었습니다. 특히 결혼 이후에는 말입니다. 부인을 만나서 모든 게 좋아졌다고 말하고 다녔으니까요. 제 눈에도 그래 보였습니다."

그는 그렇게 말하며 내 쪽을 힐끔 보았다. 말하고 있는 내용과 달리 그리 달가운 시선은 아니었다.

"그렇지만 그날은 좀 달랐습니다. 짐 가방도 없이 맨몸으로 복귀했더군요. 심지어 정신머리까지 그 가방에 넣어 두고 온 모양인지 어떤 말을 걸어도 반응이 없었습니다. 저는 곧바로 부인과 그 사이에 심상치 않은 일이 벌어졌다는 걸 짐작할 수 있었습니다. 그를 그런 상태로 만들 수 있는 건 오직 부인뿐이니까요."

비난의 기색은 없었지만 몸속 어딘가의 불수의근이

멋대로 움직여 가슴을 옥죄어 왔다.

"만약 그가 여느 소대원 중 한 명이었다면 그를 작전에서 제외하거나 덜 중요한 쪽에 배치했을 것입니다. 하지만 부소대장을 그런 식으로 다룰 수는 없었습니다. 터프한 작전을 앞두고 팀 전체의 사기에 영향을 미칠 우려가 있었으니까요. 그래서 저는 요행을 바랐습니다. 아니, 요행을 바라고 말았습니다."

커피에서는 더 이상 연기가 피어오르지 않았다. 그것은 숨을 죽이고 있는 것처럼 보이기도 했다.

"작전은 엉망진창으로 전개되었습니다. 일이 그렇게 된 것이 온전히 그의 탓은 아니었지만 그가 최고의 상태였다면 다른 결과를 낳았을 수도 있었다는 생각이 드는 것도 사실입니다. 결과적으로 우리 팀은 궁지에 몰렸습니다. 수적인 열세가 있었던 데다 중상자까지 달고 있어 빠져나갈 방법이 보이지 않았습니다. 그때 그가 나섰습니다. 그가 뛰어나가기 직전에 저는 그의 눈을 보았습니다. 오직 저만 봤죠. 그리고 저는 그 눈을 잊을 수가 없습니다."

담담하던 목소리의 끝이 갈라지기 시작했다. 나는 떨리는 무릎을 두 손으로 내리누르고 있었다.

"그의 희생으로 두 명이 살 수 있었습니다. 그러나 그 희생에는 석연치 않은 점이 있었습니다."

그는 천천히 고개를 돌려 쓸쓸한 표정으로 남편의 사진과 추모품을 응시했다.

"고결한 희생과 자기 파괴적 투신을 구별해 내는 것

은 어려운 일입니다. 하지만 저는 분명히 보았습니다. 그는 죽음의 기회를, 되도록이면 명예로운 죽음의 기회를 엿보고 있었습니다. 그렇게 함으로써…"

그는 목이 메 목소리가 나오지 않는 듯 더 말을 잇지 못하고 대신 안타까운 숨을 토해 냈다. 허벅지 위에 올려놓은 양손이 간헐적으로 움찔거렸다. 손가락은 니코틴에 찌들어 노랗게 변해 있었다.

"저는 그를 용서할 수 없지만 그의 선택을 존중하고자 합니다. 부인의 선택에 대해선 제가 왈가왈부할 입장이 아니겠지요. 허나 부인께선 선택을 하셨습니다. 대담하면서도 인간적이며 불경하고 폭력적인 선택이죠. 때문에 저로선 제가 아는 사실을 당신에게 알리지 않을 수 없었습니다."

말을 마친 그는 비로소 나와 눈을 마주쳤다. 그가 말한 '잊을 수 없는 눈'이라는 것은 이런 걸 말하는 것이 아니었을까.

"그가 돌아올 시간이 다 됐군요. 그와 마주치기 전에 전 돌아가 봐야겠습니다."

남편의 옛 동료는 집에 들어올 때보다 한층 더 뻣뻣해진 걸음걸이로 집을 나갔다.

불청객이 집을 떠난 후 10분도 안 되어 그가 집에 돌아왔다. 나는 완전히 식은 커피를 앞에 두고 그 자리에 그대로 앉아 있었다. 꽤 열심히 뛰어다녔는지 회색 운동복 가슴팍이 반원형으로 검게 젖어 있었다. 그는 운동을 해서 배가 고프다며 아침을 채근하곤 욕실로 들어갔다.

일단 아침을 차려야 한다는 생각에 자리에서 일어났지만 부엌으로 가는 길을 찾기가 쉽지 않았다. 방향감각을 상실한 채 한동안 제자리를 맴돌았다.

달궈진 검은색 팬 위에 손에 집히는 것들을 넣고 익혔다. 주걱으로 두어 번 휘저은 후 불을 끄고 접시에 담았다. 접시를 테이블 위로 가져가는데 그가 자리로 가기 위해 내 뒤를 지나갔다. 그러면서 부드럽게 내 어깨를 어루만졌는데 나는 그 손길에 놀라서 접시를 식탁 위에 떨어뜨리고 말았다. 낙하의 충격으로 접시에 담겨 있던 요리라고도 할 수 없는 것들이 식탁 위로 흩뿌려졌다.

우리는 거의 동시에 서로를 마주 보았다. 나는 그의 눈으로 나를 보고 있는 듯한 착각에 빠졌다. 하얗게 질린 그의 얼굴에서 내가 짓고 있을 끔찍한 표정을 볼 수 있었다. 나는 허겁지겁 식당을 빠져나왔다.

잠시 후 그는 외출할 일이 생겼다며 집을 나갔다. 주방으로 돌아가 봤더니 모든 게 깨끗하게 정리되어 있었다. 팬과 식기는 건조대 철망에서 물방울을 흘리고 있었고 식탁은 절박함이 느껴질 정도로 깨끗하게 닦여 있었다. 다만 그 깔끔함에서조차 나는 어떤 양식을 발견할 수 있었다.

여자에게 전화를 걸었다. 그녀는 이번에도 금방 전화를 받았다.

"아, 마침 전화 드리려고 했는데…"

거대한 트레일러가 굉음을 내며 곁을 스쳐 지나갔다. 후폭풍처럼 하얀 먼지바람이 나를 덮쳤다.

"죄송해요. 잘 못 들었어요."

"주변이 시끄럽네요? 밖에 계신 건가요?"

전화를 걸기에 적당한 장소를 찾아 나왔는데 딱히 마땅한 장소가 없었다. 집 앞 진입로도, 근처의 버스 정류장도, 동네 공원도 적당해 보이지 않았다. 전화기를 만지작거리며 헤매다 보니 어느덧 나는 교외의 간선도로를 따라 걷고 있었다.

"실수를 한 것 같아요. 엄청난 실수를 한 것 같아요."

"그렇다면 실수를 만회하면 되지 않나요?"

여자는 일말의 고민도 없이 대답했다. 또 한 대의 트레일러가 매캐한 연기를 뿜으며 지나갔다. 나는 노변에서 벗어나 잡초로 덮여 있는 축축한 땅 위로 걸어 들어갔다.

"되돌릴 수 없는 실수라면요."

"노력해 봐야죠. 누가 죽기라도 한 게 아니라면."

지면은 마치 땅콩버터 같았다. 치마에 잡초들이 엉겨붙었다. 가장자리가 톱날처럼 생긴 잎들이 치마를 잡고 늘어지다 툭툭 끊어졌다. 아직도 적당한 장소를 찾지 못한 것 같았다. 나는 계속해서 안쪽으로 안쪽으로 걸어 들어갔다.

그렇게 잡초밭 한가운데에 이르러서야 발걸음을 멈출 수 있었다. 거칠어진 숨을 고르며 미친 여자처럼 주위를 두리번거렸다. 곁에 아무도 없다는 당연한 사실을 몇 번이고 확인하고 나서야 비로소 여기가 적당한 장소라는 확신이 들었다.

"대체 그는 누구죠?"

어렵게 물었지만 전화는 이미 끊어져 있었다.

밤이 되어 침대에 누웠지만 잠이 오지 않았다. 그를 등지고 누워 눈을 감고 불면의 고통을 감내했다. 의식은 파동처럼 얼마간 잠 속으로 들어갔다가 다시 나오기를 반복했다. 그러던 와중에 품에서 핑크색 돼지가 떨어져 나왔다. 마치 내가 놓친 것처럼 바닥으로 굴러떨어졌다. 돼지는 이내 정신을 차리더니 맹렬하게 달려 나에게서 멀어져 갔다. 돼지는 뒤도 한 번 돌아보지 않고 깊은 숲 속으로 사라졌다. 나는 돼지를 불러 세울 수 없었다. 돼지에게는 이름이 없었으므로.

아기 돼지 한 마리분의 체온과 무게를 잃자 몸이 떨렸다. 달리 어찌할 바를 모르고 훌쩍이기 시작했다. 그때 그가 내게 다가왔다. 내 몸 아래로 손을 집어넣더니 어깨를 감싸 안고 단번에 자신의 품 안으로 끌어당겼다. 나는 단단한 팔로 만들어진 견고한 아치 밑에서 안정을 취했다. 어찌할 수 없는 상실감을 받아들이며 조금씩 평정을 되찾을 수 있었다. 그에게서 느껴지는 냄새와 감촉이 슬플 정도로 익숙했다.

확고한 심장 소리를 들으며 오랜만에 깊은 잠을 잤다. 새벽녘이 돼서야 잠에서 깼다. 그는 여전히 나를 안고 있었다. 오른손을 뻗어 나도 그를 안았다. 그의 등 근육은 단단하게 긴장해 있었다. 그의 등을 두드리고 이따금 쓸어내렸다. 얼었던 것이 녹듯 이완은 아주 천천히 이루어졌다. 나는 시간을 들여 정성껏 그를 다독였다.

이윽고 아치가 스러져 잔해가 내 몸을 따라 흘러내렸다. 우리는 서로의 몸에 의지하여 아침을 맞았다. 주위가 밝아 오는 것을 느끼며 문득 내일에 대해 생각했다. 아침에는 뭘 먹을지, 주말에는 뭘 할 것인지. 그 후에는, 그보다 더 먼 미래에는. 어쩌면 아이를 가질 수도 있지 않을까. 그렇다면 두 명 정도가 좋을 것이다. 셋은 너무 많다. 물론 그 전에 해결해야 할 일들이 있었다.

내가 좀 더 고전적인 방법으로 남편을 되살리고자 했다면, 악기를 연주하여 뱃사공과 파수견을 미혹시키고 저승의 신 앞으로 가서 남편의 부활을 청했다면 어떤 일이 일어났을까. 돌아가지 않겠다는 망자와 나 사이에서 곤란한 처지에 놓인 저승의 신은 어떤 선택을 하였을까. 좀 더 현명한 답을 주었을까? 아무튼 나는 지금 내 옆에 있는 그가 어떤 존재인지 모른다. 다만 그건 더 이상 큰 문제가 아니었다.

그때까지 전혀 눈치채지 못했지만 그 역시 어떤 부조화를 느끼고 있었던 모양이다. 다만 그 불안을 누구에게도 전가하지 않고 자신 안에 담아 두고 있었다. 평온해 보였던 몇 주 동안의 일상은 통각이 마비되어 깨닫지 못했을 뿐 처참한 실패에 불과했다.

유감스럽게도, 당연하게도 과거는 없던 일이 되지 않았다. 나의 거짓말도 남편의 폭력도 보이지 않는 형태로 이 집 곳곳에 흩뿌려져 있었다. 요행을 바라는 게 도움이 되지 않는다는 건 익히 증명되었다. 어떠한 대가를 치르더라도 결국 무결한 진실과 마주할 수밖에 없다. 그에겐 미안하지만 그도 상속자로서 남편의 공과 과를 빠짐없이 승계해야 할 것이다.

나는 또다시 만찬을 준비했다. 오븐에서 여러 가지 뿌리채소가 버터에 구워지는 동안 팬에서 양갈비를 익혔다. 그는 부엌 입구에 기대어 내가 요리하는 모습을 지켜보고 있었다.

"언제 내가 모르는 작전이라도 잡힌 거야?"

"그럴지도."

양갈비를 휴지시키고 오븐에서 트레이를 꺼냈다. 지글거리는 채소를 한 번 뒤섞은 후 각자의 접시에 옮겨 담았다. 구운 야채가 담긴 접시를 식탁에 올리자 그는 자기 자리로 갔다.

"미안, 오늘은 이쪽에 앉아 줄래?"

그는 의아한 표정을 지었지만 토를 달진 않았다. 순순히 자리에서 일어나 반대편에 앉았다. 그 일이 있고 난 뒤 꽤 많은 시간이 지났음에도 아직 내 오른쪽 고막의 천공은 완전히 메워지지 않았다.

잔에 와인을 따르고 자리에 앉았다. 양갈비는 아직 시간이 필요했다.

"식사 전에 할 말이 있어."

속죄라 하기엔 너무 늦었을 것이다. 나는 연금 대신 선택한 두 번째 기회를 부디 망치지 않도록 기도했다.

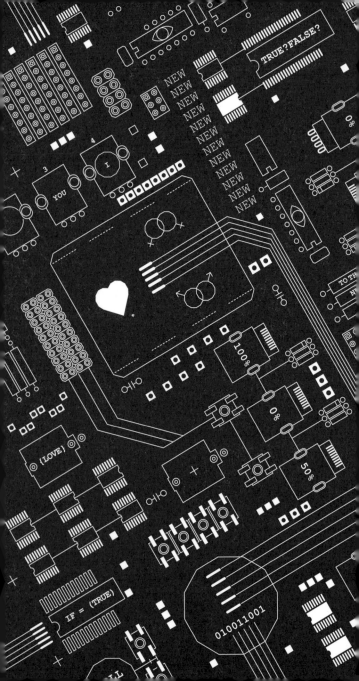

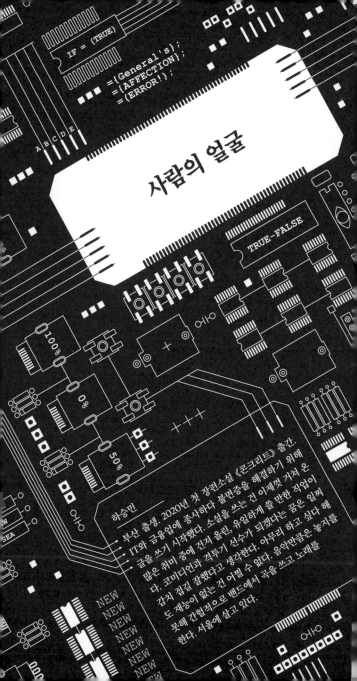

```
IF = (TRUE)
        ={General's};
        ={AFFECTION!};
        =(ERROR!);
```

A B C D E

사람의 얼굴

TRUE-FALSE

100%

0%

50%

+++

허승민

부산 출생. 2020년 첫 장편소설 《콘크리트》출간. IT와 금융업에 종사하다 불면증을 해결하기 위해 글을 쓰기 시작했다. 소설을 쓰는 건 이제껏 거쳐 온 취미 중에 건져 올린, 유일하게 쓸 만한 직업이 라고 생각한다. 코미디언과 격투기 선수가 되겠다는 꿈은 일찌 감치 접길 잘했다는 건 어쩔 수 없다. 아무리 하고 싶다 해 도 재능이 없는 건 어쩔 수 없다. 음악만큼은 놓지를 못해 간헐적으로 밴드에서 곡을 쓰고 노래를 한다. 서울에 살고 있다.

NEW
NEW
NEW
NEW
NEW
NEW
NEW

서희는 열 살 되던 해에 자신이 처한 위치를 깨달았다. 자신은 문지방과 바닥 깔개 사이쯤에 존재한다는 걸. 컵 받침보다 조금 나은 지위를 차지하고 있는 영숙을 제외하면 서희와 말을 섞는 사람은 아무도 없었다. 영숙은 서희의 엄마였다.

영숙은 교감실에서 서희의 전학을 권고받았다. 앞에 놓인 둥굴레차가 식어 가는 중이었다. 이 더운 날씨에 선풍기 하나만 틀어 놓고 뜨거운 차를 내놓는 무신경함에도 기가 찼지만 고작 열 살짜리 아이를 학교에서 내보내야겠다고 기를 쓰는 행태에 더욱 열이 뻗쳤다. 쏟아질 듯한 트로피와 상장으로 진열된 책장이 수도승처럼 두 사람을 내려다봤다. 도벽이 이유였다. 고작 물건 몇 개 훔쳤기로서니 열 살짜리 어린애를 전학까지 보내는 게 말이 되냐고 따져 봤지만 소용이 없었다.

"전학 가기 싫으믄, 버틸 수는 있겠지요."

교감이 안경을 올려 썼다.

"그런다고 서희의 학교 생활이 행복하겠습니까."

개학 전에 전학 절차를 밟으면 학교에 별 혼란이 없을 것이고, 서희 또한 새로 전학 가는 학교에서 쉽게 적응할 수 있을 거라고 했다. 친절을 가장한 압력이었다. 영숙은 조곤조곤한 말투로 전학 절차를 물었다. 수속 서류를 챙겨 나오면서 영숙은 차라리 잘된 일이라고 생각했다. 이 기회에 집도 좀 넓은 곳으로 옮기고 공기도 좋은 데서 살아 볼 생각이었다. 그렇게 밀려나살게 된 곳이 양산이었다.

졸속으로 지어진 아파트는 외부의 소음을 고스란히 실어 날랐다. 방에 앉아만 있어도 아파트 주민들의 취향을 알 수 있었다. 옆집에 사는 30대 직장인은 철 지난 록 음악을 좋아했다. 윗집에서는 다섯 살 난 아들이 밤마다 놀이터에 나가 놀지 못해 난리였고 아래층에 사는 신혼부부는 늦은 밤이면 열 살짜리 서희가 이해할 수 없는 비명으로 종종 잠을 깨우곤 했다.

주민들이 서희의 취향을 알기는 쉽지 않았을 것이다. 서희는 동부아파트 4층의 관짝만 한 방에서 저녁마다 전신 거울을 세워 놓고 춤을 췄다. 서희는 또래에 비해 팔다리가 길쭉했고 피부나 머릿결도 나쁘지 않았다. 문제는 얼굴이었다. 주형으로 찍어 낸 것처럼 딱딱한 얼굴에는 표정이 없었다. 입꼬리가 올라가며 자연스럽게 가늘어지는 눈매라거나 광대를 씰룩이는 웃음이라거나 입술 양쪽을 아래로 늘어뜨리며 짓는 진지한 표정이, 서희에게는 존재하지 않았다. 욕망이나 감정이 없는 건 아니었다. 오히려 서희는 누구보다 욕심이 많은 아이였고 때로는 그 열정을 그릇된 방식으로 표출하곤 했다. 서희는 물건을 훔쳤다.

"친구 물건을 훔치면 안 되지."

서희가 학교에서 비싼 펜이나 머리핀을 훔쳐 올 때면 영숙은 지친 목소리로 훈계를 했다.

"가만히 못 있겠는데 우짜노. 내가 그라는 게 아니고, 이 손이 그란다. 손이 지 맘대로 움직여가 물건을 건드린다. 진짜다."

서희는 가게 진열장 안에 있는 근사한 잡동사니를 지나치지 못했다. 팽이나 필통, 기차 모양으로 주조된 연필깎이, 크롬으로 도금한 알루미늄 목걸이, 조립식 로봇 피규어, 장난감 총이나 마법봉 같은 것들이었다. 갖고 싶은 물건을 보면 손가락은 통제를 벗어났다. 탐스러운 것이 혼자 놓여 있는 모습을 보면 손대지 않고는 견딜 수 없었다. 그게 물건에 대한 예의 같았다. 참으려 애쓸 때도 있었다. 그런 상태가 며칠 지속되면 열이 나기 시작했다. 기침이 나고 편도가 부었다. 고온에 시달리며 헛소리를 했다. 머릿속은 갖고 싶은 물건으로 가득했다. 그 지독한 열병은 물건에 손을 대는 순간 씻은 듯이 사라졌다.

사람들은 서희가 다녀갔다는 사실조차 알아채지 못했다. 제아무리 신경 예민한 가게 주인이라고 해도 캔버스 가방을 들쳐 메고 가게를 나서는 아이의 뒷모습을 발견할 뿐이었다. 황급히 밖으로 나가 보면 아이는 어느새 자취를 감춘 뒤였다.

서희는 점차 큰 물건에 손을 대기 시작했다. 필기구나 장난감이었던 것이 원피스와 가방이 됐다. 한 번 훔치고 나면 물건에 대한 애정은 빠르게 식었다. 제자리를 잃은 물건은 피를 뺀 고기 같았다. 그것들은 플라스틱과 싸구려 천, 가죽으로 만든 껍데기에 불과했다. 서희는 축축하게 식은 물건들을 방에 늘어놓고 영숙을 불렀다. 이라면 우짤 긴데? 야단칠 끼가? 하는 기대로. 영숙은 길게 한숨을 쉴 뿐, 아무 말도 하지 않았다. 치료법이 없는 장애가 하필 자신의 딸에게 찾아왔다는 비극에 매몰돼 영숙은 하루하루 말라 갔다. 서희는 그런 영숙을 무표정한 얼굴로 바라보았다.

서희는 태어날 때부터 표정이 없었다. 찢어지는 통증 끝에 서희가 태어났을 때, 영숙은 분만실이 얼어붙는 것 같은 서늘함을 느꼈다.

의사는 서희가 손가락 발가락 열 개 다 제대로 붙어 있는 건강한 아기라고 했지만 막상 포대기에 싸인 서희는 다른 아기들처럼 우렁찬 울음을 터뜨리는 일이 없었다. 애벌레처럼 인큐베이터 속에서 꼬물거리며 빛이나 소리를 따라 고개를 돌릴 뿐, 서희의 얼굴은 판화를 찍은 듯 건조했다.

영숙은 서희가 두세 살이 되었을 즈음 몇 차례 추가 검진을 진행했다. 의사들은 하나같이 별다른 징후는 보이지 않는다는 말로 영숙을 안심시켰다. 간혹 말을 늦게 배우는 아이도 있고 감정 표현이 서툰 아이도 있다고 했다.

"근데예, 선생님."

영숙이 말했다.

"야는 아무 표정이 없어요. 맨날 이 얼굴 그대로라고

요. 볼을 댕기고 눈을 찢어 봐도 고무줄처럼 되돌아와요."

"검사 결과에는 별문제가 없다 안캅니까. 지능은 딴 애들보다 오히려 높은 편이고요. 증후군 같은 것도 없고요. 마음에 문제가 있는 건 아닐까 싶은데요. 정 불안하시면 대화를 좀 많이 나눠 보는 게 어떻겠습니꺼."

의사들은 돈이 될 기미가 보이지 않는 환자를 서둘러 돌려보냈다. 그 와중에도 무뚝뚝하게 병실 구석을 노려보고 있는 아이를 보며 영숙은 찝찝한 기분을 감추지 못했다.

한마디로 서희는 맹물 같았다. 세상에는 바닷물처럼 짠맛이 나는 애도 있고 미음처럼 은은한 분위기를 풍기는 애도 있고 고추처럼 알싸한 애도 있는 법인데 서희는 그런 구분 자체가 무의미한 아이였다. 밥을 먹여도 그뿐, 똥을 싸고 잠을 자도 그뿐, 사람 새끼가 아니라 인형을 키우는 기분이었다. 그저 반응을 보기 위해 야단을 치기도 했다. 큰 잘못을 하지 않았는데도 있는 힘껏 엉덩이를 때렸다. 서희는 통증이 만들어 낸 화학작용에 불과한 눈물을 흘릴 따름이었다. 목석 같은 아이를 보며 영숙은 조금씩 지쳐 갔다. 그럴 때면 세상을 먼저 떠난 남편이 죽도록 그리웠다.

이 조그만 아이에게도 욕망이 존재한다는 걸, 다만 표현할 능력이 없을 뿐이었다는 사실을 알게 된 건 서희가 아끼던 책이 빗물에 젖어 망가진 어느 날의 일이었다.

서희는 거실에 앉아 젖은 책을 한 장씩 말리고 있었
다. 온종일 드라이기가 돌아갔다. 책은 곧 말랐지만 쭈
글쭈글하게 말려들어 예전의 모습을 회복하지는 못했
다. 서희는 흉측하게 일그러진 삽화를 앞에 두고 거실
에 앉아 있었다.

"서희야, 괜찮나."

영숙이 물었다. 서희는 무저갱 같은 동공을 들어 대
답했다.

"책이 망가졌다. 내 좀 슬프다."

왈칵 눈물이 쏟아질 것 같았다. 영숙은 서희를 꼭 안
아 주었다. 서희도 영숙을 마주 안았다. 몸살을 앓는
것처럼 뜨거운 체온이 영숙을 감쌌다.

"근데 와 아무 말도 안 했노."
"엄마 걱정할까 봐."

영숙은 미소를 지어 주었다. 자신의 딸이 괴물은 아
니라는 안도감과 애틋함을 한데 비벼 낸 미소였다. 이
아이가 자신을 닮았으면 했다. 서희도 자신과 같은 미
소를 지을 수 있으면 좋겠다고 생각했다. 서희는 영숙
을 한참 동안 바라보다 품을 빠져나왔다. 마치 영숙이
웃는 모습을 처음 보는 듯했다. 혹은 머릿속에 어떤 아
이디어가 떠오른 것 같기도 했다.

까만 눈동자가 핥듯이 영숙을 더듬었다. 서희에게서
덩굴이 빠져나와 영숙을 휘감는 것 같았다. 망가진 책
은 흥미가 떨어졌다는 듯 바닥에 내팽개친 뒤였다. 영
숙이 고개를 살짝 뒤로 빼자 서희는 영숙의 멱살을 쥐

었다. 서희의 손가락이 영숙의 얼굴에 닿았다. 손끝은 동그랗게 잡힌 영숙의 팔자 주름과 눈가에 맺힌 주름을 차례로 쓸고 지나갔다.

잠시 후 서희의 얼굴이 밀가루를 반죽하는 것처럼 움직이기 시작했다. 알을 깨고 나오려 애쓰는 새끼 제비 같았다. 서희는 조금씩 영숙의 미소를 흉내 내고 있었다.

서희는 갓난아기가 젖을 빠는 것처럼 안간힘을 썼다. 고작 얼굴 근육을 움직여 감정 표현을 하는 것뿐이었지만 태어나서 한 번도 표정이라는 걸 가져 본 적 없는 서희에게는 위대한 도전일 터였다.

"그래. 잘한다. 옳지."

영숙이 말했다. 서희가 남들처럼 울고 웃을 수만 있다면 더 바랄 것이 없었다. 영숙은 진심을 담아 응원했다. 얼마 지나지 않아 서희의 얼굴에 미소가 떠올랐다. 처음 보는 얼굴이었다. 쌍꺼풀 없는 작은 눈이 초승달 모양으로 이지러졌다. 입가에 맺힌 동그란 주름은 완벽한 반호를 그렸다. 예쁜 아이였다. 자신의 딸이 이런 모습이었나 싶을 정도로 귀여웠다.

영숙은 기뻤다. 기뻤지만 웃을 수가 없었다. 광대에 마취 주사를 놓은 것 같았다. 무표정과 함박웃음 사이에 존재하는 어떤 표정이 사라진 듯한 느낌이었다. 그러니까 1에서 3으로 바로 넘어가듯이, A 다음에 C가 오는 게 당연하다는 듯이. 무슨 영문인지 알 수 없어 어리둥절한 영숙을 앞에 두고, 서희는 난생처음 짓는 미소를 마음껏 뽐내고 있었다.

영숙은 두 번 다시 은은하고 담백한 미소를 머금을

수 없었다. 동네 사람들은 대포 같은 웃음만 빵빵 터뜨리는 영숙에게 사람이 참 밝아서 좋다며 칭찬을 하다가도, 갑자기 건전지가 다 된 인형처럼 축 늘어지는 모습을 보고는 조울증을 앓는 것이 아닌가 하고 걱정스런 눈길을 보내기도 했다. 얼마 후에는 영숙네 모녀가 좀 이상해 보인다는 이야기가 돌았다. 귀신이 씌었다는 이야기도 나왔다. 그 소문은 영숙과 서희가 양산으로 이사갈 때까지 계속됐다. 모녀가 이사하던 날에는 배웅을 나오는 주민 하나 없었다. 작은 창문 사이로 트럭에 짐을 싣는 모습을 훔쳐보는 시선만 느껴졌다. 가끔 서희가 밥을 챙겨 주던 길고양이가 지붕 위에서 그르릉 울어 댔다.

*

서희가 전학을 간 학교는 3학년 학생 모두를 더해도 200명이 되지 않는 곳이었다. 여름방학이 끝났지만 여름은 가지 않았다. 창가에 고양이처럼 머무르던 바람은 소똥 냄새를 실어 날랐다. 아이들은 음악 시간에도 산수 시간에도 꾸벅꾸벅 졸았다. 하교 종이 울리면 학교는 활기를 되찾았다. 아이들이 쥐불놀이를 하듯 가방을 휘두르며 운동장으로 쏟아져 나왔다. 저마다 짝을 이뤄 정글짐을 타거나 공을 찼다. 서희는 영숙이 집에 돌아올 때까지 운동장에서 아이들이 노는 모습을 지켜봤다. 아이들이 아무렇게나 던져 둔 가방과 학용품이 스탠드에 뒹굴었다. 예전 같았으면 슬금슬금 손을 뻗어 훔쳤을 물건들을 서희는 시큰둥하게 바라봤다. 서희의 도벽은 전학 이후 자취를 감췄다. 학교는 여전히 지루했지만 전학을 가서 좋았던 점은 드디어 서희에게도 친구가 생겼다는 것이었다.

유리는 서희의 집에서 두 블록 떨어진, 시멘트 공장 근처 쪽방에 사는 아이였다. 제빵사가 되는 게 꿈이었고, 고등학교에 진학하면서 학업은 포기했다고 했다. 직업 전문 학교를 다닌 지 세 달째였다. 부모님은 중학교 옆에서 문방구를 운영했다.

형제가 없는 유리는 제 여동생인 양 서희를 끼고 동네를 쏘다녔다. 일을 나가 있는 동안 애랑 같이 놀아 줄 수 있느냐는 영숙의 부탁을 받기도 했지만 그보다 가슴 높이까지 오는 애를 데리고 다니는 게 좋았다. 둘은 유리의 부모님이 운영하는 문방구에서 풍풍을 타거나 쪽자를 만들어 먹었다. 문방구에 있던 수수께끼 책에서 하나씩 문제를 내고 맞히기도 했다. 그렇게 놀다 보면 어느새 저녁이었다. 유리는 영숙이 돌아올 시간에 맞춰 서희를 집으로 돌려보냈다. 좀 더 놀면 안 되냐는 서희에게 유리는 할머니 병간호를 해야 한다고 말했다.

"할머니가 아프나?"
"곧 돌아가신다 카더라. 우리 할머니 얼마 못 산다."
"나도 보러 가면 안 되나?"
"우리 할머니? 말도 제대로 못 하는데 봐서 뭐 하게."
"그냥. 언니 할머니 한번 보고 싶어서."
"그라믄 오늘 한번 가 보자."

유리는 서희의 손을 꼭 쥐었다. 따뜻하고 작은 손이 유리의 손바닥 위에서 콩닥콩닥 뛰었다. 표정이 없고

무뚝뚝하지만 사실은 착한 아이야. 유리는 그렇게 생각했다.

그날부터 서희는 유리를 따라 종종 할머니를 보러 갔다. 사실 서희가 유리의 할머니를 만나고 싶어 한 이유는 따로 있었다. 서희에게 노인들은 골동품이었다. 오랜 시간 묵혀 놓고 숙성한 존재였다. 정말 값어치가 나가는 물건들은 낡은 것들이니, 서희는 유리의 할머니에게서도 뭔가 얻어 낼 것이 있으리라 믿었다.

유리의 할머니는 온종일 방에서 시간을 보냈다. 머리맡에는 스쿠알렌 약통과 바늘이 놓여 있었다. 할머니는 식사가 끝나면 스쿠알렌을 바늘로 찔러 내용물만 빼먹었다. 이가 좋지 않아서 그런다고 했다. 할머니에게서는 언제나 희미한 생선 비린내가 났다. 서희는 그 옆에 앉아 수수께끼 책을 펼쳤다. 이 쭈글쭈글한 노인이 수수께끼를 알아들을지 궁금했다.

"할머니. 참새가 무서워하는 비가 뭐게요."
"모른다."

잠깐의 고민도 없는 포기였다. 귀찮게 하지 말라는 선언에 가까웠다. 서희는 책을 툭 내려놓고 말했다.

"답은 허수아비예요."

할머니는 반응이 없었다. 희끄무레한 시선으로 서희를 빤히 바라보며, 소가 여물을 씹는 것처럼 입을 다셨다. 실패구나. 서희는 할머니가 남긴 스쿠알렌 껍질을 질겅질겅 씹었다. 젤라틴이 이에 들러붙는 걸 느끼면서 다른 수수께끼를 찾기 시작했다. 한참 책을 넘기고 있는데 할머니가 어깨를 굼실굼실 들썩이기 시작했다. 키기킥, 하고 낡은 자동차 시동 거는 소리가 났다.

"할머니, 왜 그래요. 기침 나요?"

서희는 할머니 옆구리에 손을 얹었다. 온몸을 떨고 있던 할머니는 곧이어 힘찬 발차음 같은 웃음소리를, 대포 같은 폭소를 터뜨렸다.

참새가 무서워하는 비는 허수아비. 이 짧은 문장의 어디가 노인의 뇌를 자극했는지 궁금했다. 게다가 다 죽어 가는 노인이 이런 에너지를 품고 있었다는 것도 놀라웠다. 노상 누워만 있어 등이며 어깨며 성한 구석이 없다고 했는데 허리가 부러져라 웃는다니 그 또한 놀라운 일이었다.

서희는 어른들이 좋아할 만한 우스갯소리를 수집했다. 풍풍도 쪽자도 마다하고 문방구에 앉아 유머집과 수수께끼 책을 읽었다. 그렇게 정제한 이야기를 유리의 할머니에게 하나씩 들려 줬다. 실패한 농담과 성공한 농담을 구분하고 어떤 요소가 할머니의 웃음에 영향을 미치는지 파악했다. 처음엔 시큰둥해하던 할머니는 서희의 방문을 반기기 시작했다. 할머니는 다음 이야기를 재촉하기도 하고 때때로 웅장한 폭소를 터뜨리기도 했다. 서희는 그 옆에서 차분히 할머니의 표정을 읽어 내렸다. 주름이 가득한 얼굴에는 건질 것들이 넘쳐 났다. 몇 개월에 걸쳐 광물을 캐듯 할머니의 목소리와 자세, 근육의 움직임을 도려냈다. 오랜 시간이 걸리는 작업이었지만 서희는 서두르지 않았다. 할머니는 조금씩 쇠약해졌고 서희는 이따금 어색한 폭소를 뱉어 내기 시작했다.

학기가 끝나고 겨울방학이 찾아오자 서희는 더 이상 할머니를 볼 수 없게 되었다. 병세가 악화돼 병원으로 옮겨야 한다고 했다. 유리가 담담한 어조로 그 소식을 전했다. 한동안 유리와 함께 노는 것도 어려울 것 같다고 했다. 부모님이 문방구를 관리하는 동안 유리가 간병을 해야 한다는 거였다. 하지만 이미 서희의 관심은 멀어진 뒤였다. 웃음을 멈춘 할머니는 포장지에 불과했다.

유리의 할머니는 일흔두 살에 세상을 떠났다. 성당에서 장례 예식을 치렀다. 서희와 영숙도 예배에 참석했다. 위령 미사와 사도예절이 이루어지는 동안 유리는 입구에서 조문객을 맞이했다. 거대한 십자가 앞에 관이 놓여 있었다. 서희는 유리 근처에 앉아 엄숙한 얼굴로 오가는 사람들을 구경했다. 영혼이 달아난 시체 앞에서 사람들이 왜 고개를 조아리는지 이해하기 힘들었다. 관 속의 존재는 이제 심장이 뛰지 않는 흙더미에 불과했다. 할머니가 세상에 남기고 간 폭소, 할머니가 가지고 있던 유일한 가치는 이미 서희가 가져온 뒤였다. 할머니는 내 안에 있어. 서희는 그걸 자랑하고 싶었다.

성당에서 내내 웃고 있는 서희에게 영숙이 충고했다. 여기서 그러면 안 된다. 유리가 얼마나 힘들지도 생각해야 안 되겠나. "하지만 즐거운걸요." 나도 네가 웃는 모습이 좋지만, 조금만 참을 수 없을까. "엄마가 그렇게 말하면 노력해 볼게요."

서희는 유리를 위해 잠시 웃음을 참고 있겠다고 다짐했다. 하지만 미사를 끝내고 자리로 돌아온 유리를 마주하는 순간, 서희는 장전한 총처럼 웃음을 터뜨리고 말았다. 수도 없이 연습했던 웃음은 원래 서희의 것이 었던 양 체득되어 이상적인 각도로 휘어진 허리 굴곡과 근육의 떨림을 이끌어 냈다. 눅눅하게 가라앉아 있던 성당의 분위기와는 걸맞지 않은 웃음소리였지만 그 소리가 어찌나 매력적이었던지 조문을 온 사람들은 잠시 이곳이 장례식장이라는 사실을 잊고 넋이 나간 듯 서희를 바라보았다. 그 속에서 유리만 떨떠름한 표정을 감추지 못했다. "어 서희 왔나. 고맙다."

유리가 말했다. 서희는 유리가 자신의 변화를 알아주길 바랐다. 얼마 후면 관 속에 든 채로 산에 묻힐 할머니 말고, 당장 눈앞에 있는 할머니의 웃음을 알아 줬으면 했다. 서희는 유리의 손을 꽉 쥐었다.

"인제 그만 가자, 서희야."

영숙이 서희를 재촉했다. "잠깐만요 엄마. 유리 언니 오랜만에 만났잖아요."

서희는 보란듯이 껄껄대며 웃었다. 얼른 장례식 정리하고 나하고 놀자. 퐁퐁도 타고 쪽자도 만들어 먹고 살구 놀이도 하자. 서희를 응시하던 유리가 말했다. "그래 오랜만에 보니까 나도 좋다. 좋은데. 니는 뭐가 그렇게 웃기노. 우리 할머니 돌아가셨는데 좋나."

뭔가 잘못됐다는 걸 깨달았다. 유리는 전에 없이 차가웠다. 베일 듯한 날카로움이 어슬렁거렸다. 서희는 웃음을 멈추고 무표정한 얼굴로 돌아왔다.

"언니야, 그게 아니고."
"됐다. 내일 하관식 근처에서 하니까 나온나. 그때는

웃지 말고."

사과를 하고 싶었지만 이럴 때 어울리는 표정은 배운 적이 없었다.

장례식이 마무리되는 동안 유리는 슬픔에 잠겨 있었다. 검은 상복에 미사포 너머로 암울한 정서가 몽글몽글 피어올랐다. 끈적하고 질척거리는, 그래서 손으로 만질 수 있을 것 같은 감정이었다. 서희는 이미 예배에는 관심이 없었다. 크게 뜬 눈은 유리를 향해 꽂혀 있었다. 앙다문 입술 주위로 반죽을 뭉친 듯한 근육이 가볍게 떨렸다. 좁쌀을 쥔 것처럼 몰린 미간은 작은 파동을 만들어 냈다. 화장기 없는 볼은 창백했고 그 위로 수심이 깊은 실핏줄이 뻗어 나갔다. 슬픔이라는 감정의 정의를 읽는 것 같았다. 그건 생중계로 보도되는 정서의 물결이었다.

집으로 돌아간 서희는 방으로 들어가 문을 잠갔다. 영숙이 저녁을 먹으라고 불러도 대답하지 않았다. 거울을 보며 유리를 떠올렸다. 백지 같은 얼굴에 유리의 표정을 띄웠다. 이를 드러내지 않아야 했다. 치아는 분노 아니면 기쁨을 표현하기에 적합한 소재였다. 볼 주위는 동상에 걸린 것처럼 푸르스름하게 식어 있어야 했고 입가에는 강직한 주름이, 눈에는 비단이 흐르는 것처럼 자연스러운 곡선이 맺혀야 했다. 그 후에는 좀더 자세한 것들을 표현해 내야 했다. 잇몸 경계와 정확히 맞닿은 윗입술, 스포츠카의 곡선 같은 턱의 윤곽. 가늘게 여러 갈래로 나누어지는 눈가의 주름 같은 것들이었다. 서희는 수학 문제를 풀듯이 하나하나 흉내를 냈다.

가능성이 보였다. 서희에게는 표정이 없는 게 아니었다. 모든 표정을 담을 준비가 되어 있지만 아직 아무것도 담지 못했을 뿐이었다. 이 얼굴을 제대로 쓰는 법을 익히지 못했을 뿐이었다. 서희는 밤을 새워 비참하게 일그러진 얼굴을 조각해 나갔다. 맛있다는 느낌이 들었다. 생크림 케이크 표면을 야금야금 핥는 마음으로 서희는 연습에 몰입했다. 장식으로 올려진 체리를 음미할 수 있을 때까지, 얼굴에 경련이 일어날 때까지 집중했다. 새벽 5시까지 이어진 중노동이었다. 서희는 다음 날 오후가 되어서야 잠에서 깼다. 눈을 뜨자마자 검정 드레스로 갈아입고 영숙을 재촉했다.

서희가 영숙의 손을 잡고 장지에 도착했을 때는 이미 하관이 진행 중이었다. 질척질척하고 붉은 흙이 무덤까지 길게 이어져 있었다. 장지를 담당하는 인부들은 구석에서 목장갑을 벗어 던진 채 쉬고 있었고 유족과 친지들은 주례 앞에 촛불을 들고 서 있었다. 유리도 그 속에 있었다. 서희 역시 촛불을 받아 들고 무덤 옆에 섰다. 관이 무덤 속으로 빨려 들어간 뒤 청원 기도가 시작됐다. 사람들이 주례를 중심으로 원을 만들어 둘러섰다. 모두가 모두의 얼굴을 볼 수 있는 순간이었다. 야산의 찬 기운이 뺨을 얼렸다. 서희는 모든 것이 딱 들어맞는다고 생각했다. 눈을 가늘게 뜨는 것부터 시작해 입술을 끌어당기고 코를 깨물듯 찡그렸다. 코트를 걸치듯이 슬픔으로 무장했다. 검은 드레스 위로 비통함이 흘렀다. 때가 온 거였다. 연습해 둔 얼굴을 꺼내 보일 차례였다.

서희가 턱을 살짝 들어올리는 순간 주위의 분위기가

달라졌다. 우아하다고 해야 할까 고귀하다고 해야 할까. 망자를 진심으로 애도하는 마음이 안개처럼 주위로 번져 나갔다. 슬쩍 보기만 해도 전염이 될 것 같은 우울함이었다. 사람들은 애달픈 마음의 주인을 찾아 눈을 굴렸다. 기도문을 외던 주례마저 실눈을 뜨고 주위를 두리번거렸다. 이윽고 그 자리에 있던 모두의 시선이 서희를 향했다.

기도가 끝나고 사람들은 서희에게 몰려왔다. 어린아이를 달래 주기 위해 만반의 준비를 마친 사람들이 서희의 머리를 쓰다듬고 어깨를 토닥였다.

"할머니하고 많이 친했는갑네."

서희는 흥분을 감추고 말했다. "유리 언니는 제 하나밖에 없는 친구거든요. 유리 언니 할머니는 제가 들려드리는 수수께끼를 많이 좋아하셨어요."

"그래. 기분이 어떻노."

유족 하나가 취재를 하듯 물었다. 서희는 준비해 둔 대답을 꺼내 놓았다.

"저는 아직 어려서 아끼는 사람을 다시는 볼 수 없다는 게 어떤 기분인지 잘 몰라요. 근데 하나는 알겠어요. 그냥 슬퍼요. 슬퍼서 견딜 수가 없어요. 어떻게 이 슬픔을 달래야 할지 모르겠어요. 어제는 사전도 찾아봤어요. 이런 기분을 뭐라고 부르는지 몰라서. 슬픈 걸로는 표현이 안 돼요. 비통하다는 단어가 더 어울릴 것 같아요."

비통. 그 단어가 좋았다. 서희는 처음으로 자신의 표

정에 이름을 붙였다.

반면 유리는 하루아침에 다른 사람이 되어 있었다. 미간은 좁혀질 줄 몰랐고 눈물샘은 사막처럼 말라 버렸다. 심장은 칼에 베인 것처럼 아팠지만 얼굴은 바싹 마른 석고 같이 굳었다.

하루 만에 사람이 우째 저래 변하노. 자는 할머니가 돌아가셨는데 슬프지도 않는가 보네. 내 말이. 어제는 당장이라도 죽을 것 같더니. 쇼한 거 아니가?

사람들이 수군거리는 소리가 들렸다. 서희는 그 소리가 듣기 좋았다.

유리에게는 아킬레스건이 끊어진 축구 선수처럼 힘없는 실소만 남았다. 서희는 이 표정은 그다지 가치 있는 것이 아니므로 훔치지 않아도 좋겠다고 생각했다.

*

서희는 중학교를 졸업할 무렵 스물두 가지, 대학에 입학할 즈음에는 서른 개가 넘는 표정을 지을 수 있게 되었다. 모두 훔친 것들이었고 돌려주는 법을 몰라 10년이 되도록 가지고 살았다. 본드로 붙여 놓은 것처럼 달라붙은 표정은 시간이 지날수록 익숙해져 나중에는 애초에 훔친 것들이었다는 생각조차 들지 않았다.

마구잡이로 표정을 수집하는 건 쓰레기를 주워다 전시하는 것과 다를 바가 없었다. 체계가 필요했다. 서희는 가로축과 세로축으로 된 그래프를 그렸다. 가로축의 한쪽 끝에는 기쁨, 반대쪽 끝에는 슬픔이 자리했다. 세로축 양쪽 끝에는 분노와 평온이 위치했다. 이 네 가지 감정에다 그래프 사분면에 해당하는 표정, 즉 기쁜 분노, 기쁜 평온, 슬픈 분노, 슬픈 평온을 더하면 모두 여덟 가지 감정이 나온다. 슬픈 평온은 장례식에 어울렸고 기쁜 평온은 별로 친하지 않은 친구의 결혼식에 어울렸다. 서희는 사분면을 다시 각각 네 개의 영역으로 나누었다. 슬픔이 다량 첨가된 적당한 분노, 몹시 기쁜 마음을 애써 억누르는 듯한 약간의 평온 같은 표정이 만들어졌다. 최초에 가지고 있던 네 가지 감정을 그 정도에 따라 구분하고 나니 모두 스물네 개가 된 것이다. 사전에서 표정을 설명하는 형용사를 하나씩 찾아 적용할 수 있는 곳에 대입했다. 화난, 억울한, 답답한, 불안한, 초조한, 놀란, 당황한, 상쾌한, 즐거운, 기쁜, 만족스러운, 행복한, 우울한, 무기력한, 슬픈, 피곤한, 귀찮은, 침울한, 외로운, 편안한, 안정된, 고요한, 안심된, 평화로운, 여유로운 같은 단어들이었다. 여전히 갈 길은 멀었다. 단어와 단어 사이에 존재하는 은밀한 어감을 얼굴에 담아 내기에는 재료가 부족했다. 초조한 와중에 침울한 표정은 응용해서 지을 수 있었지만 상쾌하면서 귀찮은 표정은 어떤 감정을 섞어야 만들 수 있을지 가늠하기가 어려웠다.

다행히도 서희가 하나씩 수집한 표정은 모두 엄밀하게 검증된 것이어서 굳이 복잡한 표정을 짓지 않아도 사람들은 서희의 심정을 쉽게 이해하고 수긍해 주었다. 서희는 필요에 따라 공구통에서 도구를 꺼내듯 표정을 배합해 전시했다.

스무 살이 된 서희는 더 이상 무표정하고 소름 끼치

는 아이가 아니었다. 때와 장소에 따라 필요한 표정을 지을 줄 알았다. 표정을 훔치는 데 익숙해져 만지지 않아도 표정을 가져올 수 있게 되었다. 때로는 사람의 마음을 읽어 내기도 했다. 눈썹이나 입꼬리가 샤프심 두께만큼 움직이는 것만으로도 서희는 상대의 심리 변화를 파악해 냈다.

그 과정이 쉽기만 한 건 아니었다. 서희는 틈만 나면 거리를 돌아다녔다. 원하는 표정을 이끌어 내기 위해 이유 없는 적선을 하기도 했다. 만 원짜리 지폐 여러 장을 깡통에 집어넣을 때 환희로 뒤범벅되는 노숙자의 얼굴은 서희가 가장 좋아하는 표정 중 하나였다. 초량역에서 온천장역으로 넘어가는 지하철에서 서희는 이유없이 사람들에게 시비를 걸었다. 괜한 시비에 당황하거나 짜증을 내는 이들은 자신들이 어떤 보물을 갖고 태어났는지를 알지 못했다. 서희는 기쁜 마음으로 그 표정을 훔치고 분류하고 저장했다.

시간의 흐름은 서희에게 큰 의미가 없었다. 거리를 다니는 사람들의 표정을 보고 날씨를 알았다. 세상에 좋은 일이 있는지 나쁜 일이 있는지, 선거가 있었는지 분쟁이 있었는지를 거리에서 보고 느꼈다. 서희는 더운 날, 추운 날, 중간 날로 계절을 정의했다. 낮과 밤으로 시간을 구분했고 쉬는 날과 학교에 가는 날로 일주일이 지나는 걸 알았다.

추운 날이 끝나고 중간 날로 접어들던 어느 계절에 서희는 의대생이 됐다. 서울 소재 대학에 입학했다. 합격을 확인하던 날 사투리를 고치기로 결심했다. 좀 더 대중적인 인간이 되고 싶어서였다. 은신을 하듯 어디든 스며들어, 원하는 순간 이목을 집중시켰다가, 필요에 따라 다시 사라질 수 있는 사람이 되길 원했다.

대학은 서희에게 많은 기회를 가져다주었다. 대한민국 사람 다섯 중 하나가 서울에 살고 있으니 사람 만날 기회가 많았고 학교에서 배우는 의학 지식은 사람에 대한 이해도를 높여 주었다. 본과에 들어가기 전에는 동아리 활동을 할 수도 있었다. 서희는 동아리에 들어갔고, 남자 친구를 사귀기 시작했다. 예과 시절 만난 남자 친구인 범준은 의대 사진 동아리 회장이었다. 서희의 1년 선배였는데 신입생 시절부터 풍경 사진으로 굵직한 상을 휩쓸던 인물이었다. 에이전시의 눈에 들어 인사동에서 전시회까지 열었다. 작품을 설명할 때면 은근한 자신감이 깃든 차분한 얼굴로 좌중을 휘어잡았다. 잘생기지는 않았지만 호감이 가는 외모를 지니고 있었다. 동아리에는 범준과 친해지려는 신입생이 많았는데도 범준은 유독 서희에게 관심을 보였다. 서희가 찍은 인물 사진을 본 뒤부터였다.

"나는 사람 사진은 잘 못 찍겠던데."

범준이 말했다. 서희는 인화를 마친 사진을 빨랫줄에 널던 중이었다. 시장 거리에서 갈치를 팔던 상인을 흑백으로 현상한 사진이었다. 망원렌즈로 당겨 찍어 화면 안에 상인의 얼굴이 가득 들어찼다. 서희가 며칠간 얻기 위해 애쓴 표정이었다. 한 번 스쳐 본 그 얼굴이 마음에 남아 카메라를 들고 찾아가 몇 시간을 기다렸다. 어떤 상황이 생겨야 그 표정이 나올지 몰라 고민하는 사이에 시장 마감 시간이 됐다. 가게 안에서 아이들이 아빠를 부르며 뛰어나왔다. 그 순간 서희가 기다리던 표정이 나왔다. 서희는 두 아이를 품에 안고 있는 상인을 향해 셔터를 눌렀다.

"어떻게 찍은 거야?"
"조리개는 1.4, 셔터 스피드는 400분의 1, ISO는 200이고 필름은 일포드 흑백필름요."
"아니, 그거 말고. 어떻게 이 표정을 잡아냈냐고."
"느낌이 온다 싶을 때 셔터를 눌렀어요."
"난 그걸 못 하겠다니까. 풍경 사진이야 오래 기다리다가 원하는 분위기가 나올 때 찍으면 그만이고, 그마저 힘들면 스트로보 써도 되고 장노출로 찍어도 되고, 쓸 수 있는 방법이 많은데 인물 사진은 순간이잖아."

범준의 말대로 인물 사진만큼은 서희가 한 수 위였다. 사람을 마주할 때면 서희는 언제 셔터를 눌러야 할지 정확히 파악했다. 범준은 서희의 사진을 한참 들여다봤다. 이마에 더듬이가 솟은 것 같았다.

"제목이 뭔데?"
"'풍족'요."

범준은 괜찮은 제목이라는 듯 고개를 끄덕였다. 안개 같은 심상이 범준을 휘감았다. 서희는 여지껏 찾지 못했던 표정이 눈앞에 있는 걸 확인했다. 그래프 제3 사분면의 가운데에서 약간 아래쪽에 위치한, 겸손이었다.

범준은 서희의 능력에 매료됐고 서희는 범준의 표현력에 빠져들었다. 두 사람이 사랑에 빠지는 데는 오랜 시간이 걸리지 않았다. 유통기한이 있는 연애였다. 범준의 표정에서 단물이 빠지고 그 풍족하고 진귀한 표현들이 서희에게 옮겨 가는 순간 끝날 관계였다. 그걸 모르는 범준은 서희를 위해 칭찬과 선물 공세를 아끼지 않았다.

서희는 처음으로 누군가와 극장에 가고 커피숍에서 파르페를 먹었다. 덕수궁 돌담길과 피맛골 골목을 걸었다. 전시회를 찾아다니고 연극과 뮤지컬을 봤다. 홍대 놀이터 앞에서 처음으로 손을 잡았다. 범준의 뺨이 불그스레 달아올랐다.

그런 것들이야 아무래도 좋았다.

서희는 범준이 자신을 볼 때마다 수시로 겪는 감정 변화를 확인하고 싶어 견딜 수 없었다. 데이트가 시작되는 순간의 설렘, 거리가 조금씩 가까워질 때의 흥분, 헤어지는 지하철 역에서 느끼는 아쉬움을 확인하고 싶었다. 범준은 장대한 서사시였다. 이야기의 끝을 알고 싶어 미칠 지경이었다. 아직 끌어내지 못한 범준의 얼굴을 훔치고 싶었다. 근육 속에 실타래처럼 얽혀 있는 선들을 뽑아내 옷을 짓고 싶었다. 순간순간을 놓치고 싶지 않아 온종일 범준과 붙어 다녔다. 범준은 그것이 서희의 애정 표현인 줄로만 알았다.

범준이 사랑의 열병을 앓는 동안 서희는 연애의 끝을 준비했다. 호감이 애정으로, 애정이 열정으로, 열정이 익숙함으로, 익숙함이 권태로 이어지는 단순한 결말은 원하지 않았다. 그걸로는 충분하지 않았다. 범준에게 나락을 선사해야 했다. 절벽으로 내몰리는 순간에 짓는 표정이 어떤지 알고 싶었다. 두 사람의 연애는 여름방학이 끝날 때까지 이어졌다.

"가을이 다 됐네."

범준이 말했다. 광화문에 있는 호텔 커피숍에서였다. 빙수를 먹자며 범준이 데려온 곳이었다.

"난 가을을 별로 좋아하지 않거든. 환절기는 다 싫어. 알러지 때문에. 재채기를 서른 번씩 한단 말이야. 그러고 나면 오한이 들어. 열이 나고. 편도가 붓는 거지. 그런데 이제는 가을도 싫지 않을 것 같아."
"왜요?"
"네가 다른 옷을 입은 모습을 볼 수 있잖아."

서희는 영숙의 미소를 지어 주었다. 촛불처럼 은근하게 번지는 웃음에 범준은 신이 났다.

"여름은 불기둥 같잖아. 자연이 여름의 막을 내리고 서서히 가을을 준비하고 있을 때, 그때도 나는 조금 먼저 도착해 네가 오길 기다리고 있을 거야. 너는 여전히 긴 머리를 땋고 내 뒤로 다가오겠지. 나는 네가 다가오는 걸 느껴. 심장이 조용히 뛰기 시작하지. 네 숨소리, 서늘한 바람의 기운, 어깨를 감싸안는 손가락의 느낌이 어떨지 떠올려 봐. 긴장되고 흥분되겠지. 그러면 너는 조용하고 차분하게 나를 안심시켜 줘. 그런 상상을 해. 그런 네가 좋아. 그만큼, 네가 좋아."

범준은 완전히 사랑에 빠져 버린 눈을 하고 있었다. 클라이맥스였다. 곧이어 벌어질 상황에 조바심이 났다. 서희는 엉덩이를 곰지락거리며 빙수를 입에 넣었다. 범준도 빙수에 숟가락을 꽂았다. 서희는 범준의 입이 말끔하게 빌 때까지 기다린 뒤 말했다.

"그런데 오빠. 나는 이제 지겨운데요."

"응?"

범준의 눈에서 웃음기가 사라졌다. 누군가가 훅, 바람을 불어 눈동자의 별을 밤하늘로 날려 보낸 것 같았다. 웃음기가 사라진 자리에 의문과 당혹이 어둠처럼 기어 나왔다.

"무슨 말이야."
"오빠 싫다고요, 이제."

범준이 숟가락을 내려놓았다. 조금 전까지만 해도 생글생글 웃던 여자친구의 변화를 이해하지 못하는 눈이었다. 서희는 그 눈을 똑바로 쳐다봤다. 한 순간도 놓치고 싶지 않은 장면이었다.

"헤어지자니까요."
"왜 그러는데."

범준이 거칠게 머리를 헝클었다. 분노와 슬픔이 적당한 비율로 배합된 얼굴 깊은 곳에서 억울함이 밀려 나왔다. 보물섬을 찾은 기분이었다. 아무리 돌아다녀도 구할 수 없던 표정들이 살짝 건드리기만 해도 툭툭 튀어나왔다. 이렇게 가까이에서 본 적 없는 표정들이었다. 카메라를 갖고 오지 않은 게 아쉬웠다.

"넌 쓰레기야."

서희가 말했다. 뷔페를 즐기는 심정으로 차곡차곡 표정을 뽑아냈다.

"야. 너 왜 그러냐니까."
"입 냄새 나니까 입 다물라고."

범준이 일어났다. 찬바람이 쌩 불었다. 서희는 남은

빙수를 마저 입에 털어 넣었다.

그날 이후 범준은 말라 터진 해파리처럼 무표정한 얼굴로 다녔다. 서희와 헤어진 후로 사람이 완전히 망가졌다는 소문이 돌았다. 예과 과정을 마친 뒤 범준은 휴학계를 냈고 서희는 두 번 다시 범준을 만나지 못했다.

반면 서희는 전보다 훨씬 더 다양하고 풍족한 표정으로 사람들을 대했다. 의대에 연예인 뺨치는 여자가 있다는 소문이 퍼졌고, 연예 기획사에서 서희를 만나겠다고 연락을 주기도 했다. 서희는 그런 것들에는 아무 관심이 없었다. 서둘러 국시를 보고 대학을 졸업하는 게 목표였다. 학부 성적을 관리해야 했고 인턴이 된 후에도 높은 점수를 유지해야 했다.

서희는 성형외과 의사가 되고 싶었다.

가끔 마음에 없는 사랑 고백을 했다. 도저히 연결될 수 없을 것 같은 유부남이나 나이 지긋한 어른들에게 사랑한다고 말했다. 사실 좋아하고 있다고. 그 순간 마주한 정중한 거절의 표정, 당혹스러운 모습을 저장하고 흉내 내어 자신의 것으로 만들었다. 덥석 고백을 받아들이는 치들도 있었다. 선물을 주고받았다. 데이트를 하고 함께 여행을 떠났다. 침대 위에서 사랑을 나누고 미래에 대해 얘기했다. 남자들이 행복의 절정에 달했다고 느낄 때 서희는 이별을 통보했다. 온갖 표정이 쏟아져 나오는 걸 볼 수 있었다. 서희는 쓸 만한 것들을 추려 내 자신의 것으로 만들고 이제는 필요 없어진 남자들과 다시는 만나지 않았다. 표정을 도둑맞은 이들은 은퇴를 앞둔 은행원처럼 시들었다.

유년 시절에는 상상도 할 수 없던 얼굴로 속을 채웠고 언제든 원하는 표정을 자신의 것으로 만들 수 있었지만 서희는 행복하지 못했다. 지독한 공복감이 서희를 지배했다. 표정의 그래프는 끝없이 분화됐고 그 안에는 언제나 빈자리가 있었다. 표정 하나를 훔칠 때마다 그만큼의 허기가 밀려들었다. 서희는 거리를 배회했다. 오금까지 덮는 코트 속에 몸을 숨기고, 마스크로 입을 가린 채 먹음직스러운 표정을 찾아다녔다. 하지만 지금껏 모은 표정보다 더 나은 얼굴을 찾기는 힘들었다. 허탕을 치고 돌아온 날에는 밤늦은 시간까지 책을 읽었다. 철학, 문학, 경제학 같은 분야는 서희의 관심을 끌지 못했다. 천문학과 지리학, 역사학도 관심 밖이었다. 서희는 의학 서적이나 물리학, 화학 서적에 탐닉했다.

그즈음 서희의 머릿속에 떠오른 생각이 있었다. 물리학 책에서 접한 통일장 이론이 그 발단이었다. 중력, 전자기력, 약력, 강력을 하나의 이론으로 통합하려는 아인슈타인의 시도가 아직까지 성공하지 못했다고 했다. 모든 것들을 한데 묶을 수 있는 물리학 이론이 연구되고 있다면 표정에도 같은 개념을 만들 수 있지 않을까 하는 생각이 들었다. 모든 감정을 설명해 주는 궁극의 표정. 모든 것이 한데 뭉쳐진 표정. 언어로 표현할 수 없는 표정. 완벽한 허무와 지독한 상실감, 그 위에 안도감이 번지는 얼굴이 있다면, 다른 모든 표정은 필요하지 않을 터였다. 그걸 찾아야 창자가 끊어질 듯한 공복을 해결할 수 있을 것 같았다.

허기를 조금이나마 해소해 준 건 해부학이었다. 서희는 화학작용에 따른 얼굴 근육의 변화와, 언어나 표정 같은 정보가 인간의 신경에 미치는 영향에 심취했다. 서희는 마음만 먹으면 표정 하나로 상대에게서 원하는 반응을 이끌어 낼 수 있었다. 말을 할 필요가 없으니 말수가 줄었다. 서희는 겉으로 고요했고 속으로는 펄펄 끓었다. 사람들은 온화하고 은근한 미소로 중무장을 한 서희를 동경했다.

*

서희는 서른일곱 살에 성형외과를 열었다. 영천동에 있는 개인 병원이었다. 봉직의 없이 혼자서 상담과 수술을 도맡았다. 직원은 간호조무사 세 명에 리셉션을 담당하는 총무 한 명이 전부였다. 성형수술과 피부 관리를 모두 했다. 개업 초기에는 동네 주부들이 기미, 주근깨 관리 목적으로 드문드문 찾아올 뿐이었지만 쌍꺼풀 수술을 몇 차례 진행한 후로는 입소문을 타서 환자가 몰려들었다. 그 병원에서 수술을 받으면 눈에 주름 하나만 만들어도 사람 인상이 말도 안 되게 바뀐다는 이야기가 돌았다. 쌍꺼풀 수술을 받은 사람들은 얼마 후에는 코에, 그 후엔 이마와 턱에 손을 댔다. 서희는 언제 셔터를 누를지 알고 있었던 것처럼 어디에 메스를 대면 될지도 알고 있었다. 가슴 확대 수술이나 지방 분해 수술은 하지 않았다. 손을 대고 싶은 부분은 얼굴뿐이었다.

환자들은 제 발로 걸어 들어오는 보물 창고였다. 상상만 하던 것들을 실현시켜 줄 실험 도구이기도 했다. 서희는 마취제를 적정량보다 조금, 혹은 더 많이 투입해 통증을 유발하거나 치료를 늦췄다. 일부러 상처가 덧나게 만들어 동통을 만들어 내기도 했다. 염증에서 고름을 짜내는 동안 바짝 일그러진 얼굴들을 확인할 수 있었다. 그래프의 빈 곳, 부족했던 표정들이 빠른 속도로 채워졌다.

모든 환자가 가치 있는 건 아니었다. 어떤 얼굴들은 수술이 필요하지 않을 만큼 아름다웠지만 아무 사연 없이 텅 비어 있었다. 고고한 얼굴 뒤에 숨어 있는 실체가 서희의 눈에는 보였다. 그런 환자의 표정은 훔칠 필요가 없었다. 싸구려 태도였다. 훈련으로 만들어 낸 예절과 말투였다. 아이처럼 코맹맹이 소리를 내는 환자들을 보고 있으면 구역질이 나왔다. 서희가 훔쳐 낼 수 있는 얼굴은 갈수록 줄어들었다. 의미 없는 수술이 반복됐다. 나이가 들면서 변화하는 얼굴에 새로운 표정을 만들어 내는 소소한 작업이 이어질 뿐이었다. 회의가 들었다.

끝도 없이 갈증만 느끼다 죽는 건 아닐까. 언제까지 표정을 훔치며 살아야 하나. 언제 이 지독한 배고픔이 채워질까. 영원히 만족을 느끼지 못하는 건 아닐까. 답을 찾지 못해 괴로워하는 날들이 이어졌다. 서희는 프로포폴로 마음을 달랬다. 가슴을 아리는 허기는 더욱 커져 갔다. 절망이 시커먼 입을 벌리고 기다리고 있는 것 같았다.

전환의 기회는 뜻밖의 순간에 찾아왔다. 모든 고민을 끝내 줄, 수학 문제 답안지 같은 존재를 발견한 것이다. 프로포폴에 취해 잠이 들었다가 수술실 침대에서 눈을 뜬 날의 아침이었다. 등이 욱신거렸다. 벽걸이

시계는 9시 30분을 가리키고 있었다.

"원장님, 곧 진료 시간이에요."

간호조무사가 문을 두드렸다. 서희는 빙글빙글 도는 머리를 진정시키며 침대에서 일어났다. 술이나 약에 취한 뒤에는 원하는 표정을 짓기 어려웠다. 감정 표현은 7000개의 신경 섬유가 열일곱 쌍의 근육을 조절한 결과였고, 약물은 이 메커니즘을 방해하는 작용을 했다. 수술실 거울에 비친 얼굴은 녹은 플라스틱처럼 제멋대로 일그러져 있었다. 서희는 안면 근육을 톡톡 두드려 죽어 있던 신경을 깨우고 아침 조례에 걸맞은 표정으로 갈아입었다.

수술실 문을 여니 못 보던 직원이 서 있었다. 총무가 오늘 잡힌 수술과 내용, 예약 진료 일정이 담긴 차트를 내밀었지만 서희는 눈 한 번 깜빡거리지 않고 새로운 직원을 쳐다봤다.

"아. 새로 오신 상담사 선생님이에요."

총무가 말했다. 서희 혼자 진료와 상담을 감당하기 힘들어 고용한 직원이었다. 서희는 수술실에서 환자를 보는 데만 관심이 있었으니 상담 직원이야 아무나 괜찮다고 말해 둔 참이었다. 총무가 구인 공고를 올려 몇 차례 면접을 봤고, 상담사를 채용했다고 알려 온 게 지난주였다. 새 직원의 이름은 김아영이라고 했다.

서희는 아영을 위아래로 훑었다. 키나 체형 면에서 서희와 닮은 구석이 많은 여자였다. 연배도 엇비슷한 듯했다. 머리카락이 길고 유리처럼 창백한 피부에 홍조가 맺히는 것도 닮았다.

아영은 출근 첫날부터 자신을 빤히 쳐다보는 원장이 부담스러웠는지 어색한 웃음을 지었다. 서희는 그 너머에 있는 안면 근육을 읽느라 정신이 없었다. 아영은 에너지가 넘치는 여자였다. 폭발 직전의 로켓이 눈앞에 있는 것 같았다. 가스처럼 부풀어 오른 에너지가 밖으로 빠져나오지 못해 안달이었다.

"네. 잘 부탁해요."

서희가 말했다. 아영은 손을 내밀지도, 눈을 내리깔지도 않았다. 목만 까딱하는 거만한 태도도 보이지 않았다. 굴욕적이지도 버릇없지도 않게, 딱 적당한 각도로 허리를 숙여 인사했다. 아영이 몸을 일으켰을 때 서희는 종착역을 찾은 느낌이 들었다.

아영은 죽은 식물도 되살릴 수 있을 것 같은 웃음을 지었다. 얼굴에 위치한 열일곱 쌍의 근육이 교묘하고 정밀하게 배치를 바꾸고 있었다. 많은 사람들에게서 사랑받는 인생을 살았을 것이다. 자신은 그 이유를 몰랐을 것이다. 졸음은 단박에 날아가고 서늘한 두려움이 밀려들었다.

서희는 마흔이 다 되어 가도록 사람들의 표정을 읽으며 살았다. 타인을 분석하고 베껴서 자신의 것으로 만들며 인생을 보냈다. 표정에 관해서라면 서희는 세계적인 석학이며 독보적인 천재였다. 흔해 빠진 얼굴들은 잠깐 흘겨보는 것만으로도 흉내 낼 수 있었다. 표정을 뺏긴 인간들이 흙탕물처럼 칙칙하게 변해 버리는 것을 수없이 봐 왔다. 하지만 아영의 표정은 읽을 수가 없었다. 속에 숨어 있는 엔지니어가 스위치를 올렸다 내리는 듯, 예상 못 한 방향으로 툭툭 튀어 버리는 얼굴이었다. 목과 귀로 이어지는 신경, 침샘의 펄떡임이 한데 어우러진 결과였다. 아영은 자물쇠를 채우고 포대로 덮어 땅에 묻은 뒤에도 비범한 향기를 풍기는 유적이었다. 아무 감정을 담고 있지 않으면서도 모든 감정을 담고 있는 표정이, 그 오랜 시간 동안 서희를 괴롭히던 표정이 눈앞에 있었다. 지금껏 서희가 훔쳐 온 표정은 그 의미를 잃었다. 길거리에서 힘겹게 주워 모은 표정들은 아영의 표정에 비하면 넝마 같았다.

서희는 자신도 모르게 아영을 향해 손을 뻗었다가 내려놓았다. 몇 센티미터 앞에 있는 성물을, 이 성전을 망치고 싶지 않았다. 서희의 사악한 두뇌는 탐스러운 보물을 어떻게 훔쳐 올지 생각하느라 바빴다.

그날 서희는 아영 생각으로 머릿속이 가득 차 집중력이 흐트러진 탓에 처음으로 수술실에서 실수를 했다. 왼쪽과 오른쪽 쌍꺼풀 절개를 반대로 진행했다. 양쪽 눈이 짝짝이인 여자 환자였다. 원래 조금 컸던 눈이 더 커지는 바람에 부기가 빠지고 나면 사선으로 안면 비대칭이 온 것 같은 인상을 주게 될 터였다. 아무것도 모르는 여자는 프로포폴을 맞고 수술대에 누워 있었다.

깐깐한 환자였다. 몇 차례 수술이 실패해서 아직도 밤에는 눈을 뜨고 잔다고 했다. 이번에도 실수가 생기면 소송도 마다하지 않겠다고 엄포를 놓았다. 서희가 인자한 표정으로 갈아입고 아무 문제 없을 거라고 말한 뒤에야 안심을 했다.

서희는 언제나처럼 온화한 미소로 무장했지만 실수

를 눈치챈 간호조무사들이 초조해했다. 서희는 그대로
수술을 마무리 지었다. 수술실을 정리하고 나오면서
간호조무사들은 한숨을 쉬었다.

"무슨 일이에요?"

상담을 마치고 나온 아영이 수술팀에게 물었다. 간
호조무사가 제대로 대답을 못 하고 허둥댔다. 서희가
대신 나서 대답했다.

"별거 아니에요. 내가 실수를 했어요."

아영은 믿을 수가 없다는 듯 눈을 동그랗게 떴다.

"원장 선생님이요? 어떤 실수요?"
"수술실에서 하는 실수가 뭐겠어요."
"환자분은 아직 모르죠?"
"깨려면 아직 멀었으니까요. 사실대로 얘기하고 배
상해야죠. 별일 아니에요. 수술 한 번 더 하면 돼요.
예상보다 눈이 좀 더 커지겠지만."
"아, 추가 수술하면 돼요? 그럼 굳이 사실대로 말할
필요는 없겠는걸요."
"김 선생님, 귀찮게 머리 굴릴 필요 없어요. 보상해
줄 거 있으면 하면 된다니까요."
"저는 첫날부터 밥값 하겠다 싶어 좋은걸요. 이런 거
마무리 잘못하면 소문 나요. 배상도 세게 나가고. 제
가 얘기를 좀 해 볼게요."

아영은 자신만만해 보였다. 서희는 괜한 문젯거리를
만들고 싶지 않았지만 아영이 어떻게 환자를 구워삶
을지가 궁금해 맡겨 보기로 했다. 마취에서 깬 환자를

곧장 상담실로 보냈다. 서희는 원장실에 앉아 노트북을 열었다. 모니터와 연결된 CCTV가 이제 막 들어온 환자와 아영을 비췄다. 아영의 얼굴이 사선 방향으로 내려다보이는 곳에 카메라가 있었다.

"수술은 잘 끝났어요."

아영의 첫마디였다. 서희는 코웃음을 쳤다. 수술이 잘 끝났는데 추가 수술을 해야 한다고 하면 곧이곧대로 들을 환자가 있을까 싶었다. 수술을 하기 전부터 잘못되면 안 된다고 엄포를 놓은 환자였으니, 차라리 수술 과정에서 실수가 있었다고 얘기하고 추가 수술에 시술까지 무료로 해 주겠다고 제안하는 편이 나을 것이다.

"다행이네요."

환자는 고개를 끄덕였다. 아영은 말을 이었다.

"부기 좀 빠지고 나면 한 차례 더 수술을 해야 해요."
"왜요?"

서희가 예상한 대로 환자의 목소리에 날이 섰다. 아영은 아랑곳하지 않았다.

"우리 원장 선생님이 좀 아쉽대요. 추가 수술 하면 훨씬 더 괜찮아질 텐데 이대로 놔두면 여느 성형외과에서 한 거랑 다를 바가 없다고요."
"수술이 잘못된 건 아니에요?"
"에이, 아니에요."

아영은 탁자에 팔꿈치를 괸 채 몸을 환자에게 가까이 가져갔다.

"우리 원장 선생님 얘기 듣고 오셨죠. 이분은 작품

만드는 사람이에요. 얼굴에 칼 대고 죽죽 긋는 푸줏간 주인이 아니라 화가라고요. 물감을 바르는 사람이에요. 좋은 캔버스를 발견했는데 욕심이 나지 않겠어요?"

그 순간, 아영은 서희가 그토록 갖고 싶어 했던 표정을 지었다. 동시에 환자의 얼굴에서 의심이 사라졌다. 아영의 논리가 아니라 아영의 표정이 효과를 발휘한 거였다. 제대로 통할 것 같지 않은 변명이 아무 저항 없이 먹혀들었다. 다만 아영도, 환자도, 그 모습을 지켜보고 있던 누구도, 그 표정의 힘을 알지 못한 것뿐이었다.

추가 수술은 한 달 후 바로 진행됐다. 환자는 이제야 비로소 원하는 얼굴이 되었다며 좋아했다. 얼마 후에는 친구들까지 떼로 데려와 눈을 가르고 코를 세우고 턱을 깎았다. 서희였다면 배상을 해 주고 쉬쉬했을 실수는 1차 수술비의 몇 배에 달하는 매출로 되돌아왔다. 고작 표정 하나 덕분에.

사람들은 아영을 좋아했다. 건물 관리인도, 피자 배달부와 가판대 신문 판매원도 아영을 알았다. 아영은 그 깊고 오묘한 표정으로 자신을 한 번이라도 마주한 사람들의 눈에 낙인을 찍어 주었다. 사람들은 기쁨이나 슬픔, 애잔함, 분노, 열망, 증오, 섭섭함, 놀람 같은 단어로는 묘사할 수 없는 아영의 분위기에 허우적거렸다. 남자들은 매혹되고 여자들은 동경하게 되는 얼굴이었다. 노인에게는 온화함을, 아이들에게는 따뜻함을 줬다. 범죄자는 공포를 느꼈고 약자는 안온함을 느꼈다. 아영의 얼굴은 모든 얼굴이었다.

서희는 처음 느끼는 감정이 석유처럼 몽글몽글 솟아나는 것을 느꼈다. 아랫배를 간지럽히고 귀를 빨갛게 물들이는 설렘이었다. 어쩌면 이게 사람들이 말하는 사랑일지도 모르겠다고 생각했다. 서희는 아영을 사랑했다. 아영을 갖고 싶었다. 가질 수 없는 것에 대한 열병이 끓어올랐다. 어린 시절 서희를 괴롭히던 열병이, 고열과 두통이 다시 찾아왔다. 어느새 서희는 갖고 싶은 물건을 가지지 못해 끙끙 앓던 날로 돌아가 있었다.

서희는 열병을 가라앉히는 법을 잘 알고 있었다.

*

"따로 밥 한번 먹어요."

서희가 말했다. 퇴근을 준비하는 시간, 상담실에서였다. 아영의 책상에는 상담 서류가 수북이 쌓여 있었다. 아영이 상담을 맡으면서 찾아오는 환자 수가 늘어났다.

"밥은 왜요?"

"고마워서요. 내가 실수한 거 수습해 줬잖아요."

"그런 거 하라고 상담사가 있는걸요."

"그래도요. 내가 원래 실수 같은 거 안 하거든요. 요즘 내가 왜 이러는지 모르겠네요."

"그런 모습 보니 선생님도 인간적이구나 싶던데요. 냉정한 분이라고 생각했거든요."

"원래 절 알고 있었어요?"

"이쪽에서는 유명하시잖아요. 선생님한테만 가면 사람 인상이 바뀐다고요. 훨씬 더 크게 병원을 확장해도 될 텐데 아직까지 봉직의도 안 쓰고 환자는 전부 직접 보시잖아요."

"그게 그렇게 유명한 이야기인 줄은 몰랐네요."

아영은 평양냉면을 먹고 싶다고 했다. 서희는 병원 근처에 있는 가게로 아영을 데리고 갔다. 편육을 함께 주문했다. 가까이서 본 아영은 생각보다 훨씬 오묘했다. 모나리자를 떼어 버리고 루브르에 전시하고 싶은 얼굴이었다.

"아영 씨는 어떻게 살았어요?"

서희가 물었다. 생각하고 꺼낸 말이 아니었다. 아영을 좀 더 알고 싶어 툭 뱉은 말이었다.

"그냥저냥 살았죠. 공부하고 대학 가고 일하고. 전에는 보험 영업 했는데 그게 적성에 좀 맞았어요. 은행 창구에서 판매 업무도 했어요. 적금도 팔고 카드도 팔고. 방카슈랑스로 보험도 팔고. 하다 보니까 몇 번이나 판매왕이 됐어요. 그런데 돌아다니니까 아무래도 시간을 많이 뺏기고 힘이 들길래 앉아서 하는 영업직을 찾았거든요. 자동차 딜러도 생각해 봤지만 그건 좀 남자들 일 같고… 그래서 성형외과 상담사를 선택한 거죠, 뭐."

"가족은요."

"그냥 부모님이랑 저랑요. 근데 좀 힘들게 살았어요. 아빠 때문에요."

직장인들이 수북하게 밀려 나오는 냉면집에서 아영은 의외로 속 깊은 이야기를 꺼내 놓았다. 가정 폭력 얘기였다. 아영은 자주 또 많이 맞았다고 했다.

좁은 베란다, 귀퉁이가 깨져 나간 텔레비전, 담배꽁초가 즐비한 재떨이, 엉덩이가 닿는 부분이 반들반들해진 소파, 머리와 몸이 분리된 인형, 페이지가 찢겨 나간 동화책은 아영이 어린 시절을 회상하면 떠올리는 풍경이었다. 아빠는 도박을 했고 대부분 돈을 잃었다. 도박장에서 돈을 날려 먹은 아빠는 꼭 소주를 마신 뒤에야 집으로 돌아왔고, 소주를 마신 아빠는 제정신이 아니었다. 아빠가 제대로 문을 열지 못해 철컥철컥하고 손잡이 돌리는 소리를 내면 아영은 이불 속으로 기어들어 잠자는 척을 했다. 아빠가 현관으로 들어서면 술 냄새가 풍겼다. 이 밤이 짧게 끝나지는 않을 거라는 의미였다. 아빠는 축축하게 젖은 빨래를 세탁기에서 건져 올렸다. 이불을 걷어 내고 아영을 깨운 뒤 네 눈에도 내가 우습게 보이냐고 물었다. 그래서 이 애비를 무시하는 거냐고. 아니라고 해도 그렇다고 해도 결국은 젖은 빨래가 채찍처럼 날아와 몸을 감았다. 다음 날이면 얼굴이 비대칭으로 부어 있었다. 아빠는 그 모습이 보기 싫으니 웃기라도 하라고 했다. 그래서 아영은 웃는 법을 배웠다. 맞으면서, 웃는 법을 익혔다.

"독한 사람이었죠. 저도 독하게 살았어요. 쓸쓸하게 살기도 했고."

아영이 짓는 표정을 가지려면 저런 과거가 있어야 하는 건가 싶었다. 서희의 유년은 너무 평범했다. 훔치는 것 하나만 목표로 두고 남에게 상처 주면서 살아온 인생이었다. 어차피 아영의 표정을 얻을 수 없다면 포기하는 법을 배워야 했다. 서희는 어쩌면 이 열병이 그냥 지나가는 걸지도 모른다고 생각했다. 그렇게 시들어 버릴 줄 알았다. 하지만 아영이 서희의 병원에서 일한 지 반년이 지나도록 서희의 마음은 가라앉지 않았다. 오히려 어린 시절 타고 놀던 풍풍 위에 앉은 것처럼 심장이 널을 뛰었다. 아영을 마주할 때마다 안절부절못했다. 뺨을 갖다 대고 입을 맞추고 싶었다. 저 부드러운 피부 속에 뭐가 들어 있는지 확인하고 싶었다.

억누르고 있던 서희의 마음이 곪은 여드름처럼 터져 버린 건 아영이 병원을 그만두겠다고 말한 날의 일이었다. 퇴근 시간이 한참 지난 때였다. 프로포폴을 맞으려 준비하고 있는데 아영이 덜컥 원장실로 들어왔다. 노크하고 들어오셔야죠? 서희가 가볍게 타박하자 아영은 미안하다는 말도 없이 병원을 그만두겠다고 했다. 서희는 만지작거리던 앰플을 주머니에 넣었다.

"갑자기 무슨 일인데요."

아쉬움보다 짜증이 먼저 찾아왔다. 아영은 그저 집안일 때문이라고만 말했다. 서희는 아영이 평소와 다르다는 걸 알아차렸다. 상대를 홀리기 좋은 표정으로 무장하고 있었지만, 그 안에서 판독하기 어려운 두려움과 걱정이 아영을 장악하고 있었다. 아영이 뭘 무서워하고 있는지는 서희의 관심 밖이었다. 다만 아영은 몰래 괴로워하는 모습마저 아름다워 보였다.

"아영 선생님. 이렇게 갑자기 가면 안 되죠. 언제 그만둬야 하는데요."
"내일이라도요. 정말 급해서요."
"안 돼요."

서희는 단호하게 말했다. 분노를 약간 가미한 서러

움을 꺼내 얼굴 위에 얹었다. 첫 번째 표정은 아영의 입을 막기 위해 쓴 것이고, 두 번째 표정은 동정심을 유발하기 위해서 불러온 것이었다. 다행히 아영은 서희가 의도한 대로 움직였다. 아영이 입을 다문 사이 서희가 말을 이었다.

"이렇게 가면 안 돼요. 환자들이 뭐라고 생각하겠어요. 급한 일 있는 것 같은데, 무슨 일인지는 묻지 않을게요. 다만 급한 일은 보통 돈으로 다 해결이 된다는 걸 알아 주셨으면 해요. 퇴직금 챙겨 줄 시간이라도 줘요."

아영은 돈이라는 말에 고민하기 시작했다. 서희는 눈썹을 약간 내리깔고 '제발'이라고 별명을 지은 표정을 꺼내 들었다. 지하철에서 만난 어린 남자아이에게서 훔친 얼굴이었다. 아이는 그 표정으로 기어이 사탕 하나와 변신 로봇 선물을 약속받았다. 그 직후 제 힘으로 돈을 벌게 될 때까지 다시는 원하는 걸 얻지 못하게 된 아이였다.

"현금으로 주실 수도 있나요."

아영이 여지를 보였다. 서희는 긴장을 풀었다. 동시에 머리를 바삐 굴렸다. 지금이라도 아영의 목에 프로포폴을 놔 버릴까 생각했다. 하지만 이 위대한 얼굴을 훔치기 위해서는 동네 분식집 가듯이 행동해선 안 된다. 그에 걸맞는 대우와 준비가 필요했다. 그럴 수 있는 날이 얼마 남지 않았다는 게 문제였다. 이 얼굴을 내 것으로 만들 날이. 그럴 날이. 그럴 수 있는 시간이.

"물론이죠. 그리고 나하고는 식사 한 번 더 해요."

"그러기에는 제가 정말…"

"오늘. 오늘 우리 집에 같이 가요. 그거면 돼요. 내일 부터 나오지 않아도 돼요. 퇴직금은 집에서 현금으로 챙겨 줄게요."

아영은 양쪽 검지를 비비며 한참을 고민했다. 서희는 강원랜드 포커 판에서 만난 갬블러가 좋은 패를 얻은 순간 여유를 부리며 짓던 표정을 쏘아 올렸다. 잠시 후 아영이 느린 속도로 고개를 끄덕였다.

서희는 아영을 조수석에 태우고 차를 몰았다. 목적지는 평창동의 단독주택이었다. 고급 주택이 늘어선 거리에 들어서자 아영이 눈을 휘둥그레 떴다. 서희는 주차장에 차를 댔다. 저절로 닫히는 차고 문과 주차장에서 거실로 곧바로 이어지는 통로를 발견한 아영의 눈이 아까보다 더 커졌다. 거실 창 밖으로 잘 관리된 잔디밭이 펼쳐졌다. 높은 천장과 2층 테라스에서 조명이 쏟아졌다. 서희는 거실 탁자에 와인과 치즈를 올려놓았다. 이미 완전히 홀려 버린 아영은 고개를 치켜들고 집 안을 구경하기 바빴다. 서희가 물었다. "선물로 받은 건데 전 술을 마시지 않아서요. 와인 좋아하세요?"

아영은 앞에 놓인 치즈를 집어 입에 넣었다. 맛을 느끼는 건지 마는 건지, 한 조각에 몇천 원은 하는 치즈를 여물 씹듯 우물거리며 생각에 잠겨 있었다.

"이런 집에는 어떤 사람들이 살까 궁금했어요."

"변호사도 살고 연예인도 살죠. 별 볼 일 없는 의사도 살고요."

"돈이 많으면 사는 게 편하죠?"

"그렇지도 않아요. 가진 게 있으면 더 많은 걸 원하니까요."

"일단 가진 게 있어야 원하는 것도 생기는 거죠."

"아영 선생님도 가진 게 많은데요 뭐."

"많기는요. 집안 문제로 조용할 틈이 없어요. 항상 돈이 문제예요. 그 돈 때문에… 사람이 사람 같지 않게 된다니까요."

아영은 작은 입을 오물거렸다. 치즈는 이미 곤죽이 된 지 오래였다. 서희는 잔에 와인을 따랐다. 식초처럼 시큼한 냄새가 훅 끼쳤다. 아영이 말했다.

"제가 알던 와인과는 좀 다르네요."

"내추럴 와인이라 그래요."

서희가 대답했다. 와인잔 목까지 하얀 액체가 찰랑거렸다. 아영은 다시 치즈 한 조각을 들었다. 뭘 먹을 때도 입을 벌리는 법이 없는 사람이었다. 조개처럼 입술을 닫고 그 속에서 분쇄 작업을 이어 나갔다. 서희는 오늘 그 속을 확인하고야 말겠다고 다짐했다.

"아영 선생님은 참…"

"네?"

"예뻐요. 웃는 게. 아니지. 웃는 거 말고도 다 예뻐요. 사람이 어쩜 이럴 수 있나 싶어요."

"고맙습니다. 그리고 죄송해요. 이렇게 갑자기 그만두게 돼서요."

"죄송할 건 없어요. 와인 들어요."

"선생님은 안 드세요?"

"전 술 안 마신다니까요. 어서요. 마셔요."

"그래도 저 혼자…"

"마셔요."

아영은 와인잔을 들었다. 가늘고 부드러운 실이 유리잔을 들어 올리는 것 같았다. 기어이, 거국적으로, 아영은 와인 한 모금을 마셨다. 이 집에 온 뒤 세 번째로 아영의 눈이 휘둥그레 커졌다. 맛있어요. 아영이 말했다. 와인은 충분히 있으니 많이 마시라고 한 뒤 서희는 자리에서 일어섰다.

"화장실 다녀올게요."

서희는 화장실 거울 앞에 서서 찬찬히 자신의 얼굴을 들여다봤다. 동요나 번뇌가 표출되지는 않았을까 해서였다. 서희의 얼굴은 언제나처럼 원하는 표정을 담아 냈다. 속에서 득실거리는 욕심도 흥분도 겉으로 빠져나오지 못했다. 서희는 미간을 좁혔다. 아랫입술이 윗니에 닿을 때까지 끌어올리고 앞니가 살짝 보이게 만들었다. 분노가 섞인 만족감의 표현이었다. 보여줄 사람은 없지만 습관처럼 하는 연습이었다.

잠시 후 거실에서 무거운 물체가 쿵, 하고 떨어지는 소리가 들렸다. 서희는 캠핑할 때 쓰던 방수 천을 매트리스 위에 깔고 거실로 돌아가 아영을 침대에 눕혔다. 아영이 깊은 잠에 빠진 사이 서희는 아영의 팔과 다리를 묶었다. 음식이나 토사물이 기도를 막지 않도록 손수건으로 입안을 닦은 뒤 고개를 옆으로 돌려 놓았다. 아영은 쌔근쌔근 잠을 잤다. 코에서 시큼한 와인 향이 뿜어져 나왔다. 혀 아래 침샘이 연신 벌떡였다.

고문이 시작됐다. 누군가 이 모습을 봤다면 분명 그렇게 표현했을 것이다. A부터 Z까지 아영의 표정을 추출하는 작업이었다. 조바심에 작업을 망치지 않도록 엑셀에 그래프를 그렸다. 사분면에 존재하는 모든 감정을 확인해야 했다. 가슴을 뛰게 만드는 이 피조물의 정체를 확인해야 했다. 밤잠을 설치게 만드는 설렘, 사랑의 열병이 어디서 기원한 것인지 알아내야 했다.

병원 상담 스케줄과 수술 일정을 조절해 퇴근 시간을 앞당겼다. 집으로 돌아오면 침대 위에 널브러진 아영이 보였다. 서희는 머리맡에 앉아 미리 준비해 둔 대사를 아영의 귀에 속삭였다.

"아영 선생님, 사실 이건 실험이에요. 곧 집으로 돌려보내 줄게요."

아영의 얼굴에 희망의 빛이 스치는 것 같았다. 어쩌면 살아 돌아갈 수 있을지도 모르겠다는 안도. 서희는 그 희망에 기름을 얹어 주었다.

"경찰이 다녀갔다지 뭐예요. 어쩌면 전 처벌을 받을지도 모르겠어요."

아영의 얼굴에 희미한 미소가 떠오르는 게 보였다. 서희는 그 희망을 절망으로 바꿀 레시피도 알고 있었다.

"어머. 이걸 믿어요? 다 거짓말이었어요. 아영 선생님은 여기서 죽을 거예요. 실은 이것도 거짓말. 무서웠죠. 설마 제가 해코지를 하겠어요. 농담이었어요.

지금 풀어 줄게요."

서희는 줄을 붙잡고 푸는 시늉을 했다. 아영은 팔이 저린지 몸을 꿈틀거렸다. 서희는 그런 아영의 귀에 대고 전에 없이 낮은 목소리로 말했다.

"풀어 주긴 개뿔. 오늘 밤에 목을 딸 거야."

아영이 망가지기 시작하는 게 보였다. 서희는 아영의 머리맡에서 소름 끼치는 웃음을 지어 주었다. 그리고 언제나와 같은 마지막 대사를 했다.

"사랑해요, 선생님. 진심이에요."

그렇게 말하고 나면 아랫배가 찌릿했다. 어쩌면 정말로 진심일지도 모르겠다는 생각을 했다. 아영은 사랑스러웠다. 서희가 속삭일 때마다 수시로 표정을 바꾸는 아영을, 고함을 지르고 울다 웃는 아영을 제 것으로 만들고 싶어 견딜 수가 없었다. 그 소망이 이루어지면 서희는 비로소 스스로를 사랑할 수 있을 것 같았다. 거울 속의 자신을 껴안아 줄 수 있을 것 같았다.

아영은 실성한 것처럼 시시덕거리기도 했고 저주를 담은 욕설을 토하기도 했다. 기도를 하거나 혼잣말을 중얼거리기도 했다. 서희가 온갖 감정을 뽑아내고 분석하는 사이 아영은 조금씩 초췌해졌다. 하지만 서희가 밤잠을 설치게 만들고 사람들을 홀리던 그 표정만큼은 훔쳐 낼 수가 없었다. 근육의 밀도를 파악하고 피부가 어떤 각도로 휘어지는지, 안구와 비강은 어느 방향으로 밀려나는지를 파악하고 있었지만 아영의 표정은 모니터 위의 데이터로만 존재할 뿐이었다.

"이런 식으로는 안 돼요."

아영이 말했다. 서희는 아영의 팔에 주사할 녹사이틴을 준비하던 중이었다. 구강으로 섭취하면 중추신경에 작용해 긴장을 완화시키는 정신과 약물이지만 정맥에 주사하면 즉시 뇌를 자극해 다운 계열 마약을 투약한 것과 비슷한 효과를 준다고 했다. 아영은 잔뜩 지친 얼굴로 주사기 안의 공기를 빼내는 서희를 바라보았다.

"이렇게는 안 된다고요."

아영이 다시 말했다. 주삿바늘은 이미 아영의 정맥에 작은 구멍을 뚫었다. 서희는 엄지로 녹사이틴을 밀어 넣을 준비를 마쳤다. 아영은 밑바닥을 드러낸 밥솥처럼 추적거렸다.

"왜 안 되죠."

서희가 말했다. 아영은 말하는 인형처럼 대답했다.

"사람 얼굴은… 그냥 베낄 수 있는 게 아니잖아요."
"그런데 난 그렇게 할 수 있어요."

서희는 아영 옆에 앉아 지금껏 훔친 얼굴들을 하나씩 열거했다. 오랜 시간 모은 LP나 우표 수집 책을 보여주는 것 같았다. 철사처럼 얼굴을 구부리거나 풍선처럼 볼을 부풀렸다. 표정 하나를 선보일 때마다 이건 버스에서 만났던 남자가 혼자 울 때 훔친 거, 이건 옷가게하던 점원이 개시하던 순간 훔친 거, 하며 설명을 곁들였다.

"봐요. 난 할 수 있어요. 할 수 있다고요. 얼굴을 훔칠 수 있단 말이에요."

"하지만 지금은 못 하잖아요?"

서희의 목구멍이 막혔다. 당장이라도 녹사이틴 대신 니코틴을 주사하고 싶었다. 아영의 말에 틀린 곳이 없다는 데 더 화가 났다. 서희가 표정을 훔치고 나면 상대는 텅 빈 잿더미처럼 변했다. 하지만 이번에는 달랐다. 이제 아영은 전원 빠진 배터리와 다를 바 없는데도 아영의 표정은 서희에게 전달되지 않았다. 그저 아주 비슷한 표정, 억지로 흉내 낸 얼굴이 가면처럼 달라붙었을 뿐이었다. 서희는 주삿바늘을 뽑았다. 약간의 피가 배어 나왔다. 엄지로 슥슥 문질러 아영의 팔에 닦았다. 시큼한 철분 냄새가 풍겼다.

"아영 선생님 말이 맞아요. 왜 안 되는지 모르겠어요."

아영은 팔다리를 배배 꼬았다. 여러 겹으로 묶은 노끈이 팽팽하게 당겨졌다. 침대 위 방수포는 땀을 튕겨내지 못하고 장마철 벽지처럼 눅눅해졌다.

"얼굴은 행위의 결과예요. 사람의 인생을 보여 주는 창이라고요. 경험이 표정을 만들어요. 훔친다고 되는 게 아니란 말이에요."

아영의 목소리는 쇠를 제련하는 듯 낮고 거칠었다.

"오늘따라 말이 많네요."

서희가 일어섰다. 아영이 급히 말을 이었다.

"한 마디만 더 할게요."
"해 봐요."
"살려 주세요."

서희는 아영의 입에 양말을 쑤셔 넣었다. 아영은 침

과 핏물로 범벅이 된 양말 사이로 늑대 같은 신음을 토해 냈다.

실험이 계속되는 동안 정원에 심어 놓은 나무는 녹색에서 자주색으로 옷을 갈아입었다. 아영의 입술을 닮은 색이었다. 아영은 이제 말을 하지 못했다. 서희의 손길이 닿을 때면 잠에서 깬 듯 발작 같은 몸부림을 칠 뿐이었다. 이 여자에게 남은 표정이 있을 것 같지 않았다. 서희는 포기할 때가 됐다는 걸 알면서도 마지막 남은 희망을 놓지 못했다.

가끔 영숙이 전화를 걸었다. 한 달에 한 번, 간격이 길어지면 두 달에 한 번이었다. 서희는 그때마다 돈을 부쳤다. 영숙은 목적을 말하지 않았지만 서희는 영숙이 돈때문에 전화를 한다는 사실을 잘 알고 있었다. 식당에서 서빙을 하다가 잘린 게 몇 번째인지 몰랐다. 영숙은 언제나 너무 불친절하거나 너무 과하게 웃었다. 조울증이 의심된다며 정신과 치료를 받기도 했다. 영숙은 이따금 딸이 훔쳐 간 자신의 얼굴을 그리워했다.

"어떻게 지내니."

전화를 끊기 전 영숙이 물었다. 서희는 영숙의 통장으로 500만 원을 이체하며 대답했다.

"열심히 살고 있어요."

그 말은 정말이었다. 진심으로 열과 성을 다해 아영을 착즙기에 넣어 쫙쫙 짜내고 있었다. 건조된 미나리같은 아영을 어딘가에 내버려야 할 날이 얼마 남지 않았다는 것을 서희는 잘 알고 있었다.

*

벨이 울렸다.

더운 날에서 추운 날로 넘어가는 중간 날의 첫 번째 날이었다. 사람들이 9월 1일이라고 부르는 날이었고 서희가 아영을 납치한 지 50일째 되던 날이기도 했다. 스피커폰 화면에 두 남자의 얼굴이 떴다. 택배원이나 가스 검침원의 얼굴에 드러나는 고단함과 짜증은 보이지 않았다. 대신 긴장을 감추려는 모습이 역력했다. 서희는 두 사람의 직업을 단박에 파악해 냈다. 경찰이었다. 서희는 누구인지 묻지도 않고 대문을 열었다. 납치 때문에 찾아온 거였다면 벨을 누를 게 아니라 테이저 건을 빼 들었을 테니까. 서희는 머플러로 턱까지 가리고 밖으로 나왔다.

밀도가 높은 근육과 말 같은 어깨를 가진 두 사람이 문 앞에서 기다리고 있었다. 힘으로는 저항할 수 없다는 걸 확인한 서희는 친절과 의문이라고 이름 붙인 표정을 꺼내 들었다.

"윤서희 원장님 되시죠? 불쑥 찾아와서 죄송합니다. 사건 때문에 조사할 게 있어서요."

고릴라를 닮은 경찰이 말했다. 둘 중 조금 더 나이가 많은 쪽이었다.

"무슨 사건요?"

서희는 아무것도 모른다는 말투로 물었다. 젊은 경찰은 수첩을 꺼내 들고 두 사람의 대화를 받아 적을 준비를 했다.

"실종 사건요. 김아영 씨라고 병원에서 상담사로 일
하셨다는데요."

"저희 병원에서 일하셨죠. 지금은 그만두셨어요."

"네. 김아영 씨를 마지막으로 목격하신 분이 윤서희
씨라서요. 언제 마지막으로 보셨는지 기억하세요?"

"퇴직하던 날에 같이 식사를 했어요. 두 달 전이에요."

서희는 입술을 내밀고 아무것도 모르겠다는 듯 샐쭉
한 표정을 지어 줬다. 젊은 경찰은 수첩에 서희의 말을
옮겨 적었다. 못 본 지 오래. 두 달 전. 두 달 전이라는
글자에는 몇 번이나 동그라미를 그렸다. 서희의 반응을
살피는 눈빛이 꽤 날카로웠다. 어리숙해 보이는 고릴라
보다는 이쪽이 더 신경 쓰였다.

"그날 특별한 말씀은 없었고요?"

"집안일이 있어서 급히 그만둔다고 했어요. 갑자기
나가신다고 하니 밥 한 번 먹은 게 전부고요. 무슨 일
인지는 못 물어봤네요."

"이제 무슨 일을 할 거라거나 어디로 간다는 얘기도
없었어요?"

서희는 대답 대신 어깨를 으쓱 들어 올렸다.

"김아영 씨 꼭 찾아야 해서요. 연락 받으시면 꼭 말씀
부탁드립니다."

"무슨 일인데 그래요."

필기를 하던 젊은 경찰이 수첩을 접었다. 은밀한 비
밀을 얘기하려는 듯 한 걸음 다가왔다. 서희는 그쪽을

향해 돌아섰다.

"살인 사건 용의자예요. 김아영 씨 아버지가 산에서 발견됐어요. 수사를 시작한 게 열흘 전인데, 이미 김아영 씨는 자취를 감췄더라고요."

횡경막이 철렁 내려앉았다. 머리에 있던 피가 발바닥까지 떨어졌다가 정수리 끝까지 치솟아 오르는 것 같았다. 롤러코스터를 탄 듯이, 혈류가 재빨리 온몸을 휘돌았다.

"살인이 벌어진 건 언제인데요."
"국과수에서 1년 반쯤 됐다고 하더라고요."

아영과 나눈 대화가 떠올랐다. 생활이 피기 시작했다던 때가 꼭 그때쯤이었다. 아영이 왜 자신의 아버지를 살해했는지는 궁금하지 않았다. 그저 모두를 홀리는 표정을 갖게 된 것이 그 시점이었을지가 궁금했다. 어쩌면 그토록 찾으려 했던 실마리가 여기에 있는지도 모른다는 생각이 들었다.

"명함 드릴 테니까 혹시 생각나는 게 있거나 제보할게 있으면 언제든 연락 주세요. 제보가 생명입니다. 아시죠."

젊은 경찰이 뭐라고 나불거리는 것 같았지만 아무 소리도 들리지 않았다. 서희는 문을 닫고 돌아섰다. 아영에게 묻고 싶은 게 산더미였다. 아영이 있는 안방의 지린내가 정원까지 풍겼다. 어느새 많이 서늘해진 공기가 콧속을 간질였다. 서희는 뒷짐을 지고 천천히 정원을 걸었다. 바닥에 쌓인 낙엽을 자작자작 밟았다. 낙엽은 마른 벌레처럼 바스라졌다.

"저기요. 죄송한데요."

서희가 집으로 돌아가려는데 젊은 경찰이 되돌아와 문을 두드렸다. 다급한 얼굴이었다. 고릴라를 닮은 경찰은 헐레벌떡 그 뒤를 따라오고 있었다.

"왜 그러세요?"
"죄송한데요. 머플러 좀 내려 주시겠어요."
"왜요?"
"확인할 게 있어서요. 잠깐만요."

서희는 머플러를 내렸다. 경찰은 서희의 얼굴을 뚫어져라 쳐다보다 고개를 갸웃거렸다.

"윤서희 씨 맞아요? 성형외과 원장?"
"네. 저 맞는데요."
"김아영 씨 아니고요?"

젊은 경찰은 한 손에 아영의 사진을 들고 사진과 서희를 비교하는 중이었다. 뒤늦게 따라온 고릴라가 핀잔을 줬다.

"아니라니까. 넌 이걸 헷갈리냐."
"그런데 두 분이 엄청 닮았네요. 자매라고 해도 믿겠어요."
"인상이 좀 비슷해 보이긴 해도 아니라니까."

젊은 경찰이 뒤통수를 긁적였다. 기어들어 가는 목소리로 아무리 봐도 닮았는데, 하고 말했다. 서희는 심장이 철렁 내려앉는 걸 느꼈다. 기쁨의 두근거림이었다. 어쩌면 그 오랜 작업이 조금씩 효과를 발휘하는 중일지도 모르겠다는 기대였다. 표정을 꺼내기 위해 잠도 자

지 않고 고문과 연구를 반복했던 날들이, 그 오랜 시간
이 드디어 효과를 발휘하는 건가 싶었다. 서희는 기쁨
사분면에 있는 표정을 아무거나 집어 올렸다. 젊은 경
찰은 갑자기 환한 웃음을 짓는 서희를 향해 의아한 얼
굴로 물었다.

"왜 웃으세요?"
"아니요. 그게 아니라⋯ 그럼 이건⋯"

이번에는 슬픔의 사분면에서 꺼내 온 표정을 걸쳤
다. 제대로 통제되지 않는 얼굴 근육이 삐걱거리며 기
어를 맞추는 느낌이었다. 볼을 타고 눈물 방울이 흘러
내렸다. 서희는 검지로 뺨에 맺힌 눈물을 훔쳐 냈다.

젊은 경찰의 얼굴에서는 의심이 사라지지 않았다.
할 말이 가득한 표정이었다. 시선은 집 안쪽을 향해 있
었다. 서희는 몸을 돌려 경찰을 막아섰다. 경찰은 바이
스를 조이듯 미간을 찌푸리고 말했다.

"이상한 냄새가 나네요."
"청소를 못 해서요."
"사람은 안 쓰세요? 이렇게 넓은 집에 살면서?"
"네. 안 쓰는데요."
"왜요?"
"왜라니요?"
"왜 안 쓰시냐고요. 이렇게 넓은 집을 혼자 정리한다
는 게 말이 안 되잖아요. 돈도 많이 벌면서. 게다가
바쁘다면서요."

한마디 한마디에 날이 섰다. 젊은 경찰은 당장이라
도 서희를 밀고 들어올 기세였다. 서희가 아는 얼굴이

었다. 갈등과 의심이 섞인 표정이었다.

"괜찮으시면 집을 좀 둘러봐도 될까요."
"야야. 너 왜 그래."

고릴라가 말했다. 서희는 그 순간을 놓치지 않았다. 있는 힘껏, 가지고 있는 표정을 모조리 동원했다. 짧은 순간 진행된 중노동이었다. 금고에 보관해 두었던 표정들, 아껴 두었던 감정의 껍질을 짓이겨 이 위기를 모면할 얼굴을 만들어 냈다. 그 모습을 보고 있던 경찰은 한참 동안 서희를 노려봤다. 서희도 피하지 않고 경찰과 얼굴을 마주했다. 시간은 느리게 흘렀다. 난반사하는 햇빛, 바람에 휘감기는 머리칼, 젊은 경찰의 모공이 넓어졌다 조여들기를 반복하는 모습, 그 위로 흐르는 땀의 움직임이 슬로모션처럼 지나갔다. 마침내 젊은 경찰이 혀를 날름거리는 강아지처럼 서서히 느슨해졌다. 서희는 부릅뜨고 있던 눈을 깜빡였고 젊은 경찰은 한 걸음 물러나 꾸벅 허리를 숙였다.

"실례가 많았습니다."

서희는 인사를 받아 주었다. 젊은 경찰은 조금 전 무슨 일이 있었는지 모르는 눈치였다. 분명 할 일이 있었는데. 추궁할 게 있었는데. 갸웃거리던 그의 얼굴이 비로소 백지장이 되었다. 서희는 흐리멍텅한 이목구비를 조롱하고 싶었다.

"그런데요."

젊은 경찰이 경찰차 운전석 문을 열다 말고 말했다. 또 무슨 의혹이 생긴 걸까. 이제는 갈아 끼울 마스크가 없는데. 머리는 바삐 움직였지만 계산은 잘 되지 않았다. 고민을 마치기도 전에 경찰이 불쑥 다가왔다. 불안감에 뒷덜미가 딱딱하게 굳었다. 서희의 눈은 절로 아영이 누워 있는 지하실을 향했다. 경찰의 시선도 서희를 따라 움직였다.

"원장님."

모자 밑으로 드러난 눈에 긴장이 가득했다. 경찰이 천천히 입을 열었다.

"참 미인이십니다."

경찰은 얼굴을 붉혔다. 도저히 그 말을 하지 않고서는 못 배기겠다는 듯한 말투였다. 고릴라를 닮은 경찰이 젊은 경찰의 뒤통수를 때렸다. 서희는 차오르는 조소를 숨기느라 애를 썼다.

"죄송해요. 다음에 올게요. 아직 조사 중인 사건이고 나중에 필요하면 참고인 자격으로 모실게요. 괜찮으세요?"

서희는 고개를 끄덕였다. 젊은 경찰은 차로 돌아가는 중에도 몇 번이나 뒤를 돌아봤다. 사이드미러에 비친 홍조가 깃든 젊은 경찰의 모습이 멀어졌다.

경찰을 돌려보낸 서희는 집으로 돌아와 욕실 조명을 켰다. 주황색 전등 아래, 작은 벌레가 들어찬 것처럼 얼굴 근육이 꿈틀거리고 있었다. 서희가 의도한 움직임이 아니었다. 신경 세포가 스스로 일을 하는 중이었다. 계란이 익는 것처럼 툭, 툭 보조개가 터지기도 했고 모공이 조여졌다 벌어지기도 했다. 그 모든 것이 아영을 닮아 가기 위한 과정으로 보였다. 아랫도리부터 명치까지가 웃음으로 굼실거렸다. 자신이 택한 방법이 잘못되지 않았다는 확신 덕이었다.

서희는 빵과 베이컨으로 저녁 식사를 마쳤다. 샤워를 하고 다음 날 일정을 정리한 뒤 잠옷으로 갈아입었다. 그리고 아영이 있는 방의 문을 잠갔다. 혹여 술김에라도 문을 열지 않도록, 열쇠는 냉동실 가장 깊숙한 곳에 넣어 두었다. 아영이 미지근한 신음을 뱉어 냈다. 서희는 그날부터 아영을 찾지 않았다. 그렇게 해서 아영의 수명이 단축되기를 원했다. 시간은 더디게 흘렀고 방문 너머 신음 소리는 점점 희미해졌다. 서희는 평소처럼 병원에 출근해서 환자를 보고 집으로 돌아와 책을 읽었다. 몸을 깨끗이 씻었고 영숙에게 자주 전화를 했다.

*

서희가 다시 아영의 방문을 연 건 한 달이 지난 뒤였다. 방에는 파리가 들끓고 있었다. 해충 방지 스프레이를 뿌리자 날벌레들이 바닥으로 우수수 떨어졌다. 로봇 청소기가 재빨리 바닥을 쓸었다. 공기청정기는 며칠째 대기 질을 최저 수준으로 파악하고 맹렬히 돌아가는 중이었다. 아영은 그 속에서 마지막 숨을 헐떡이고 있었다. 서희는 코를 막고 침대 옆에 앉았다.

아영의 얼굴이, 그 너머의 공간이 뻥 뚫린 것처럼 무너져 내리기 시작했다. 이것이 아영이 짓는 마지막 표정이라는 걸 알 수 있었다. 죽음의 공포가, 처연한 포기가 일궈 낸 표정이 꽃처럼 피어나는 중이었다. 허무와 지독한 상실감. 그 위에 번지는 안도. 생명을 비료로 삼아 틔워 낸 마지막 열매였다.

서희는 아영의 말을 떠올렸다. 사람의 얼굴은 행위의 반영이라고 했다. 이 순간이 지나야 서희는 아영을 이해할 수 있게 될 것이다. 생명이 꺼지는 순간을, 그 얼굴을 본 사람들만 다다를 수 있는 영역이 있는 거였다. 아영은 눈을 뜬 채로 차가운 숨을 내쉬었다. 아영의 맥이 멎고 호흡이 폐를 향해 말려들어 가는 걸 서희도 느낄 수 있었다. 서희는 부릅뜬 아영의 눈을 직접 감겨 주었다. 그제야 자신의 손으로 생명을 꺼트렸다는 사실이, 스위치를 내리고 손잡이를 잠갔다는 사실이 실감 났다. 그리고 그 순간, 아영의 눈꺼풀을 내리던 그 순간, 고무같이 차가운 피부에 손이 닿던 그 순간, 서희의 몸속에서 작은 시한폭탄이 작동했다. 명치에서 비롯된 진동과 열기가 전신으로 퍼져 나갔다. 손끝에서 끝없이 작은 번개가 치는 느낌이었다. 아영의 얼굴이 비로소 서희에게 날아와 도료처럼 찰싹 달라붙었다.

서희는 손으로 얼굴을 더듬어 보았다. 덕지덕지 쌓은 표정이 이룬 산 위로 아영의 얼굴이 승전국의 깃발처럼 솟아올랐다. 모든 표정의 표정이었고 모든 얼굴의 얼굴이었다. 심장이 방망이질 쳤다. 아영이 고스란히 몸속으로 들어온 것 같았다. 지금껏 모은 표정은 하나도 남김 없이 태워 버려도 되겠다 싶었다. 서희는 더이상 아영을 그리워하지도 동경하지도 사랑하지도 않았다. 위장은 포만감으로 가득 찼다.

옷장을 뒤져 가장 수수한 옷을 입었다. 로션을 바르

고 얼굴이 잘 보이도록 머리를 질끈 묶었다. 주머니에는 지갑 하나만 챙겨 넣었다. 가장 편한 신발을 신고 거리로 나섰다. 힘겹게 얻은 이 얼굴을, 지난 수십 년간의 도벽이 가져다준 이 표정을 자랑하고 싶었다. 집에서 썩어 가고 있을 아영은 잠시 잊었다.

거리로 나선 지 얼마 되지 않아 서희는 아영이 느꼈을 기분을 만끽할 수 있었다. 누군가가 입을 헤 벌린 채 서희를 향해 쏘아 대는 눈길을 느낄 수 있었다. 사람들이 자신도 모르게 서희에게 건네는 경외감과 존경을 확인할 수 있었다. 남자와 여자, 아이와 어른을 가리지 않았다. 서희가 근엄한 목소리로 무릎을 꿇으라고 하면 당장 아스팔트 바닥에 머리를 조아릴 기세였다. 서희의 행복은 최고조에 달했다.

가끔 서희와 같은 얼굴을 한 사람들이 옆을 지나쳤다. 서희를 알아보는 이들이었다. 원시인들 틈에서 지적 능력을 갖춘 인간을 만나는 기분이 들었다. 그들은 서희와 같은 행위를 저지른 사람들이었다. 겉으로 드러나는 형태가 다를 뿐 그 기원은 같았다. 모두 고통 속에 죽어 가는 인간의 마지막 모습을 목격한 이들이었다. 포식자의 얼굴을 가진 그들은 멀리 떨어져 서로를 경계했다. 서희는 그 경계 범위를 빠르게 지나쳤다. 어둠이 혀를 날름거리는 거리를 벗어나 퇴근길 지하철 속으로 몸을 숨겼다. 페브리즈를 뿌려 주고 싶을 만큼 냄새가 심했다. 외투에 밴 고기 냄새, 담배 냄새, 며칠은 씻지 않은 듯한 사람의 체취가 막힌 코를 뚫고 밀려들었다. 서희가 오른 객차마다 시선이 날아와 꽂혔다.

사람의 얼굴

허무가 찾아온 건 그때였다.

어째서인지 서희의 얼굴은 처음만큼의 위용을 자랑하지 못했다. 겨우 반나절 만에 서희가 내뿜은 상서로운 기운이 얇은 벽을 형성한 것처럼 사람들을 밀어냈다. 서희가 다가서면 그만큼 사람들이 멀어졌다. 서희는 객차와 객차 사이의 공간에 몸을 숨기고 숨을 돌렸다. 유리창 너머로 바라본 사람들은 울지도 웃지도 않았다. 서희에게는 의미 없어진 얼굴들이 가죽만 얹은 채 지하철을 채우고 있었다. 심장이 납덩이처럼 얼어붙는 걸 느꼈다. 그건 뭔가 잘못됐다는 아득함, 근원을 알 수 없는 불안감에서 기인한 감정이었다. 서희는 지하철을 빠져나와 어두운 골목으로 향했다. 공사장과 셔터를 내린 상가의 거리가 이어졌다. 개들이 이빨을 드러내고 서희를 향해 다가왔다.

서희는 공사장 골목 끝에 있는 반사경 앞에 섰다. 얼굴이 스테인리스 재질의 볼록렌즈 앞에서 둥글게 휘어졌다. 여전히 아름다운 표정이라고 생각했다. 더할 것도 뺄 것도 없이 비로소 완벽해진 표정이었다. 근육을 자유롭게 움직일 수 있었고 원하는 감정을 얼마든지 표현할 수 있었다. 하지만 어째서인지 그건 사람의 얼굴이 아닌 것 같았다. 존재한 적 없는 생명체가 이종 교배로 탄생한 것 같았다. 더 많은 걸 원하는 망자의 얼굴이었다.

지금까지 훔쳤던 것이 그저 표정이었을까. 서희의 마음속에 의문이 똬리를 틀었다. 펜을 훔치니 포장지까지 가져오게 되고 연필을 슬쩍하니 끝에 붙은 지우

개까지 갖게 됐던 것처럼 어쩌면 표정을 도둑맞은 이들의 허탈함도 자신 안에 차곡차곡 쌓여 갔던 게 아닐까. 꾹꾹 눌러 왔던 허무함이 아영의 표정을 훔치는 순간 시한폭탄처럼 터져 버린 건 아니었을까. 처음으로 표정을 빼앗던 순간이 떠올랐다. 영숙이 표정을 잃고 당황하던 모습, 유리 할머니에게서 웃음을 발라내던 순간, 범준이 화를 내며 돌아서던 레스토랑의 냄새, 그리고 지금껏 서희가 훔쳐 온 많은 이들의 상실감이 연달아 되살아났다. 경계를 넘어가면 천국이 기다리고 있을 줄 알았지만 막상 도착한 그곳은 갈증이 들끓는 세계였다.

서희는 이 허기가 그치지 않을 거라는 사실을 알 수 있었다. 다시는 충만함을 얻지 못할 거라는 걸. 누구도 사랑할 수 없을 거라는 걸. 모든 것을 얻었다는 말은 아무것도 가진 게 없다는 말과 동의어라는 걸. 누군가에게 전화를 걸어 도와 달라고 말하고 싶었지만 그럴 수 없었다. 서희가 사랑했던 이들은 모두 서희를 떠났다. 서희가 그렇게 만들었다.

검은 개가 컹 하고 짖었다. 서희는 등을 돌려 달아나기 시작했다. 어디를 향해 도망치는지도 알지 못한 채 끝도 없이 이어지는 골목을 배회했다. 배가 등을 향해 달라붙었다. 몸이 몸을 껴안고 갈비뼈를 으스러뜨렸다. 가난하고 배고픈 위로가, 스스로를 갉아먹는 사랑이, 서희를 잡아먹기 시작했다.

서희는 이럴 때 어떤 표정을 지어야 하는지 알지 못했다.

다만 몹시 배가 고팠다.

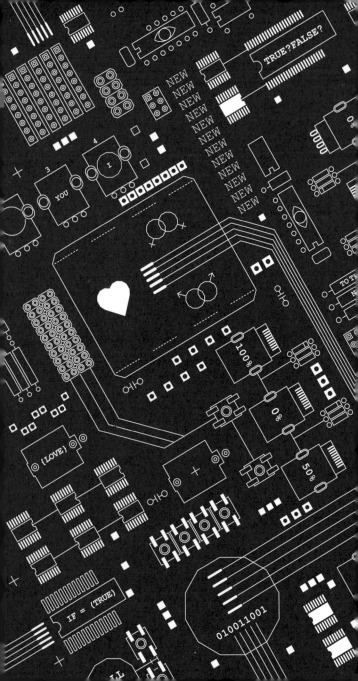

```
IF = (TRUE)

={General's};
={AFFECTION!};
=(ERROR!);
```

A B C D E

가능성 제로의 연애

TRUE-FALSE

100%

0%

50%

+ + +

박태훈

이세돌과 알파고의 대국을 보고 SF 소설을 쓰기로 결심했다. 직장인이자, 소설가이자, 개미 투자기로 살아가고 있다. 〈프로젝트 윈기옥〉이 우수상을 수상하면서 제5회 과학 소재 장르 문학 단편소설 공모전에서 주요 작품으로 제3회 엘릭시르 미스터리 대상 단편 부문 수상작 〈서울 주행 시대의 역학조사가〉가 있 〈서울 주행 시대의 사고 조사 원〉과 그 후속편 〈서울 주행 시대의 역학조사가〉가 있다. 유치원 다니는 아들이 일찍 잠들길 기다리며, 아내의 적극적 지원 아래 틈날 때마다 차기작인 SF 불교 어드벤처를 쓰고 있다.

NEW
NEW
NEW
NEW
NEW
NEW

1.

'한류 스타도 쉬운 게 아니네.'

정남은 창밖을 바라봤다. 블라인드 사이로 기자와 파파라치들의 모습이 보였다. 하나같이 커다란 렌즈로 무장한 카메라를 들고 소개팅 장소인 레스토랑을 겨냥하고 있다. 정남은 한숨을 쉬면서 창으로부터 얼굴을 돌렸다.

에어컨이 빵빵하게 돌아갔지만 정남은 여전히 식은 땀이 흘렀다. 소개팅 시간이 다가올수록 점점 초조해졌다.

'원래 소개팅 상대는 비밀 아니었던가?'

하지만 그의 소개팅 상대는 전 국민이 알고 있다.

한국뿐 아니라 중국, 대만, 남미 사람들도 알고 있다.

이틀 전부터 핸드폰이 쉴 새 없이 울려 댔고 학교엔 기자들이 진을 쳤다. 관련 기사가 넘쳐 났고, 어디서 구했는지 정남의 얼굴 사진도 올라왔다. 개중 잘 나온 사진이 실렸다는 건 확인했지만, 차마 기사의 댓글을 읽을 용기는 나지 않았다. 여동생이 댓글을 보지 말라고 한 걸로 봐서는 좋은 내용이 별로 없을 것 같았다.

카톡에 읽지 않은 메시지가 백 단위로 표시된 것도 처음이었다. 정남은 하루아침에 유명해지는 게 어떤 것인지 실감했다. 어제는 티비 연예 뉴스에 정남의 얼굴이 나왔고, 과연 배수진과 정남이 이루어질 것인지에 대한 도박 사이트까지 생겼다는 비공식 뉴스도 그의 귀에 들어왔다.

사정이 이쯤 되니 정남도 현실을 받아들여야 했다.

한류 스타 배수진의 소개팅 상대가 다름 아닌 정남 본인이라는 것을 말이다.

저출산 문제를 해결하기 위해 나라에서 청춘 남녀의 소개팅을 주선하기 시작한지 몇 년이 지났다. 빅 데이터를 이용해 상호 적합도가 80% 이상인 사람들만 소개해 주는데, 소개팅 참여자의 50% 이상이 연애를 시작하고 26% 이상이 결혼에 골인했을 만큼 소개의 정확도가 높다고 한다. 게다가 나라에서 소개팅 비용의 80%를 지원해 주니 소개팅에 참석하지 않을 이유가 없었다.

물론 국가 주선 소개팅이 처음부터 호평을 받았던 건 아니다. 오히려 시작 단계에선 반대의 목소리가 높았다.

"청년들이 연애를 못 해서 출산율이 낮은 것이냐?!"
"결혼하고 애를 낳을 여건을 조성하는 게 먼저 아니
냐?!"

젊은이들은 젊은이들 대로 불만이었고, 기성세대도 청춘 남녀가 연애하는 돈까지 세금으로 내야 하냐며 쓴소리를 했다. 시민 단체와 여성 단체도 반대 입장을 냈다. 연애라는 지극히 개인적인 부분을 국가에서 컨트롤하려는 건 전체주의적 발상이라는 이유에서였다.

하지만 막상 소개팅이 시행되고 커플이 되는 사람 수가 점차 늘어나자, 우려의 목소리는 줄어들기 시작했다. 더군다나 한국의 소개팅 제도를 도입하는 나라가 늘어난 요즘은 분위기가 완전히 바뀌었다.

정남도 자신이 소개팅 대상이 된다면 당연히 참석할 생각이었다. 불참 시 100만 원 이하의 과태료가 붙는다고 하니 더더욱, 다른 선택의 여지가 없었다.

부모님도 그가 소개팅 대상이 되었다는 소식을 듣고 은근히 기대하는 눈치였다. 정남이 모태 솔로는 아니었지만 그렇다고 여자에게 그리 인기 있는 타입도 아니었기 때문이다.

'아무리 그래도 화장품 광고에 나오는 사람과 소개
팅을 할 줄이야.'

배수진도 국가 소개팅 대상이 되었다는 기사를 본 적이 있다. 정남도 배수진의 상대가 누구일지 궁금하긴 했다. 그도 그럴 것이 배수진은 지금까지 유명 영화

배우, K-pop 아이돌, 프리미어 리그 축구 선수와 염문을 뿌려 온 인물이었다.

연애를 하고 있는 경우 소개팅 대상에서 제외되는데, 배수진은 최근 사귀던 영화배우 최동원과 헤어졌기에 나라에서 소개팅 참석장을 그녀에게 보내온 것이다.

'과연 어떤 사람이 배수진의 운명의 상대일까?'

대중의 관심이 폭발했다. 이건 드라마나 영화에서 보는 이야기가 아니라, 실제 스타의 사랑 이야기였기 때문이다. 빅 데이터가 결정한 그녀의 운명의 상대가 누구일지 언론은 다양한 분석을 내놓았다.

혹시 과거에 이미 사귀었던 영화배우 아닐까? 아니면 아이돌 가수?

꼭 연예인이어야 한다는 법은 없잖아? 일반인일 수도 있지.

일반인이 배수진을 감당할 수 있겠어?

사업가? 운동선수?

배수진이 지금까지 한 번도 대한 적 없는 직업을 가진 사람 아닐까?

어떤 남자인지 몰라도 땡잡은 거 아냐?

갖가지 추측이 난무했다. 대중의 관심은 최고조에 달했고, 소개팅을 이틀 앞둔 목요일에 정남은 빅스타 엔터테인먼트로부터 전화를 받았다.

"최정남 씨 맞으시죠?" 정남이 미처 말을 꺼내기도 전에 전화기 너머의 여자가 물었다. 나이는 50대 정도인 것 같았다.

"네. 그렇습니다만…."

모르는 번호라서 보이스 피싱이나 광고가 아닐까 했지만 그런 건 아닌 모양이었다.

"빅스타 엔터테인먼트 기획실장 박진경이라는 사람입니다. 이번 주 토요일에 국가 소개팅에 참석하시는 거 맞으시죠?"

빅스타 엔터테인먼트라는 말에 정남은 약간 얼떨떨해졌다. 연예계에 전혀 관심이 없는 정남조차도 빅스타 엔터테인먼트는 알고 있었다. 유명 한류 가수와 배우들이 소속되어 있는, 대한민국에서 세 손가락 안에 드는 연예 기획사이기 때문이다.

그런 회사에서 본인에게 전화할 일이 뭐가 있단 말인가? 게다가 정남이 소개팅에 참석하는 걸 어떻게 알고 전화를 한 걸까?

'아니, 애초에 내 전화번호는 무슨 수로 안 거지?'

정남은 상대에게 그 점을 따지려다가 그만뒀다. 여긴 개인 정보가 해파리처럼 둥둥 떠다니는 대한민국이다. 정남이 사용하는 웹사이트와 카드사의 고객 정보가 통으로 털린 게 한두 번이던가? 누구든지 마음만 먹으면 대학원생의 전화번호를 알아내는 것 따위 일도 아닐 것이다. "네…. 그런데, 무슨 일이시죠?" 정남은 잔뜩 경계한 상태로 대답을 했다.

"본인의 소개팅 상대가 저희 회사 소속 배수진 씨라는 걸 알고 계신가요?"

난데없는 이야기에 정남의 사고 회로는 잠시 정지되었다.

'배수진? 그 배수진? 영화배우 배수진?'

정남이 아무 말도 못하고 머뭇거리자 그녀가 재차 물었다.

"그러니까 소개팅 상대가 배수진이라는 건 몰랐다는 거죠?"
"네…."

정남은 그렇게 대답하면서도 고개를 갸웃거렸다. 상대방에 대해 전혀 모를 때 소개팅 성공률이 높아서, 만나는 장소와 시간 이외에는 아무것도 알려 주지 않는게 국가 주선 소개팅의 원칙이기 때문이다.

'원래 소개팅 상대는 알 수 없는 거 아냐? 그런데 이 사람은 어떻게 내 소개팅 상대를 알고 있는 거지? 아니! 지금 그게 중요한 게 아니지. 내 소개팅 상대가 진짜 배수진이라고?!'

기획실장이라는 사람은 정남의 머릿속 혼돈을 알리가 없었으므로 전화로 질문을 계속했다.

"'디스터치'라든지, 언론사 연예부 기자에게 연락 받으신 적도 없고요."
"네…."
"기자가 찾아간 것도 아니구요."
"네…."

정남은 영혼 없는 대답만 반복했다. 그의 멘털은 탈곡기 안의 쌀처럼 탈탈 털리고 있었다.

"다행이군요. 제가 한발 빨랐네요." 박 실장은 다행이라는 듯 안도의 한숨을 쉬며 말을 이어 갔다.

"저는 배수진의 소속사에서 일하는 사람입니다. 괜찮으시다면 만나 뵙고 드릴 말씀이 있습니다만…."

"저…." 정남은 갑작스런 이야기에 뭐라 대답해야 할지 몰라 버벅거렸다. "제가… 지금 연구 과제가 있어서…"

학교는 여름방학에 들어갔다. 처리해야 할 연구 과제 같은 건 없었다. 하지만 너무나도 당황스런 연락을 받은 나머지 정남은 자신도 모르게 그런 변명을 했다.

박 실장은 정남의 거짓말을 바로 간파하고, 천연덕스럽게 이야기를 계속했다.

"아. 그럼 지금 학교에 계신 건가요? 그럼 제가 그쪽으로 차를 보내겠습니다. 도착해서 전화 드리도록 하죠. 앞으로 전화 드릴 일이 많아질 것 같으니 제 번호는 저장해 주시구요."

실장이라는 여성은 똑 부러지는 목소리로 이야기했다. 굳이 따지자면 사람을 다루는 게 익숙한, 다른 사람에게 무엇을 시키는 것이 숨 쉬는 것보다 자연스러운 사람의 목소리였다. 그래서였는지 정남은 연구 과제가 있다고 해 놓고도, 자기도 모르게 네, 라고 대답할 수밖에 없었다. 나중에 안 사실이었지만 박 실장은 흔히 볼 수 있는 50대 아줌마와는 거리가 먼 사람이었다.

"차가 학교에 도착하면 이 번호로 전화가 갈 겁니다. 그리고…" 박 실장이 잠시 뜸을 들였다. "지금부터 전화가 많이 올 거예요. 연예부 기자들이 냄새를 맡은 거 같으니까요. 한동안 모르는 번호로 오는 전화는 안 받는 게 좋겠네요."

그렇게 말하고 박 실장은 전화를 끊었다. 아니나 다를까 전화를 끊고 그녀의 전화번호를 저장하자마자 처음 보는 번호로 전화가 오기 시작했다. 한 통이 끊어지자 다른 번호로 전화가 오고, 그 전화가 끊어지니 또 다른 번호로 전화가 왔다. 정남은 전화를 받지 않았는데, 그건 박 실장이 그렇게 하라고 시켰기 때문이 아니라 지금 이 상황이 너무 당황스러웠기 때문이다. 게다가 그녀의 말대로라면 지금 오는 전화의 발신인은 거의 연예부 기자들이다. 그들이 어떤 질문을 할지, 그 질문에 어떻게 대답을 해야 할지 감이 잡히지 않았다. 자칫 멍청한 대답이라도 했다간 그게 기사에 박제되어 평생 자신을 따라다닐 거란 생각에 정남은 감히 전화를 받을 시늉조차 하지 못했다.

정남이 전화를 받지 않자, 이번엔 문자가 하나둘 도착하기 시작했다. 계속 울리는 알림음이 신경 쓰여 정남은 핸드폰을 진동 모드로 바꿨다. 문자 내용이 핸드폰 화면에 하나씩 떠올랐다가 사라졌다.

'디스터치의 권기용 기자입니다. 소개팅 관련해서 전화 드렸습니다. 연락 부탁드립니다.'
'스포츠 코리아의 이혜정 기자입니다. 본인이 배수진 씨의 소개팅 상대인 걸 아시나요? 연락 부탁드립니다.'

박 실장의 말이 맞았다. 문자는 모두 연예부 기자에게서 온 것이었다.

그 말인즉슨, 배수진의 소개팅 상대가 정남이라는 게 사실이라는 뜻이다.

정남의 26년 인생에서 가장 드라마틱한 일이 벌어지려는 순간이었다.

2.

박 실장과의 통화가 끝나고 20분 정도 후 배수진의 소속사에서 보낸 차가 도착했다. 차 안엔 아무도 없었다. 자율 주행 차는 정남을 강남에 있는 빅스타 엔터테인먼트 건물로 이끌었다.

그 건물을 본 정남은 혹시 오늘 배수진을 만나는 것이 아닐까 하는 기대에 부풀었다. 하지만 냉정히 생각해 보면 그런 일이 벌어질 리 없다. 소속사가 정남과 배수진의 소개팅을 응원할 리 없지 않은가? 여배우의 스캔들을 가장 꺼려하는 건 다름 아닌 소속사다.

'하지만….'

정남은 생각했다. 이건 스캔들이 아니다. 오히려 누가 배수진의 소개팅 상대일지 전 국민이 궁금해하고 있다. 연예인에게 관심이 없는 정남도 궁금할 정도였다. 그런데 그 소개팅 상대가 다름 아닌 본인이었다.

'소개팅이 시작되기 전에 미리 사전 미팅을 하려는 게 아닐까?'

아까는 전화를 받지 말라고 하고, 지금은 이렇게 사무실까지 끌고 온 걸로 봐선 소개팅을 하기 전에 주의 사항 같은 걸 알려 주기 위해 성남을 부른 것 같았다.

지하 주차장에 도착한 차가 멈추자 직원으로 보이는 남자가 정남을 박 실장의 사무실로 안내했다.

박 실장은 정남의 생각보다 훨씬 높은 직급의 사람인 것 같았다. 사무실은 족구를 해도 될 정도로 넓었고, 고급 소파와 책상 등 비싼 가구가 그 넓은 공간을 채우고 있었다. 실장이라고 했으니 적어도 회사 내 서열이 5위 안에는 들어가지 않을까? 하긴, 배수진이 빅스타 엔터테인먼트를 먹여 살린다고 해도 과언은 아니니까 그 정도 레벨이 정남을 만나는 게 이상하지는 않다.

박 실장은 정남에게 소파에 앉으라고 권한 뒤 그 맞은편에 앉았다.

"커피 괜찮으시죠?" 박 실장이 그렇게 물었다.

"네…." 정남은 주눅이 든 목소리로 대답했다.

스물여섯 살이 적은 나이는 아니지만 박 실장 앞에서 정남은 사회 경험이 없는 애송이일 뿐이었다. 박 실장은 정남을 유심히 살펴보았다. 지금껏 수많은 연예인들과 연습생들을 만났다. 이 바닥에서 일한 지도 벌써 20년이 되었다. 절반은 관상쟁이가 되었다고 해도 과언이 아니다. 한 번 보면 대화를 어떤 식으로 풀어 가야 할지 답이 보인다고나 할까?

박 실장의 머릿속에서 여러 가지 시나리오가 떠올

랐다가 사라졌다.

비서로 보이는 사람이 박 실장과 정남에게 커피를 가져다주었다.

"평소 우리 수진이를 어떻게 생각하고 계셨나요?"

박 실장은 커피 잔을 들고 그렇게 질문했다.

"그러니까…" 정남의 머리 속이 하얗게 변해 버렸다. 정남의 말문이 막힌 건 박 실장의 질문이 어려워서가 아니라 박 실장이 배수진을 "우리 수진이"라고 불렀기 때문이다. 실장은 그 말 한마디로 본인과 정남의 서열을 정리해 버렸다. 예컨대 박 실장은 배수진의 엄마 정도의 역할로 올라선 것이다.

소개팅 상대의 엄마가 "우리 딸 어떻게 생각해요?"라고 물어보면 마동석 같은 남자라도 당황할 수밖에 없을 거다.

기선을 제압당한 정남이 대답을 못 하자, 그녀는 재빨리 질문을 바꾸었다.

"수진이의 팬클럽에 가입한 적이 있다든지, 실제로 만나 본 적이 있다든지, 그런 접점이 있을까요?"

박 실장의 질문에 정남은 잠시 기억을 더듬으려 하다가, 이내 그럴 필요가 없다는 걸 깨달았다. 배수진을 만났다면 그걸 기억 못 하는 남자는 없을 테니까.

"아니요…. 그런 적은 없습니다."

그렇게 대답한 정남은 실장에게 가장 궁금했던 점을 질문했다. "제가…" 정남은 배수진을 뭐라고 불러야 할지 몰라 잠시 머뭇거렸다. "수진 씨하고 소개팅을 하는 게 맞나요?"

수진 씨, 라고 말하고 나서야 정남은 자신이 처한 상황을 실감했다. 일상에선 연예인의 이름에 '씨'를 붙여 말할 일이 없다. 박 실장은 커피 잔을 내려놓고 정남을 바라보며 대답했다.

"이번 주 토요일 저녁 7시 강남에 있는 라퀴진 레스토랑에서 소개팅이 예정되어 있으시죠?"
"네…. 그렇습니다."
"그럼 박정남 씨의 소개팅 상대는 수진이가 맞습니다."

그녀가 단호하게 이야기했다. "탕수육은 당연히 부먹이지!" 여동생이 소스를 부으면서 저런 식으로 말하곤 했었다. 자신의 생각이 틀릴 리가 없다는 확신에 찬 말투. 하지만 정남은 찍먹이 좋았다.

"그날 그 레스토랑에서 소개팅을 하는 사람이 저랑 배수진 씨 외에도 있을 수 있지 않습니까?"

정남이 반론을 제시했다.

"정보원을 통해서 확인했습니다. 정남 씨가 수진이의 소개팅 상대예요."

'정보원이라니….' 그렇게까지 말하니 정남도 더 이상 할 말이 없었다. 무슨 첩보 영화도 아니고….

"정남 씨는 어릴 때부터 상암동에서 사신 건가요?"
"네…."
"잠실 쪽으론 올 일이 거의 없으시구요."

"네….""

"페이스북이라든지, 트위터라든지 SNS 하시는 게
있나요?"

"아뇨….""

"수진이가 멤버로 활동했던 아이돌 그룹의 음악을
들어 본 적이 있으시죠?"

"음악은… 잘 안 듣습니다….""

"개나 고양이를 기르시나요?"

"아니요."

"요가… 같은 건 안 하시죠?" 이쯤 되자 물어보는
박 실장도 기운이 빠졌다.

"네."

정남은 그녀가 왜 이런 걸 묻는지 알 것 같았다. 그
녀는 정남과 배수진과의 접점을 찾고 있었던 것이다.

국가 주도 소개팅은 사전에 개인의 동의를 얻어서
카드 사용 내역, 통화 내역, SNS 내역, 병원 진료 기록
등 전산상의 거의 모든 개인 정보뿐 아니라 성격 유형
조사(MBTI), DNA 검사 결과까지 활용해서 소개팅 대
상자를 찾는 방식으로 진행된다. 따라서 소개팅 대상
자들은 알게 모르게 서로 연결되어 있는 경우가 많다.
취미가 비슷하다든지, 어릴 때 같은 동네에 살았다든
지, SNS에서 서로 의견을 교환했다든지, 둘을 알고 있
는 공통의 지인이 있다든지….

서로를 전혀 모르는 상태에서 소개팅을 시작하지만,
이야기를 하다 보면 이상하게 두 사람을 연결하는 고
리가 하나둘씩 나오게 되면서 호감도가 급속하게 올

라간다는 후기가 많은 것도 그 때문이다.

"부모님이나 가족분 중에 혹시 연예계 쪽에 종사를 하고 계신 분이 있나요?"

"아니요. 전혀요."

"그럼 친구나 아는 사람 중에 연예인이 있나요? 아니면 꼭 연예인이 아니라도, 매니저나 코디 일을 하는 사람을 안다든지…."

"아뇨…. 저는 그냥 평범한 대학원생입니다."

정남이 계속 고개를 젓자 실장은 아예 대놓고 질문을 했다.

"정남 씨와 수진이가 연결될 만한 공통점이 없을까요? 잘 생각해 보면 분명히 뭔가 있을 거예요. 러브 알고리즘은 아무 접점이 없는 두 사람을 연결하진 않으니까요."

갑자기 그렇게 물어본다고 해서 없는 게 나오진 않는다. 게다가 정남은 배수진에 대해서 잘 모른다. 물론 배수진이 연예인이란 건 알지만, 어디서 태어났고 뭘 좋아하고, 취미가 뭔지 알 만큼의 팬은 아니다.

"잘 모르겠네요."

그렇게 정남이 대답하자 그녀는 실망한 기색을 감추지 않았다.

"하긴 너무 갑작스러우니까 지금은 당황해서 생각이 안 날 수도 있죠. 하지만 직접 만나서 이야기를 해 보면 뭔가 공통점이 드러날 겁니다. 앞으로 적어도 세 번은 만나야 하니까요."

국가 소개팅에서는 소개팅 상대와 적어도 세 번은 만나야 한다. 첫 만남에서 상대방이 마음에 안 들었다고 바로 퇴짜를 놓는 것은 금지되어 있다. 총 세 번의 소개팅 중 한 번이라도 불참을 하게 되면 벌금을 문다. 하지만 벌금을 내는 사람은 극히 소수이다. 벌금이 무서워서 소개팅에 억지로 참석하는 경우는 거의 없다. 누구나 자신의 소개팅 상대가 어떤 사람일지 궁금해하는 데다가, 소개팅의 성공률이 워낙 높기 때문이다.

게다가, 싱글이라고 해서 모두가 소개팅을 할 수 있는 것도 아니다. 남녀 서로에게 80% 이상의 적합도를 보이는 사람이 나타나야 소개팅 대상이 된다. 다시 말해서 나에게 100%인 사람이 나타난다고 해도, 상대방에게 내가 80% 이상이 되지 않으면 소개팅은 이루어지지 않는다. 설사 남녀가 서로에게 80% 이상인 사람이라도, 한쪽이 연애 중이라서 소개팅 대상 배제 신청을 한 상태라면 역시 소개팅은 이루어지지 않는다. 그래서 고민 상담 게시판에는 애인이 자기 몰래 배제 신청을 취소하고 소개팅을 나갔다며 하소연하는 사연이 올라오곤 했다. 반대로, 애인 몰래 소개팅을 나갔는데 그 자리에 나온 사람이 알고 보니 자기 애인이었다는, 조작된 게 아닐까 의심되는 경우도 종종 있었다.

정남이 이런 생각을 하고 있는 사이 노크 소리가 나고 박 실장의 사무실 문이 열렸다. 30대 남자가 목례를 하며 들어왔다.

"말씀하신 서류입니다." 그는 그렇게 말하며 박 실장에게 서류를 건넸다. 박 실장이 내용을 확인한 후 고개를 끄덕이자 남자는 목례를 하고는 이내 사무실을 나갔다.

남자가 나가자, 박 실장이 정남을 보고 다시 이야기를 시작했다.

"사실, 오늘 이렇게 정남 씨를 만난 진짜 이유를 말씀드리자면… 이건 물론 전적으로 정남 씨의 동의가 있어야 하는 일입니다만…" 박 실장은 그렇게 말하고 잠시 뜸을 들였다.

"수진이의 소개팅 상대가 밝혀진 이상 매스컴이 정남 씨를 가만히 두지 않을 거예요. 대한민국에 있는 모든 언론에서 정남 씨에 대해서 알고 싶어 할 겁니다. 예전과는 달리 매체 수가 워낙 많아서 요즘은 엠바고 같은 것도 지켜지지 않아요. 언론사 중에 한 곳이 인터넷에 먼저 올리는 순간 다른 매체들도 기사를 따라서 올릴 수밖에 없으니까요. 강호의 의리 같은 건 땅에 떨어진 지 오래죠."

박 실장이 농담을 했지만 정남은 웃을 기분이 아니었다. 너무 많은 일이 너무 순식간에 일어나고 있었기 때문이다.

"그래서 말인데… 일단 저희 측에서 소개팅이 끝날 때까지 정남 씨가 묵을 숙소를 구해 놨습니다."

"숙소요?" 정남이 놀라서 되물었다.

"물론, 아까 말씀드렸다시피, 정남 씨가 원하지 않으면 거기 안 가셔도 됩니다. 하지만 소개팅이 끝날 때까진 기자들을 피하는 것이 좋지 않을까요? 한국 기자들만 문제가 되는 게 아니에요. 중국이나 대만 파파라치들은 프라이버시에 대한 개념이 없다고 해도 과언이 아니니까요. 게다가 정남 씨 혼자만 피해를 보는 게 아니라 가족이 인터뷰에 시달릴 수 있어요."

가족들이 피해를 볼 수 있다는 말에 정남은 정신이 퍼뜩 들었다.

"저희 소속사 아이돌이 숙소를 나가면서 빈 원룸이 하나 있어요. 냉장고, 에어컨, 세탁기 전부 옵션으로 있으니까 몸만 들어오시면 돼요. 어차피 올해까지 계약이 되어 있고 가만히 있어도 월세는 나가는 거니까, 부담 가지실 필요도 없고요."

너무 파격적인 제안에 정남은 어찌할 바를 몰랐다.

"물론… 공짜는 아닙니다." 박 실장은 그렇게 말했다.

너무 조건이 좋으면 오히려 상대방의 의심을 불러 일으키는 법이다. 적당한 때 조건을 제시하면 신뢰도는 올라간다. 박 실장이 수많은 계약을 체결하면서 습득한 협상 스킬이다.

박 실장은 아까 남자가 가져온 서류를 정남에게 보여 줬다.

"소개팅 기간 동안 정남 씨는 우리 회사에 소속되는 겁니다. 그렇게 하는 게 저희 입장에서도, 정남 씨 입장에서도 여러모로 편할 거라고 법무 팀에서 그러더군요. 대신 정남 씨는 저희 회사에 대한 기밀 유지 의무가 생기는 거구요. 저희가 정남 씨에게 숙소 및 계약금 형태로 대가를 지불할 수가 있는 거죠."

배수진의 소개팅이 결정되었을 때부터 박 실장이

준비한 계약서다. 소개팅 당사자를 자기 편으로 만들고 언론으로부터 보호할 수 있는 가장 확실한 방법이었다.

정남은 갑작스런 상황에 당황하긴 했지만 원래 머리가 나쁜 사람은 아니다.

"정리하자면…" 정남이 잠시 생각을 정리한 후 말했다.

"제가 거기에 사인을 하면 저는 연습생 신분으로 회사와 계약을 하게 되는 거고, 그렇게 되면 저에게는 기밀 유지 의무가 생기기 때문에 언론에 소개팅과 관련된 내용은 입도 뻥긋할 수 없지만, 대신 회사에서 계약금 형태로 그에 상응하는 대가를 지불하겠다. 이거 아닌가요?"

"역시 명문대 다니는 분이라 이해가 빠르시군요." 박 실장이 말했다.

"이런 계약을 하지 않아도, 어차피 소개팅에 대해서 언론에 이야기할 생각은 없습니다." 정남이 다소 불쾌하다는 투로 대답했다.

"저도 물론 그렇게 생각합니다. 정남 씨가 언론에 이야기해서 얻을 이득이 없다면 말이죠."

'이득?' 정남이 무슨 뜻이냐고 묻기 전에 박 실장이 말을 이어 나갔다.

"이런 경우 대개 해당 언론에서 인터뷰 대가로 큰 금액을 제시하는 게 관행처럼 되어 있어요. 물론, 돈을 준다고 해서 정남 씨가 흔들릴 거라는 얘긴 아닙니다. 하지만 사람이 눈앞의 이익을 거부하기는 힘든 법이거든요. 이런 때에 그 이익에 상응하는 대가를 미리 받는다면 아무래도 인터뷰를 거절하는 데 조금이나마 도움이 되지 않을까요?"

정남은 침묵함으로써 박 실장의 말에 동의했다. 게다가 준다는 돈을 굳이 마다할 필요는 없지 않을까? 어차피 소개팅에 대해서 외부에 이러쿵저러쿵 이야기할 생각은 없었다.

'하지만 계약서에 서명이라니….'

그냥 서명하기에는 걸리는 일이 한두 가지가 아니었다. 정남은 계약서를 들고 꼼꼼히 읽기 시작했다. 계약서 내용이 어렵지 않았기 때문에 다 읽는 데 시간이 오래 걸리진 않았다.

"궁금한 게 있습니다." 정남이 서류를 다 읽은 후 박실장을 보며 말했다.

"네. 말씀하시죠."

"저와 수진 씨의 소개팅 결말은 이미 정해져 있는 건가요?"

예상치 못한 질문에 박 실장은 당황했지만, 웃음이 터져 나오려는 것을 가까스로 참는 데 성공했다. 요즘 보기 드문 순진한 청년이다.

'이 아이는 정말 자기가 배수진과 사귈 수 있다고 생각하는 걸까?'

물론 수진이 이 청년을 마음에 들어 할 수도 있다. 수진의 마지막 연애 상대가 최동원이긴 하지만, 그녀가 남자의 얼굴을 중요시하는 타입이 아니라는 건 박 실장도 잘 알고 있는 사실이다. 게다가 박 실장의 예상과 달리, 배수진은 소개팅을 기대하고 있는 눈치였다.

"소개팅 나갈 거니까 반대하지 마세요."

배수진은 그렇게 말했었다. 자신의 입장 때문에 평범한 소개팅을 할 수 없다는 건 본인도 알고 있겠지만, 그녀는 톱스타이기 이전에 20대 여성이었다. 빅 데이터가 골라 준 자신의 상대가 궁금하지 않을 수 없는 것이다.

"물론이지."

박 실장은 당연하단 투로 대답했지만, 그녀는 머릿속으로 다른 그림을 그리고 있었다. 아무리 국가 소개팅의 성공률이 높다고 해도, 그건 일반적인 경우의 이야기다. 배수진과 정남은 그런 일반적인 경우에 해당하지 않는다. 이건 비즈니스다. 만의 하나, 정남이 배수진과 사귄다고 해도 그가 배수진 정도의 셀럽을 감당하기는 힘들 거다. 현실은 〈노팅 힐〉 같은 영화처럼 흘러가지는 않으니까. 박 실장은 정남의 순수함이 회사 입장에서 도움이 될지 방해가 될지 아직 판단이 서지 않았다.

'그렇다고 미리 꿈을 짓밟을 필요는 없겠지…' 박 실장은 그렇게 생각하고 정남에게 대답했다.

"물론, 저희는 정남 씨와 수진이의 소개팅에 개입할 생각이 전혀 없습니다. 청춘 남녀가 소개팅을 하는 게 잘못된 것도 아니고요. 나라에서 하는 일이니까 적극 협조를 해야겠죠. 그리고…" 박 실장은 그렇게 말하며 다른 서류를 집어 들었다. "정남 씨에겐 학자금 대출이 있는 것으로 알고 있습니다."

정남은 더 이상 놀라지도 않았다. 그들이 모르는 건 없다고 봐도 되지 않을까?

"저희가 제시한 금액이면 학자금 대출을 갚는 데 꽤 큰 도움이 되지 않을까요?"

정남은 순순히 계약서의 금액을 다시 확인했다. 아무것도 하지 않는다는 조건으로 받는 금액치고는 상당한 금액임이 틀림없었다.

"한 가지 더 여쭤볼 게 있습니다." 정남이 박 실장을 보며 물었다. "수진 씨도 이 계약에 대해서 알고 있나요?"

박 실장은 정남의 질문에 잠시 멈칫했다. 배수진은 박 실장과 정남 사이의 계약에 대해서는 전혀 알지 못한다. 모든 연예인이 그렇겠지만, 배수진은 자신의 개인적 영역에 소속사가 관여하는 걸 굉장히 싫어했다. 만약 사실을 알게 된다면 불같이 화를 낼 게 뻔하다. 하지만 모든 건 수진과 회사를 위한 일이다. 정남에게도 나쁜 조건은 아니지 않은가?

박 실장은 아무렇지 않은 듯 정남의 질문에 미소를 지으며 대답했다.

"수진이는 정남 씨의 존재에 대해서 아직 모르고 있어요. 지금은 일 때문에 중국에 있기도 하구요. 안 그랬다면 수진이도 오늘 같이 만났을 텐데, 토요일에 한국에 들어오니까 소개팅 때 처음 만나게 되겠

군요. 그녀가 계약에 대해 알기를 원하신다면 제가
이야기를 하겠습니다만… 그걸 바라시는 건가요?"

오히려 질문을 받는 입장이 되자 정남은 잠시 당황
했다.

"그럴 필요는 없겠죠."

정남은 잠시 고심하다가 그렇게 말하고는 결국 펜
을 들어 계약서에 사인을 했다.

3.

"그러니까 니가 배수진하고 소개팅을 한다고?"

전화기 너머 정남의 어머니는 아들이 당분간 집에
못 들어온다는 사실보다 그게 더 놀라운 듯했다.

"어쩌다 보니 그렇게 됐어요." 정남이 자율 주행 차에
앉아 이야기했다. 본인을 회사로 데려온 바로 그 차다.

"정남아…." 어머니가 타이르듯 이야기했다. "아무
리 그래도 연예인은 안 된다."

"응? 뭐가?"

"그런 애들은 낭비벽이 있어서 안 돼. 어려서부터 큰
돈을 만져 버릇해서 경제관념이 없어요. 아무리 유
명하고 예뻐도, 연애라면 모를까. 아내로서, 며느리
로서 연예인은 별로야."

정남의 어머니가 단호한 말투로 이야기했다.

"아니, 그게 무슨…" 정남은 황당해했다.

'이게 무슨 김칫국 드링킹인가?'

"물론 사람을 만나 봐야 알긴 하겠지만, 평소에 스타라고 주변에서 얼마나 떠받들어 줬겠니. 예전에 예능 프로에서 보니까 연예인들이 매니저를 거의 수족처럼 부리더라. 그런 애들이 재벌이나 같은 연예인들하고 결혼하는 데는 다~~ 이유가 있는 거야."

정남이 뭐라 대꾸를 하기 전에 정남의 어머니는 계속 말을 이어 갔다.

"나라에서 하는 소개팅이라고 기대를 했는데 하필이면 연예인을 소개해 주다니."

정남의 어머니는 실망을 감추지 못했다.

"민호 형도 소개팅으로 모델하고 만나서 지금은 잘 살잖아요." 정남이 대꾸했다.

"걔는 재혼한 거잖아."

민호 형은 정남의 사촌으로 수학 교사인데, 몇 년 전에 사별한 후 국가 소개팅으로 지금의 형수를 만나서 잘 살고 있다. 결혼식장에서 한 번 봤을 뿐이지만 모델이라 그런지 키도 엄청 크고 예뻤다는 기억이 남아 있다.

"재혼이면 연예인이랑 결혼해도 괜찮다는 거예요? 게다가 아직 만나지도 않았는데 며느리로서 안 된다는 건 또 무슨 말이야? 완전 오버야, 오버."

"아니, 그 소개팅 상대랑 결혼하는 확률이 워낙 높다니까 하는 소리지."

"아무튼 지금 짐 가지러 집으로 가고 있으니까 이따 봐요."

"밥은? 밥은 먹을 거지?"

정남이 시계를 보니 6시가 다 되어 가고 있었다. 너무 급작스러운 전개에 배가 고픈 줄도 몰랐던 것이다.

"네. 먹을게요. 이따 봐요."

정남은 전화를 끊고 창밖을 바라봤다. 자신에게 닥친 일이 실감이 나지 않았다.

'나에게 이런 일이 벌어지다니…'

평생 이것보다 놀라운 일은 더 생기지 않을 것 같았다. 하지만 그건 정남이 자신이 탄 차가 미행당하고 있다는 사실을 모르기 때문에 할 수 있는 생각이었다.

게다가 얼마 있다 걸려 온 동생의 전화는 정남을 더 정신없게 만들었다.

"네가?" 정남이 전화를 받자마자 정남의 동생은 대뜸 그렇게 물었다.

"오빠라고 해라." 정남이 한숨을 쉬며 말했다.

두 살 아래인 그녀는 정남을 오빠라고 부르지 않는다. 어떻게든 오빠 소리를 듣고 싶은 게 정남의 마음이긴 했지만 그녀는 오히려 정남을 동생 대하듯 했다.

"네가 배수진이랑 소개팅을 한다고?"

정남의 어머니가 그새를 못 참고 동생에게 이야기를 한 모양이었다.

"응." 정남이 약간 으스대며 대답했다. "내가 바로 배수진의 연인이라는 거지."

"진짜? 농담 아니고?"

"진짜야. 방금 빅스타 엔터에 갔다가 오는 길이야."

"대박이다. 진짜~"

"대단하지?"

"아니. 뭔가 이상해. 분명히 착오가 있을 거야."

어차피 동생이 축하해 줄 거라고 생각하지는 않았지만 대놓고 찬물을 끼얹으니 기분이 좋지 않았다. 잠깐 얼굴을 찡그렸던 정남은 이내 박 실장과 자신이 맺은 계약에 대해서 동생에게 자세하게 이야기를 했다. 사실 정남도 계약을 한 게 맘에 걸리긴 했는데 마침 동생에게 전화가 오니 잘됐다 싶었던 것이다.

"어떻게 생각해? 계약한 게 문제가 되진 않겠지?" 정남이 물었다.

"그거, '돈 줄 테니까 깨끗이 물러나라', 이런 거 아냐?"

"그런 건 아닌 거 같아."

"아니긴 뭐가 아니야? 딱 봐도 그거구만." 동생이 무슨 바보 같은 소리를 하고 있냐는 투로 이야기했다.

"소속사 실장이란 사람이 미쳤다고 너한테 돈을 줬겠어? 이 돈 받고 배수진한테 껄떡대지 말라는 거 아냐?"

"껄떡대다니. 내가 무슨⋯." 정남은 동생 말에 화가 났다.

"야! 내가 껄떡대는 게 아니라, 나와 배수진이 서로 짝으로 선택된 거야. 한마디로 나와 배수진은 인연이다, 이런 거라고."

"그러니까, 그건, 뭔가 알고리즘에 착오가 생긴 거라고." 동생이 단호하게 말했다.

"통계학과 다니는 애 입에서 알고리즘이 잘못됐단 이야기가 나오냐?"

동생은 정남과 같은 학교의 통계학과 3학년에 재학 중이다.

"그게 아니면 말이 안 되지 않아? 너랑 배수진이랑? 일단 레벨이 너무 다르잖아. 솔직히 너한테 학벌 빼면 뭐가 있어? 얼굴이 잘생겼어? 키가 커? 집에 돈이 많은 것도 아니고. 요즘 하버드, 옥스퍼드 다니는 부잣집 애들이 얼마나 많은데. 게다가 너하고 배수진하고는 아무런 접점도 없잖아. 배수진이야 워낙 유명하니까 그렇다 쳐도, 너 원래 연예인한테 아무 관심도 없잖아. 티비도 안 보고, 영화도 안 보고."

아닌 게 아니라 정남도 그 점에 대해서는 의아해하던 참이었다. 박 실장도 여러가지 질문을 했지만 배수진과 자신에게는 무엇 하나 공통된 점이 없었기 때문이다.

"게다가 지금 사람들이 배수진의 소개팅 상대에 대해서 얼마나 환상을 가지고 있는지 알아? 커뮤니티 같은 데 보면 난리도 아니에요. 엄청 잘생긴 남자나 재벌 3세가 소개팅 상대로 나올 거라고 다들 기대하고 있는데… 네가 소개팅 상대로 짠~ 하고 나오면 사람들이 엄청 욕할 거야. 장난 아니게 까일걸? 콩가루가 되게 까일 거라고."

동생의 이야기를 듣고 보니 슬슬 걱정이 되었다. 그런 부분은 전혀 생각하지 못했기 때문이다.

"게다가 사람들이 지금 제일 기대하는 시나리오는 배수진의 소개팅 상대로 최동원이 나오는 거야."

최동원은 배수진과 가장 최근에 스캔들이 났던 남자 배우다. 조각 미남에 집안도 좋고, 머리까지 좋은 것으로 알려졌다. 최동원은 연기력으로 까이지 않는 데다가, 봉사 활동을 열심히 하고 인성도 좋은 것으로 알려져 안티가 없기로 유명하다. 그래서 배수진과 최동원이 결별을 알렸을 때 많은 사람들이 안타까워했다.

"최동원과 배수진은 이미 헤어졌잖아?" 정남이 이해가 안 된다는 듯 물었다.

"그러니까 그게 더 극적인 거지. 이미 헤어졌는데 서로 그리워하고 있는 연인을 러브 알고리즘이 다시 만나게 해 주는 거잖아. 너희 둘은 헤어질 수 없는 사이라고 말이야. 캬~ 얼마나 로맨틱해?"

정남 입장에서는 전혀 로맨틱하지 않았다. 동생 말대로라면 정남은 그냥 훼방꾼 역할 아닌가?

"아니, 내가 먼저 배수진하고 소개팅을 하겠다고 한 것도 아니고, 배수진하고 소개팅하게 된 게 내 잘못은 아니잖아?" 정남이 억울하다는 듯 말했다.

"물론, 네 잘못은 아니긴 한데…" 동생은 잠시 생각에 빠졌다. "만약 배수진 소개팅 상대로 40대 대머리에 배불뚝이 아저씨가 선택됐다고 생각해 봐. 너 같으면 그 사람 욕을 안 하겠어?"

동생의 이야기는 묘하게 설득력이 있었다. 하지만, 그렇기에 오히려 더 기분이 나빴다.

"아니, 나는 40대도 아니고, 대머리도 아니고, 배도 안 나왔다고."

"예를 든 거잖아. 예를…. 게다가 네 말도 이상해." 동생은 꼬투리를 잡은 것에 굉장히 기뻐하면서 말했다. "40대에 대머리고 배가 나온 사람은 욕을 먹어도 된다는 거야? 네 논리대로라면 그 사람이 배수진과 소개팅하게 된 것도 그 사람 잘못은 아니잖아."

'젠장.' 정남은 동생의 카운터펀치를 맞고 전의를 상실했다. 동생은 비틀거리는 정남에게 가차 없이 뼈를 때리는 공격을 계속했다.

"너 말이야. 배수진이면 명색이 한국 최고 인기 배우에다가 최동원하고 사귀었던 사람인데, 배수진이 너랑 소개팅을 한다고 해서 둘이 잘될 거라고 생각하는 건 아니지?"

정남도 그걸 모르는 건 아니다. 애초에 정남과 최동원을 같은 비교 선상에 올린다는 게 말이 안 된다. 여성들에게 둘 중 하나를 고르라고 한다면 바보가 아니고서야 정남을 선택할 사람은 한 명도 없을 것이다.

'이런 농약 같은 가시나…. 아주 그냥 희망의 싹을 깡그리 죽여 놓는구나.'

정남이 아무 대꾸도 못 하고 침묵하자 동생은 약간 미안했는지 위로를 시도했다.

"그런데 뭐…" 동생이 타이르는 투로 말을 이어 갔

다. "통계학을 전공하는 사람으로서 말하자면, 아무 이유 없이 너랑 배수진이 매칭되진 않았을 거야. 우리가 모르는 부분을 알고리즘이 확인한 거 아닐까?"

"어떤 부분?" 정남은 동생이 던진 미끼를 덥석 물었다.

"속궁합이 엄~~청나게 잘 맞는 거 아닐까? 둘이 아주 그냥 밤마다 녹아 나는 거지. 성적으로 아주 그냥, 문란한 두 마리의 짐승이 침대에서 매일같이 진이 빠질 정도로⋯."

정남은 순간 배수진의 몸매를 떠올렸다. 정남의 얼굴이 빨개졌다.

"너는 여자애가 그런 말을 하고 싶니!" 당황함을 감추려 정남은 소리를 버럭 질렀다.

"여자가 이런 말을 하는 게 뭐 어때서? 방금 니가 말한 그거 성차별적 발언이야! 이건 학문적으로 접근한 거라구. 알다시피 러브 알고리즘은 출산율 높이는 게 주목적이니까, 속궁합도 당연히 분석 대상이고 소개팅 상대방을 선정하는 데 큰 영향을 미칠 수 있다고!"

정남은 당황한 나머지 아무런 말도 못 했다. 듣고 보니 동생의 말이 틀리지 않았기 때문이다.

'그럼 나와 배수진이 속궁합이 잘 맞는 사이라는 걸까?'

그런 생각을 하자 갑자기 얼굴이 화끈 달아올랐다.

"아! 맞다." 동생이 갑자기 생각났다는 듯이 말했다.

"그런데 배수진 종교는 천주교 아니야? 너는 종교가 없다기보다 아예 무신론자잖아." 동생이 대단한 정보를 발견했다는 듯 호들갑을 떨었다. "최동원하고 배수진은 같이 성당도 가고 그랬는데."

"배수진 종교가 천주교였어?" 정남이 처음 듣는 이야기였다.

"모태 신앙일 거야. 너만 모르지 다 알고 있었을걸?"

정남은 종교를 믿는 사람과의 연애를 생각해 본 적이 없다. 그도 그럴 것이 양자역학을 전공한 정남은 신의 존재를 믿지 않기 때문이다. 리처드 도킨스 정도는 아니지만, 정남도 무신론자에 가까웠다.

'무신론자와 모태 신앙자의 소개팅이라….'

잘 될 리가 없다.

"거봐, 너랑 배수진 사이에는 아무런 공통점이 없어. 정말로 단지 속궁합 때문에 너랑 배수진이 선택된 거라면, 러브 알고리즘이 애초에 잘못 설계된 거야. 너랑 배수진은 속궁합을 확인하는 단계까지 가기 전에 이미 파투가 날 테니까 말이지. 계약서 사인하고 돈 받길 잘했네. 뭐… 소속사 입장에서는 괜한 돈 쓴 거긴 하지만 말이야."

동생은 아주 신이 나서 악담을 했다. 아무리 그래도 내가 오빠인데 너무하는 거 아닌가, 이런 생각이 들 정도였다. 동생은 야! 라고 정남을 부른 후 잠시 뜸을 들였다.

"이건 농담이 아니고 진심인데 말이야. 그냥 소속사

에 이야기해서 300만 원 더 달라고 하면 안 돼? 그 돈으로 100만 원씩 세 번 그냥 벌금 내고 소개팅 안 나가는 건 어때?"

동생이 한 뜻밖의 권유에 정남은 아무런 대꾸도 하지 못했다.

"그냥, 세간의 관심이 너무 부담 돼서 소개팅에 안 나가겠다고 하면 뭐라 할 사람은 아무도 없을 거야. 잘 생각해 봐. 소개팅에 안 나가면 너는 배수진과의 소개팅을 거절한 남자가 되지만, 소개팅에 나가면…" 동생은 적당한 단어를 찾다가 포기하고 말을 이어 갔다. "아무튼 그리 좋은 소리는 못 들을 거야. 그냥 가십 거리로 소비되고 말 거라고."

"하지만…" 정남이 잠시 침묵한 후 동생에게 말했다. "너라면 궁금하지 않겠어? 알고리즘이 나랑 인연이라고 선택한 사람이 어떤 사람이 궁금하지 않겠어? 우리가 진짜 인연일 수도 있는 거잖아." 정남도 장난기가 쏙 빠진 목소리로 진지하게 이야기했다.

"물론 네가 당사자니까 소개팅에 나가고 말고는 네가 선택하는 거지. 하지만, 아무리 알고리즘이 골라 줬다고 해도 소개팅하는 사람의 절반은 상대랑 잘 되지 않아."

"그 말은 절반은 잘된다는 이야기잖아." 정남은 희망을 버리지 못했다.

"그것과 이건 다르지. 그건 보통 사람들이 소개팅을 할 때의 이야기고, 배수진 같은 스타랑 소개팅을 하는 건 다르다고."

"배수진도 똑같은 사람이야. 우린 그냥 소개팅을 하는 거라고. 다른 사람하고 다를 건 없어."

"다른 게 없기는 개뿔. 야! 소개팅하기 전에 계약서에 사인하는 사람 본 적 있어? 이건 그냥 소개팅이 아니야. 너랑 배수진이 잘될 가능성은 제로라고."

동생의 목소리가 원래대로 돌아왔다. 2차 농약 살포가 시작된 것이다. 농약을 계속 맞고 있다가는 진짜로 죽어 버릴 것 같았다. 결국 정남도 동생을 짜증 나게 하는 말을 내뱉을 수밖에 없었다.

"아니, 아무리 그래도 오빠가 소개팅을 하겠다는데… 너는 배수진이 싫어? 아니면 혹시 내가 너보다 먼저 싱글에서 탈출하니까 배가 아파서 그러는 거야?"

"웃기는 소리 하고 있네."

"아! 맞다." 정남은 과장되게 큰 목소리로 말을 이어 갔다.

"너 혹시 벌써부터 시누이 노릇 하려는 거야? 너 지금부터 그랬다가 나중에 나랑 배수진이 결혼하면 어떻게 하려고? 새언니한테 야박하게 굴면 안 되지! 게다가 나랑 배수진의 속궁합이 좋으면 아마 애를 적어도 세 명은 낳을 텐데, 그럼 니가 우리 수진이 촬영할 때 조카도 좀 봐 주고…"

동생은 어이가 없는 듯 정남이 말하는 도중에 "이런 미친…"이라는 말을 남기고 전화를 끊어 버렸다.

정남은 휴대폰을 내려놓으며 휴~ 하고 크게 한숨을 쉬고는 의자에 몸을 기대었다. 진이 빠졌다. 동생의 악담에 질려서가 아니라, 그녀의 말에 일리가 있었기 때문이다. 평생을 봐 온 사이다. 겉으로 보기엔 맨날 싸우는 것 같지만, 동생이 자신을 걱정하고 있다는 것을 정남도 모르지는 않았다.

'소개팅을 포기해야 하는 걸까?'

이런저런 생각을 하는 동안 자율 주행 차가 집 앞에 도착했다. 밥을 먹는 동안 정남의 어머니는 연예인 며느리의 안 좋은 점을 계속 말했지만, 정남이 배수진의 수입과 빅스타 엔터의 규모에 대해 이야기하자 약간 동요하는 것 같기도 했다. 정남은 저녁 식사 후 개인 짐을 챙겨서 차로 향했다. 숙소에 도착하면 바로 한숨 자야겠다고 생각했다. 너무 많은 일이 한꺼번에 일어난 힘든 하루였으니까. 하지만 그를 미행했던 '디스터치'의 기자가 정남에게 다가왔을 때야말로, 정남의 힘든 하루가 본격적으로 시작되는 순간이었다.

4.

"숙소에 도착할 때까지만 시간을 내 주세요."

권기용이라고 이름을 밝힌 40대 남성이 그렇게 말하며 정남을 따라왔다. '디스터치'의 기자라고 했다.

"저는 소개팅에 대해 아무것도 말할 수가 없습니다." 정남은 그렇게 말했지만, 권 기자는 물러서지 않았다.

"계약서를 작성한 건 알고 있어요." 그 말에 정남이 반응을 보이자 권 기자는 이야기를 계속했다. "아무 말씀 안 하셔도 좋습니다. 이야기는 제가 하도록 하죠.
정남 씨는 지금 자신이 어떤 처지에 놓여 있는지 잘 모
르는 것 같으니까요."

"제가 지금 어떤 처지인데요?" 정남이 되물었다.

"그걸 이야기하기 위해선 정남 씨가 시간을 내 주셔
야 합니다." 그가 그렇게 말하며 정남이 타고 온 차를
가리켰다. "같이 타도 될까요?"

정남은 결국 고개를 끄덕였고, 두 명은 차에 같이 탑
승했다.

"제가 어떤 처지라는 거죠?" 차가 운행을 시작하자
마자 정남이 그렇게 물었다.

"정남 씨는 잘 모르겠지만, 이번 소개팅을 많은 사람
들이 주목하고 있습니다."
"그건 저도 알고 있습니다. 매스컴에서 난리니까요."
"연예계 쪽을 말씀드리는 게 아닙니다."
"그럼요?"
"경제계에서도 정남 씨와 배수진의 소개팅을 주목
하고 있어요."
"무슨 말씀이신지…"
"아시다시피 우리나라 연예 산업의 규모는 장난이
아닙니다. 많은 돈이 오고 가는 사업이죠. 빅스타 엔
터는 상장 기업이구요. 기획사가 상장 기업이라면
연예인은 상품이라는 뜻입니다. 연예인의 스캔들이
나 연애는 주가에 직접적인 영향을 미칠 수밖에 없
습니다."

"저와 배수진의 소개팅이 빅스타 엔터 주식에 악영향을 미친단 말인가요?"

"아뇨. 정남 씨는 영향을 미칠 수 있는 요소이긴 하지만, 영향을 결정하는 주체는 아니에요. 소개팅이 주가에 어떤 영향을 미칠지 결정하는 건 아마 다른 사람일 겁니다."

"그게 무슨 말입니까?" 정남은 권 기자의 이야기를 따라가지 못하고 있었다.

"아시다시피 정남 씨의 소개팅 상대는 보통 사람도 아니고, 배수진이에요. 정남 씨가 연예계를 잘 몰라서 그러는데 배수진 정도면 웬만한 기업 수준으로 돈을 벌어요. 그 돈으로 먹고사는 사람도 한둘이 아니고요. 배수진의 유튜브 채널을 관리하는 사람만 열 명이 넘습니다. 다시 말해서 배수진이 연애를 하고 말고는 배수진이 혼자 결정할 수 있는 일이 아니라는 거죠. 전부 비즈니스의 일환이에요."

"하지만 배수진이 그간 많은 사람과 스캔들을 일으킨 것도 사실 아닙니까?"

"물론 사실이긴 하지만, 그중에는 소속사 간의 거래에 의해서, 혹은 실제 스캔들을 덮기 위해서 일부러 터뜨린 것도 있습니다."

처음 듣는 이야기에 정남은 잠시 멍해졌다.

'일부러 스캔들을 내다니….' 연예계에 관심이 전혀 없는 정남은 생각도 못했던 이야기다.

"물론 배수진이 소속사가 하자는 대로 다 하는 그런 캐릭터는 아니에요. 그럴 레벨도 아니구요. 저도 몇 번을 만나 봤습니다만, 굉장히 똑똑한 사람이에요. 자기주장이 강하긴 하지만, 이유 없는 고집을 부리진 않아요. 자기주장을 굽혀야 한다면 그 와중에 실리를 챙기는 타입이죠. 스캔들도 그런 식으로 관리가 된 겁니다. 이쪽 바닥에서 일하는 사람은 다 알고 있는 이야기예요. 기자들은 특히 잘 알죠. 알면서도 모르는 척 기사를 쓰기도 하고, 아는 걸 다 쓰지 않는 경우도 있으니까요."

정남은 권 기자의 이야기를 잠시 곱씹은 후에 질문했다.

"그러니까 기자님 말씀은 제가 배수진의 소개팅 상대이긴 하지만, 빅스타 엔터가 결정하는 시나리오대로 움직일 수밖에 없다는 건가요?"

"아뇨." 권 기자가 고개를 저으며 말했다. "그래서 이야기가 복잡해지는 겁니다. 시나리오를 누가 쓰는지가 불분명해요. 빅스타 엔터인지, 다른 세력인지 알 수가 없어요."

"그럼 저와 배수진의 소개팅에 저희 두 명의 의사는 전혀 반영이 될 수 없다는 건가요?"

"그건 아닙니다. 두 명이 만나서 잘될 수도 있고 잘 안 될 수도 있겠죠. 하지만 두 분이 연인 관계가 된다고 해도 그걸 공식화할 수 있느냐는 다른 이야기입니다. 공식화한다고 해도 그 기간이 얼마나 지속될지는 또 다른 이야기이구요."

이야기가 여기까지 진행되자 정남의 머리는 더더욱 복잡해졌다. 권 기자가 정남의 표정을 살피며 말을 이어 갔다.

"물론 제가 하는 이야기가 마음에 들진 않으실 겁니다. 하지만 설사 배수진이 정남 씨를 마음에 들어 해도 두 분이 이루어질 가능성은 희박해요."

그 말을 들은 순간 정남은 울컥했다.

'설사 마음에 들어 해도, 라니…. 내가 뭐 어때서? 오히려 내가 배수진을 찰 수도 있는 거 아닌가?'

하지만 정남조차도 이런 생각은 말도 안 된다는 걸 알고 있었다. 현실은 현실이다. 배수진 같은 여자가 슬쩍 쳐다보기라도 하면 정남은 메두사와 눈이 마주친 것처럼 온몸이 돌덩이처럼 굳어 버릴 것이다. 기자는 정남의 이런 마음과는 관계없이 하던 이야기를 계속했다.

"국가 소개팅 성사율이 높긴 하지만, 연예인은 인기를 먹고 사는 사람이고, 배수진에게는 많은 사람들이 기대고 있습니다. 더군다나 배수진은 두 달 후에 중국 드라마 촬영에 들어가기로 계약이 되어 있어요. 제작비가 수백 억이 넘는 작품이죠. 그것도 중국 최고 인기 남자 배우와 사랑에 빠지는 역할입니다. 배수진이 전에 사귀던 최동원과 헤어진 이유가 이 작품을 위해서라는 말이 있어요. 사실은 헤어진 게 아닌데 작품 때문에 헤어진 척하고 있다는 소문도 있고요."

정남은 눈살을 찌푸렸다. 최동원이란 이름이 자꾸 거론되어 약간 짜증이 났다.

"하필이면 결별을 한 시점에 알고리즘이 정남 씨와 배수진을 연결한 거죠. 소속사 측에서도 당황했다고 들었습니다."

"그렇다면 소속사에선 왜 소개팅을 취소하지 않은 거죠?" 정남이 물었다.

"아무리 배수진의 소속사라 해도, 나라에서 하는 일을 막을 수는 없어요. 게다가 러브 알고리즘은 개인 정보의 집합체 같은 거라 아무리 빅스타 엔터라고 해도 마음대로 다룰 수는 없어요. 일부러 매칭이 안 되게 하거나 특정 사람을 콕 집어서 매칭되게 할 수가 없는 거예요. 그리고 소개팅 상대가 확인되었는데 계약 때문에 소개팅에 참석을 안 하게 되면 배수진의 이미지가 나빠지니까요."

빅스타 엔터의 속내를 대강이나마 알게 되니 정남은 머리가 아파 왔다. 한국의 연예 산업 한복판에 아무런 예고 없이 던져진 것 같은 느낌이었다.

"오히려 배수진 정도의 스타가 소개팅에 나가게 된다는 뉴스가 보도되자, 사람들이 엄청난 관심을 보이고 있어요. 배수진 측에서 보기에 나쁜 흐름은 아닙니다. 연예인은 대중의 관심으로 먹고사는 존재니까요. 거짓말 조금 보태면 전 세계가 그녀의 소개팅 상대를 궁금해하고 있으니까 말이죠."

"그 소개팅 상대가 이런 사람이라서 죄송하군요." 정남이 자조적으로 말했다.

"아니요. 소속사는 오히려 정남 씨를 보고 안도한 것

같아요. 영화배우 김한규가 소개팅에 나갔던 걸 기억하시나요?"

"네. 기억합니다."

"아시다시피 김한규의 소개팅 상대는 같은 영화에 출연한 적이 있었던 조연 여배우였죠."

김한규의 소개팅 상대에 대해서 매스컴은 엄청난 관심을 보였지만 막상 상대가 누구인지 알려진 후에는 그 관심이 급속도로 식어 버렸다. 왜냐하면 김한규와 상대 여배우 사이에 이미 한 차례 스캔들이 터진 적이 있었고, 두 사람이 관계를 부인했던 전력이 있었기 때문이다.

"같은 연예인끼리 매칭됐다는 게 오히려 안 좋은 결과를 가져온 거죠. 결국 끼리끼리 만나는 거 아니냐고 대중이 생각했으니까요." 권 기자가 정남을 바라보며 이야기했다.

"그런데 정남 씨는 배수진과는 정반대편에 있는 사람이에요. 명문대 대학원생에, 양자역학 전공. 연예계와는 전혀 접점이 없어 보이는 인물이니까, 대중이 관심을 가지기 딱 좋습니다. 배수진의 이미지도 좋아질 거구요. 재벌도 연예인도 아닌 일반인과 소개팅을 하는 배수진. 대중에겐 좀 더 친근해 보이지 않을까요? 그리고… 세 번의 소개팅이 끝나고 배수진이 중국으로 촬영을 가면, 뭐… 흔한 이야기지만 스케줄이 바빠서 만나지 못하다 보니 더 이상 관계가 진행되지 못하고 자연스럽게 멀어졌다. 이렇게 결론이 나는 시나리오가 소속사 입장에서는 가장 무난하겠죠."

정남은 동생의 말을 떠올렸다.

"배수진이 너랑 소개팅을 한다고 해서 둘이 잘될 거라고 생각하는 건 아니지?"

"그래서, 소속사가 저를 배수진의 이미지 메이킹에 이용할 거란 이야긴가요? 그건 이미 저도 짐작했습니다." 정남은 속이 쓰렸지만 대수롭지 않다는 듯 말했다. 하지만 권 기자는 고개를 저었다.

"그런 문제가 아니에요. 상황이 생각보다 복잡해졌어요."

"그래 봤자 소개팅입니다. 복잡한 게 아니에요. 마음에 들면 만나고, 그렇지 않으면 안 만나는 거죠. 만나는 사람마다 저에게 소개팅을 해라 마라, 계약에 사인을 해라 마라 하는데, 저는 그냥 지정된 소개팅 상대일 뿐이라구요." 정남이 약간 짜증 난 목소리로 말했다. 하지만 권 기자는 차분한 목소리로 이야기를 계속했다.

"누가 빅스타 엔터 주식에 풋 옵션을 걸어 놨어요."

갑자기 이야기가 예상치 못한 방향으로 흐르자 정남은 당황했다. 정남은 주식이나 옵션 같은 건 전혀 모른다. 정남이 그게 뭐냐고 묻기 전에 권 기자가 이야기를 이어 갔다.

"한마디로 누군가 빅스타 엔터의 주가가 떨어진다는 데 꽤나 많은 돈을 걸었다는 이야기예요."

"그게 무슨 뜻입니까?" 정남은 여전히 갈피를 잡지

못했다.

"빅스타 엔터의 주가를 흔들려는 작전 세력이 붙었다는 뜻입니다. 그리고 빅스타 엔터의 가장 큰 수입원 중 하나는 다름 아닌 배수진이에요. 작전이 들어간 날은 배수진의 소개팅이 결정된 날이고요. 아무리 생각해도 이게 우연인 것 같지 않아요. 대개 이정도 규모의 풋 옵션은 내부자 거래거든요. 빅스타 엔터의 직원이나 임원급 중에 누군가가 작전 세력과 손을 잡은 거라고 봐야겠죠. 일반 대중은 모르지만, 웬만한 경제 기자와 연예 기자들은 조만간 빅스타 엔터에 대형 악재가 터질 거라고 보고 있습니다. 아마도 배수진과 관련된 스캔들이겠죠."

"제가 배수진과 소개팅을 하면 빅스타 엔터의 주식이 떨어지기라도 한다는 건가요?"

"아뇨. 이미 알 만한 사람들은 정남 씨에 대해서 알고 있습니다. 저도 작전이 어떤 식으로 설계되어 있는지는 몰라요. 정남 씨와 아무 관계가 없을 수도 있고, 뭔가 소개팅과 연관이 있을 수도 있겠죠."

"어떻게요?"

"그건 저도 모릅니다. 정남 씨가 배수진의 소개팅 상대로 확인된 건 불과 몇 시간 전이에요. 경기는 이제 막 시작된 거니까요. 작전 세력이 어떤 공격을 할지, 빅스타 엔터가 어떻게 막을지는 아직 미지수입니다. 하지만 중요한 건, 이번 소개팅으로 배수진에 대한 관심이 올라간 게 사실이고, 빅스타 엔터의 주가가 최고치를 기록하고 있다는 겁니다. 이런 시기에 그정도 금액의 공매도가 들어갔다는 건, 작전 세력이 뭔가 손에 쥐지 않았다면 불가능한 일이죠."

"그럼 저는 그동안 조용히 빅스타 엔터의 말만 들으면 되는 건가요?"

"글쎄요…." 권 기자의 표정이 바뀌었다. "빅스타 엔터를 믿으시는 건가요?"

"이 경우라면… 작전 세력보다는 빅스타 엔터 편을 드는 게 맞겠죠."

"뭐… 그렇게 생각하실 수도 있지만…." 권 기자가 이걸 말해야 하나, 하는 표정으로 망설였다.

"제가 모르는 뭔가가 있나요?" 정남이 물었다.

"어차피 정남 씨가 당사자니까 말씀드리도록 하죠. 빅스타 엔터의 정보원한테 듣기로는 배수진의 소개팅이 결정되었을 때 여러 가지 시나리오가 검토되었다고 합니다. 만약 질 나쁜 남자가 소개팅 상대로 나올 경우, 그러니까 뭐… 바람둥이라든지, 깡패 같은 사람이 소개팅 상대로 결정되면, 일명 '발키리 작전'을 펼치려고 했답니다."

"그게 뭡니까? 발키리 작전이란 게?"

"〈작전명 발키리〉라는 영화 제목에서 따온 건데… 배수진이 소개팅을 하기 전에 그 남자의 약점을 밝혀서 협박을 한 다음에 소개팅을 포기하게 하는 겁니다. 배수진의 소개팅 상대에게 구린 점이 있다는 사실이 알려지면 그런 남자와 매칭된 배수진에게도 뭔가 안 좋은 점이 있을 거라고 사람들이 지레짐작을 할 테니까 말이죠. 배수진의 이미지를 지키기 위해 그런 남자가 소개팅에 나오는 걸 원천적으로 막아 버리는 겁니다."

"… 협박을 당하는 사람이 제가 됐을 수도 있군요." 정남이 놀라서 말했다.

"걱정하지 마세요. 정남 씨랑 빅스타 엔터가 계약을 체결했다는 건 정남 씨에게 발키리 작전 같은 건 안 쓰겠다는 뜻이니까요. 그리고 제 눈에도 정남 씨가 그런 깡패나 질 나쁜 바람둥이로는 안 보이고 말이죠." 권 기자가 정남을 달랬다.

"아니… 그런 문제가 아니라…" 정남은 말문이 막혔다. "연예계란 곳도 장난 아니군요."

"연예계가 아니라 세상이 원래 그래요. 배수진은 빅스타 엔터의 최고 히트 상품이에요. 최고 상품에 흠집이 생기는 걸 좋아할 회사는 어디에도 없죠." 권 기자가 당연하다는 투로 말했다. "원래대로라면 빅스타 엔터의 시나리오대로 갔겠지만, 지금은 상황이 복잡해졌어요. 누군가 빅스타 엔터 주식에 풋 옵션을 걸었다는 건 이 소개팅이 정상적으로 흘러가지 않을 가능성이 높다는 겁니다. 물론 그건 빅스타 엔터 입장에서 보면 큰 문제인 거구요. 그래서 빅스타 엔터가 정남 씨와 계약을 해서 숙소도 제공하고 맨투맨으로 관리를 하려는 겁니다."

"하지만 기자님은 이렇게 저랑 이야기하고 있지 않습니까?" 정남이 권 기자를 보며 물었다.

"제가 보기보다 유능한 기자거든요. '디스터치' 기자를 아무나 하는 건 아니라고요." 그가 어깨를 으쓱하며 대답했다.

"권 기자님이 저에게 바라는 건 뭐죠?" 정남이 권 기자를 바라보며 말했다. "아무 이유 없이 '디스터치'의 유능한 기자님이 저에게 이런 이야기를 해 줄 리 없지 않습니까?"

"기자가 하는 모든 행동의 목적은 기사를 쓰는 거예요. 소개팅이 끝난 후에 정남 씨와 독점 인터뷰를 하려는 거죠."

"하지만 저는 이미 빅스타 엔터와 계약을 했습니다. 비밀 유지 의무도 있고요."

"주가가 떨어지는 상황이 발생하면 빅스타 엔터는 정남 씨에게 신경을 쓸 경황이 없어질 거예요. 소개팅 자체가 정상적으로 진행 안 될 가능성도 높고요. 인터뷰 비용으로 빅스타 엔터에서 지급하기로 한 돈의 두 배를 드릴 용의가 있습니다. 그리고 만약 빅스타 엔터에서 소송을 걸면, 물론 그럴 가능성은 희박하겠지만, 관련 비용도 저희가 모두 댈 겁니다."

권 기자의 이야기가 끝났을 때 타이밍 좋게도 두 사람이 탄 자동차가 숙소 앞에 도착했다. 정남은 권 기자의 이야기에 한숨을 쉬며 말했다.

"지금 결정해야 하는 건 아니죠?"

"모레가 소개팅 날이니까 내일까지는 답을 주셔야 해요. 저도 데스크에 보고하고 컨펌을 받아야 하니까요." 차가 지하 주차장에 멈추자 권 기자가 먼저 차 문을 열고 나갔다.

"제 전화번호는 아실 거예요. 낮에 문자를 보냈으니까요. 그럼, 잘 생각해 보세요."

그렇게 말하며 권 기자는 문을 닫았다.

정남은 잠시 자리에 멍하니 앉은 채로 오늘 하루 동안 자신에게 벌어진 일을 복기했다. 너무나 많은 일이 순식간에 일어났다.

"이건 잘될 가능성이 제로라고."

동생의 말이 떠올랐다.

정남에겐 그냥 소개팅일 뿐인데 이 일을 그렇게 생각하는 건 이 세상에 정남 혼자뿐인 것 같았다.

"아무리 그래도 제로는 아니겠지."

정남은 그렇게 중얼거리며 차 문을 열고 밖으로 나갔다.

5.

소개팅 당일인 토요일 저녁 7시.

창밖으로 밴이 다가오는 것이 보였다. 기자들이 술렁대는 것으로 봐서 배수진이 탄 차가 틀림없었다. 아니나 다를까 문이 열리고 배수진이 모습을 드러냈다. 차에서 내리는 배수진에게 카메라 플래시가 쏟아졌다. 배수진의 네이비색 꽃무늬 원피스는 하얗게 빛을 반사했다. 배수진은 잠시 포즈를 취한 후 레스토랑 안으로 들어갔다.

물론 정남도 그 모습을 바라보고 있었다. 반쯤은 얼이 빠진 상태였다.

'저런 사람이 나하고 소개팅을 하려고 했다고?'

정남은 본인의 생각이 얼마나 안이했는지 깨달았다. 명불허전. 연예인은 괜히 연예인이 아니다. 실물을 보자마자 납득이 되었다. 마음속에 남아 있던 일말의 기대마저 날아갔다. 하지만 마음은 한결 편해졌다.

'배수진과 하는 소개팅을 포기하길 잘했어.'

어제 정남이 내린 결정은 잘못된 게 아니었다. 오히려 확신마저 생겼다. 처음부터 이렇게 했어야 했다고, 애초에 뭔가 이상하단 걸 눈치챘어야 했다고 자책을 했지만, 그래도 소개팅 전에 마음을 바꾼 건 신의 한수였다고 안도의 한숨을 쉬었다.

배수진은 레스토랑에서 혼자 앉아 있게 될 것이다. 소개팅 상대는 나타나지 않을 것이다. 그녀는 결국 상대방이 나타나지 않는 것을 확인하고는 레스토랑을 떠날 것이다. 소개팅 상대인 남자, 그러니까 정남은 부담감으로 인해 소개팅에 참석하지 않았고, 앞으로도 참석할 생각이 없다는 전화를 배수진 측에 한 것으로 알려질 것이다. 그렇게 시나리오는 정해졌다.

물론 배수진은 이런 내용을 전혀 모르고 있을 것이다. 아무것도 모르고 소개팅 상대를 기다릴 배수진을 생각하면 미안한 마음이 드는 게 사실이었다. 하지만, 이미 그렇게 하는 걸로 이야기는 끝났다. 정남과 빅스타 엔터의 1차 계약은 종료되었고, 정남은 다른 계약 하나를 따로 체결했다. 그는 상당한 금전적 이득을 얻었다. 빅스타 엔터에서 학자금 융자를 다 갚고도 남을 돈을 제공했기 때문이다. 서로에게 윈윈이라고 계약서를 내민 박 실장이 말했다. 정남이 새 계약을 체결한 건 돈 때문만은 아니었다. 이렇게 하는 편이 배수진과 본인에게 좋다는 확신이 들었기에 결정한 것이다. 지금도 그 마음은 변하지 않았다.

하지만 왠지 아쉬운 것도 사실이었다. 그래서 소개팅 시간이 다가오자 선글라스에 마스크까지 끼고 소개팅 장소를 얼쩡거리다가 결국 레스토랑 길 건너에 있는 커피숍에 들어가 멀찌감치에서 배수진을 바라보고 있었던 것이다.

정남은 핸드폰으로 실시간 인기 연예 기사를 확인했다. 배수진 소개팅 관련 기사가 사람들이 많이 본 기사 1위부터 4위까지를 차지하고 있었다.

'나는 배수진과의 소개팅을 걷어찬 남자가 되는 건가.'

아닌 게 아니라, 소개팅에 참석하지 않은 정남에 대한 여러 가지 댓글이 달려 있었다. 배수진을 차 버린 용자라는 평부터 한류 스타에 겁먹은 소심남이란 평까지 다양했다.

그는 배수진의 밴이 레스토랑 주차장을 떠날 때까지 계속 자리에 앉아 연예 기사를 검색했다. 문득 기사 하나가 정남의 눈에 띄었다. '디스터치'의 권 기자가 작성한 기사였다.

「빅스타 엔터 김 모 이사, 아이돌 연습생 성추행 의혹」

'결국 이렇게 되는 건가.'

작전 세력과 손을 잡은 빅스타 엔터의 내부자는 김

모 이사라는 사람일 것이다. 그리고 그 사람을 겨냥해 이른바 발키리 작전이 실행되었다. 실제로 기사를 보니 간담이 서늘해졌다. 오늘 기사가 이렇게 바로 나왔단 건 어제 작업이 들어갔거나, 이미 그전부터 준비를 해 왔단 이야기다.

정남은 소개팅 전날인 금요일 밤 박 실장과 나누었던 대화를 떠올렸다.

정남은 금요일 한나절 내내 숙소에서 빈둥대며 지냈다. 목요일의 소동 때문에 피곤하기도 했고, 생각보다 숙소가 편했다. 게다가 괜히 밖에 나갔다가 사진이라도 찍히면 곤란하다며 소속사는 정남이 밖으로 나가지 못하도록 막았다.

어젯밤 정남은 쉽게 잠들지 못했다. 침대에 누워 '디스터치' 권 기자의 제안을 생각하면서 긴 밤을 뜬눈으로 지새웠던 것이다. 하지만 결국 빅스타 엔터와의 계약을 지키기로 마음먹었다. 물론 발키리 작전에 대해 듣고 나서 빅스타 엔터 쪽에 정나미가 떨어지긴 했지만, 계약서에 잉크가 마르기도 전에 다른 계약을 한다는 게 영 마음에 걸렸다.

정남은 10시쯤 일어나 냉동 피자로 간단히 아점을 먹고, 어제부터 온 수백 개의 카톡 메시지와 소개팅에 관련된 연예 기사를 하나씩 읽어 나갔다. 그러다 보니 어느새 날이 어둑어둑해졌다. 저녁은 뭘 먹을까 고민하고 있는데 박 실장으로부터 연락이 왔다. 그는 자율주행 차를 타고 빅스타 엔터로 향했다.

박 실장 사무실에 있는 소파에 앉자마자, 박 실장이 말했다.

"상황이 좀 달라졌습니다."

박 실장은 많이 피로해 보였다. 잘 자지 못했는지 눈이 빨갰다. 하지만, 그녀의 목소리는 그런 모습과는 정반대로 활기차게 느껴졌다. 날밤을 새우며 프로젝트를 진행하다 실마리를 찾은 사람의 모습이었다. 몸은 피곤해도, 마음은 가뿐한 그런 느낌이랄까. 아니나 다를까 박 실장은 정남에게 미소를 지어 보였다.

"아니, 달라졌다기보다는 잘 해결됐어요. 이제 마무리만 남아 있는 것 같군요."

혼잣말인지, 대화인지 애매한 박 실장의 이야기에 정남은 아무 소리도 못 하고 가만히 이야기를 듣고만 있었다.

"어제 권 기자가 한 제안에는 어떻게 대응할 생각이었어요?"

박 실장의 물음에 정남은 순간 뻣뻣하게 얼어 버렸다.

"놀라지 않아도 됩니다. 어차피 권 기자 제안을 받아들이든, 거절하든, 권 기자는 인터뷰를 하지 않을 겁니다. 풋 옵션 관련된 건도 잘 처리가 될 거 같고요." 박 실장이 기분 좋다는 듯 말했다.

"도청 장치가 설치되어 있었군요." 정남이 말했다. 자율 주행 차에 그런 장치가 있을 거라곤 생각 못 했지만, 막상 도청당하고 있었다는 사실을 알게 되니 그리 이상한 일처럼 느껴지지 않았다.

"이 바닥이 원래 이런 건가요? 아니면 빅스타 엔터가 특별한 건가요?"

정남은 약간 발끈해서 질문했다. 화가 많이 나서라기보다는 자신이 화가 났다는 걸 박 실장에게 조금은 어필할 필요가 있지 않을까 하는 생각에서였다. 물론 박 실장이 그런 걸 캐치 못 할 정도로 어리숙한 사람은 아니었다. 그녀는 바로 사과를 했다.

"아시다시피 지금 우리 회사가 처한 상황이 상황이라서요."
"풋 옵션이 걸렸다는 거 말인가요?"
"네. 권 기자가 이야기한 대롭니다."

"그… 스캔들이라는 게 수진 씨와 관련된 건가요?"
정남이 조심스럽게 물었다.

"네. 자세한 이야기는 해 드릴 수 없지만 수진이와 관련된 겁니다."
"풋 옵션 건은 정리가 된 건가요?"
"정리 중에 있습니다. 어제 권 기자가 정남 씨를 찾아와서 오히려 잘되었어요. '디스터치'에서 어느 정도까지 알고 있는지가 궁금했는데…. 권 기자의 정보원과 저의 정보원 이야기를 크로스 체크해서 결국 작전 세력 중 한 명이 누군지 확인할 수 있었습니다. 이쪽에서 손을 썼으니까 조만간 끝이 나겠죠."

박 실장의 말에 정남은 잠시 할 말을 잃었다. 뭐라 대답해야 할지도 모르겠고, 이쯤 되자 무서운 느낌마저 들었다. 그래도 정남은 약간 약이 올라서 비꼬는 투로 질문을 했다.

"손을 썼다는 게, '발키리 작전'이라도 실행했다는 건가요?"

정남의 질문에 박 실장은 부정도 긍정도 하지 않았다. 대신 그녀는 정남을 바라보며 타이르는 말투로 이야기했다.

"정남 씨는 이런 일에 휘말리면 안 됩니다."

"저도 이런 일에 휘말리고 싶지 않습니다. 저는 그냥 소개팅 상대라고요."

"소개팅 상대이기 때문에 이런 일에 휘말린 겁니다."

박 실장이 그렇게 말하며 정남에게 서류를 내밀었다.

"이게 뭐죠?" 정남이 서류를 집어 들며 말했다.

"이 모든 일에서 벗어날 수 있는 기회를 드리려는 겁니다." 박 실장이 정남을 보며 말했다.

"소개팅을 포기하라는 거군요."

정남의 말에 박 실장이 고개를 끄덕였다.

"비밀 엄수까지도 포함해서 요청 드리는 겁니다. 물론 공짜는 아녜요." 박 실장이 계약서를 가리키며 말했다. "그 정도 금액이면 학자금 대출을 갚고도 남을 겁니다. 언론 쪽은 저희가 잘 처리하겠습니다. 언론의 관심이 부담스러워서 배수진과의 소개팅을 거절한 걸로 마무리될 겁니다. 동생분 말처럼, 정남 씨는 배수진을 찬 일반인이 되는 거죠."

박 실장은 동생과의 통화 내용도 알고 있었다. 하긴 차 안에서 통화를 했으니 당연한 건가?

"제가 거절한다면요?" 정남이 박 실장을 쳐다보며 물었다. "배수진은 이미지 때문에 소개팅에 안 나올 수는 없을 텐데요."

그러나 박 실장은 전혀 동요하지 않았다.

"정남 씨가 모르는 사실이 하나 있습니다. 그리고 그걸 아시면 소개팅을 할 마음이 사라질 거예요."

"그게 뭐죠?" 정남이 코웃음 치며 말했다. 박 실장의 자신만만한 모습에 오히려 오기로라도 소개팅에 나가고 싶어졌다.

"계약서에 사인을 하시면 알려 드리겠습니다."
"만약 그걸 듣고도 제 마음이 안 바뀌면요?"
"정남 씨가 소개팅을 하려는 이유는 소개팅 상대가 배수진이기 때문이 아니라, 러브 알고리즘이 맺어 준 인연과의 실제 만남이 궁금하기 때문 아닌가요?"

정남은 아무런 대꾸도 하지 않았다.

"계약서에 사인하시기 전엔 알려 드릴 수가 없습니다. 하지만, 진실을 듣게 되면 사인한 걸 후회하진 않을 거예요."
"그 진실이 뭔지는 모르지만, 이미 풋 옵션 문제는 해결된 것 아닌가요? 권 기자하고도 손을 잡았다고 하시니 제가 인터뷰를 한다고 기사가 나갈 리도 없고요. 그런데 굳이 제가 소개팅을 안 한다는 계약서까지 써야 하는 건가요?"
"풋 옵션과 관련해서는 아직 완전히 불씨를 껐다고 보기는 힘들어요. 한국 쪽 쩐주들은 아직 남아 있으니까요. 물론 그쪽은 중국 쪽에서 정리를 할 겁니다만…"

중국? 그러고 보니 배수진이 다음 달부터 중국에서 드라마를 찍는다고 했다. 배수진에 대한 스캔들이 터지면 손해를 보는 건 빅스타 엔터뿐만은 아니라는 뜻이다. 글로벌한 이해관계가 걸려 있다는 생각에 정남은 머리가 복잡해졌다.

"가능성이 낮긴 하지만 그 전에 쩐주들이 다른 방식으로 문제를 일으킬 수도 있어요. 지금은 아직 화력 면에서 저희가 우세합니다만, 소개팅이 이대로 진행되면 수진이에 대한 관심이 커지고 계속 언론에 노출될 수밖에 없어요. 지금은 수진이가 신비주의 전략으로 나가야 할 때예요. 잠수를 타야 한다고요. 소개팅이 계속될수록 스캔들이 터질 수 있는 가능성도 높아진다는 말입니다. 그래도 괜찮다는 건가요? 수진이가 상처를 입을 가능성이 있다고 해도 소개팅을 꼭 해야겠다는 건가요?"

"물론 그런 건 아닙니다." 정남의 목소리에는 힘이 빠져 있었다.

"소개팅이 잘된다 해도, 수진이는 촬영 때문에 중국으로 떠나야 해요. 다시 돌아오기까지는 반년 정도 걸릴 거고요. 원래 사이가 좋던 연인 사이라도 몇 달 정도 떨어져 지내면 마음이 멀어지기 마련이에요. 지금 수진이에게 가장 좋은 상황은, 수진이가 중국으로 떠나면서 자연스럽게 언론에 노출되는 일이 줄어드는 겁니다."

어젯밤 권 기자가 예상한 그대로였다. 이야기가 이렇게 진행되자 정남은 제대로 화가 났다.

"이미 다 정해진 시나리오란 건가요? 저희는 꼭두각시인 겁니까? 제가 납득할 수 없는 점은, 이건 저와 수진 씨의 소개팅인데 정작 저와 수진 씨가 결정할 수 있는 부분은 전혀 없다는 거예요. 이미 결론을 다른 사람들이 다 내 놓고 있지 않습니까?"

"두 사람을 위해섭니다."

"그건 저희가 판단하는 거예요. 박 실장님이 판단할 일이 아니지 않나요? 수진 씨가 이 계약서 내용을 알고 있나요?"

박 실장은 대답하지 않음으로써 정남의 물음에 긍정했다. 배수진은 계약 내용에 대해 전혀 알지 못했다. 박 실장의 계획에 따르면 평생 모른 채로 살게 될 것이다.

박 실장의 머릿속에 어젯밤 수진과의 전화 통화가 떠올랐다.

배수진은 언론을 통해서 자신의 소개팅 상대가 정남이라는 사실을 알고는 놀람과 기대감이 뒤섞인 반응을 보였다. 양자역학 전공자라는 사실에 실망할 줄 알았는데 그녀의 반응은 박 실장의 예상과는 정반대였다.

"양자역학 전공자라니." 전화기 너머 배수진의 목소리는 들떠 있었다. 언론 보도를 보고 수진이 중국에서 전화를 걸어 온 것이다.

"난 그런 건 전혀 모르는데… 신기하네요. 그런 사람

이랑 연결이 되다니."

"물리나 수학 같은 거 싫어하지 않았어?"

"그건 그렇죠."

"하긴… 평생 상대할 일이 없는 분야의 사람이니까 신기하긴 하겠네. 얼굴은 어때? 사진 봤을 거 아냐?"

"내가 얼굴 안 따지는 거 알잖아요. 잘생긴 건 아니지만 그렇다고 못생긴 것도 아니고. 착해 보이던데요? 미리 안 만나 봤어요?"

배수진이 떠보는 말을 했다. 서로 알고 지낸 지 10년이 넘은 사이다. 거짓말은 통하지 않는다. 거짓말을 할 거라면 어느 정도 진실을 섞어야 했다.

"만났어."

"어때요?"

"그건 뭐… 내가 말하긴 그렇고… 소개팅은 네가 하는 거니까. 네가 직접 만나 봐. 내가 뭐라 말하면 선입견을 줄 수도 있으니까."

"웬일이래? 원래 남자 만나는 거 시시콜콜 간섭하는 타입 아니었나?"

배수진의 말에 김 실장은 콧방귀를 뀌며 대답했다.

"너야말로 내가 간섭한다고 고분고분 말 들을 타입이냐?"

"하긴 그건 그렇죠. 하하하. 근데…" 배수진이 웃음을 멈추고 말했다.

"혹시 그 사람한테 이상한 말을 하거나 조건 같은 거 단 거 아니죠?"

배수진도 이쪽 밥을 그냥 먹진 않았다.

"이상한 놈팡이가 아닌지 확인차 만난 것뿐이야. 게다가 상대는 연예인도 아니고 일반인인데 내가 이래라 저래라 할 수도 없고 말이지."

박 실장은 선의의 거짓말을 할 수밖에 없었다.

"직접 만나서 확인하라는 건 놈팡이는 아니란 말이네?"
"그것도 직접 확인해 봐. 우리 빅스타 엔터는 소속 연예인의 사생활을 최대한 보호하려고 하니까 말이야."

배수진의 물음에 박 실장은 웃으며 그렇게 대답하고는 전화를 끊었다. 하지만 배수진과 정남이 만날 일은 없을 것이다.

박 실장은 소파 테이블에 놓인 계약서에서 정남의 얼굴로 눈길을 돌렸다.

"다시 말씀드리지만, 계약 내용이 정남 씨나 수진이에게 나쁜 거라면 결코 이런 식으로 진행하지 않았을 겁니다."

정남의 얼굴에 고민이 스쳐 지나갔다. 박 실장의 강한 확신이 정남의 마음을 움직이기 시작한 것이다. 이윽고 정남은 결정을 내렸다.

"좋습니다. 그럼 사인하겠습니다. 대신 조건이 있습니다."
"어떤 조건이죠?"
"박 실장님이 알고 있다는 진실, 그리고 이 계약서

내용. 저뿐만 아니라 수진 씨에게도 알려 주세요."

"그건…" 정남의 제안에 박 실장의 자신만만하던 얼굴에서 미소가 사라졌다.

"수진 씨에게 애초에 알려 줄 생각이 없었던 거 아닌가요?" 정남의 목소리가 올라갔다.

"수진이는 몰라도 되니까요." 박 실장의 목소리도 덩달아 높아졌다. "저한테는 수진이와 회사를 보호해야 할 의무가 있어요. 수진이가 이런 계약이나 자신을 둘러싼 스캔들로 돈을 벌려는 세력이 있다는 걸 굳이 알 필요는 없어요."

"실장님이 보호하려는 건 배수진이라는 사람인가요? 아니면 빅스타 엔터의 상품으로서의 배수진인가요?"

"그 둘은 다르지 않아요." 박 실장이 말했다.

"특히 수진이와 같은 사람의 경우에는 더욱 그렇죠. 아마 자기 자신도 그 두 존재를 분리할 수 없을 겁니다."

박 실장은 홧김에 그렇게 말했지만, 그게 사실이 아니라는 걸 알고 있었다. 수진은 다른 연예인처럼 셀럽이라는 위치에 목매는 사람이 아니었다. 아이돌로 연예계 생활을 시작한 그녀가 배우가 된 지 10년이 넘었다. 그 시간 동안 수진은 대중의 사랑이 얼마나 쉽게 변할 수 있는 것인지 충분히 알게 되었다. 인기나 돈은 그녀에게 큰 의미가 없었다. 그녀는 배우라는 직업 자체를 사랑했고 일을 통해 점점 성장하고 있었기 때문이다.

정남은 정남대로 생각에 잠겼다. 머리가 복잡했다. 하지만 사인만 하면 다 끝나는 일이다. 적지 않은 돈이 들어오는 데다가, 동생 말처럼 나쁜 선택이 아닐 수 있다. 게다가, 박 실장이 알고 있다는 진실이 무엇인지도 궁금했다. 어떤 내용이기에 그걸 들으면 소개팅할 마음이 사라진단 말인가?

"연예계라는 곳은 도대체가 알 수가 없군요." 정남이 고개를 절레절레 흔들며 말했다.

"그건 과학계도 마찬가지 아닌가요?" 박 실장이 말했다. "정남 씨가 전공하는 양자역학에 대해 자료를 찾아봤어요. 한참을 봐도 도저히 무슨 이야기인지 알 수가 없더라구요."

예상치 못한 답변에 정남은 피식 웃음이 나왔다.

'하긴, 양자역학보다 이해하기 어려운 게 세상에 있던가?'

정남의 마음이 기울었다.

'나와 배수진이 무슨 로미오와 줄리엣도 아니고…' 그렇게 생각하자 마음이 편해졌다.

"수진 씨에게 정말 안 알려 줄 건가요?" 정남은 계약서 종이를 끌어당기며 물었다

"제가 알려 줄 거라고 약속한다 해도, 그 약속을 제가 지키는지 안 지키는지는 정남 씨가 알 수 없는 거 아닌가요?"

"그건 그렇군요." 정남은 소개팅에 나가지 않으니, 확인할 길은 없을 것이다.

'슈뢰딩거의 고양이 같은 건가? 아니다. 그거하곤 다르겠지.'

이렇게 시작도 못 해 보고 소개팅이 끝나는구나, 잠시 그런 생각을 한 후 정남은 계약서에 사인을 했다.

그는 계약서를 박 실장에게 돌려주며 말했다.

"자, 그럼 실장님이 말씀하신 그 진실에 대해서 이야기해 주시죠."

"물론이죠." 박 실장은 정남이 준 계약서를 책상 한쪽으로 치우면서 이야기를 시작했다.

6.

6개월이 지났다.

배수진이 출연한 드라마가 중국에서 방영을 시작했다. 16부작인 드라마는 2회까지 방영됐을 뿐이지만 벌써부터 히트 조짐을 보였다. 배수진의 위상은 중화권에서 더욱 높아졌고 빅스타 엔터의 주가도 덩달아 오르고 있었다.

"이럴 줄 알았으면 빅스타 엔터 주식을 좀 사 둘 걸 그랬어."

학교 구내식당에서 여동생과 밥을 먹다 말고 정남이 푸념을 했다. 구내식당 텔레비전에서 한류 관련 뉴스가 나오고 있었기 때문이다. 배수진의 모습이 자료

화면으로 잠시 스쳐 지나갔다.

"안 샀어?" 여동생이 물었다.

"난 그런 거 잘 모르잖아. 풋 옵션이니 공매도니…. 주식 계좌도 없는걸 뭐."

그 말을 듣고 여동생이 풋 옵션, 공매도란 건 말이야, 라며 간단히 설명을 해 주었다.

"언제부터 주식에 대해서 그렇게 잘 알고 있었던 거야?" 정남이 밥을 한 숟갈 뜨면서 물었다.

"나 통계학과 다니잖아. 수업 시간에 배워. 퀀트라고. 요즘은 주식도 다 AI로 하거든."

"그렇게 잘 알면 네가 빅스타 엔터 주식을 사지 그랬냐?" 정남이 너도 별 수 없지 않냐는 투로 말했다.

"그래서 샀는데?"

"뭐!?" 놀란 정남의 입에서 밥풀이 튀어나왔다.

"야! 그럼 왜 나한텐 이야기 안 했어? 너 혼자 사면 어떡해?"

"내가 너한테 주식 사는 것까지 보고해야 하나?"

"그건 아니라도 이야기는 해 줄 수 있잖아?"

"어차피 넌 그런 거 관심도 없고 잘 모르잖아? 말해 줬어도 안 샀을 거면서."

"그건… 그렇지만…." 동생 말이 맞을 것이다. 정남은 그런 쪽으론 관심도, 소질도 없으니까.

"엄마는 바로 오케이했다구."

"엄마?" 이건 또 무슨 말인가? "엄마도 빅스타 엔터 주식을 샀어?"

"네가 엄마한테 배수진이 얼마나 돈을 잘 버는지 이야기했다며? 내가 배수진 소속사에 투자하겠다고 하니까 엄마도 같이 하겠다고 해서 그렇게 된 거야. 내가 엄마를 꼬신 게 아니라구. 투자 금액으로 따지면 오히려 엄마가 나보다 많아. 엄마가 인터넷 검색해 보더니 배수진이 중국 진출한다고, 대박 날 거라고 그러던데."

엄마가 중국 드라마 팬인 걸 까먹고 있었다. 〈황제의 딸〉부터 〈연희공략〉까지 궁중 암투물이라면 줄줄 꿰고 있는 분 아니던가? 아! 그러고 보니 엄마가 최근에 산 비싼 코트가 생각났다.

"그래서 얼마나 벌었는데? 주식 엄청 오르지 않았어?" 돈에 비교적 초연한 정남이었지만 수익률이 궁금하지 않다면 거짓말일 것이다.

"뭐… 그리 대단한 정도는 아니고. 호호호."

말은 저렇게 하지만 표정만 봐도 대단한 수익이 난 게 분명하다. 영화 '배트맨' 시리즈에 나오는 조커처럼 얼굴 절반이 미소로 가득했다. 자연스럽게 동생 옆자리에 놓여 있는 핸드백으로 눈이 갔다.

'언제 또 저런 걸 산 거야?'

명품에 대해 아무것도 모르는 정남도 익히 알고 있는 브랜드의 물건이었다. 딱 봐도 사용감이 없었다. 최근에 산 거다. 정남의 시선을 눈치챈 여동생은 핸드백이 애완견이라도 되는 듯 쓰다듬으며 맛있게 밥을 먹기 시작했다. 동생의 그런 모습에 정남은 입맛이 뚝 떨어졌다.

겨울방학이라고 하지만, 특별히 할 일이 없었다. 집과 학교만 왔다 갔다 하며 생활했다. 여자 친구가 생기지도 않았고, 새로운 소개팅이 잡히지도 않았다. 물론 소개팅 사건 이후 얼굴이 널리 알려지긴 했지만, 원래 정남이 여자에게 인기 있는 타입은 아니었다. 정남에게 관심을 보이는 여자들이 있기는 했다. 그러나 그들에게 정남은 '배수진과의 소개팅을 거절한 남자' 그 이상도 이하도 아니었다.

소개팅이 불발된 뒤 달라진 점이 있다면, 정남이 드라마를 보기 시작했다는 것이다. 정남은 평소에 영화나 드라마 같은 걸 보는 일은 시간 낭비라고 생각했다. 하지만 배수진이 출연한 드라마에는 자기도 모르게 관심이 갔다. 그렇게 한 편 두 편 보기 시작하니, 정남은 어느새 배수진이 과거에 출연한 드라마뿐만 아니라 예능까지 섭렵했고 배수진이 아이돌 가수일 때 불렀던 노래까지 흥얼거리게 되었다. 배수진과 관련된 소식이 나오면 저절로 눈이 갔다. 배수진의 팬클럽에 가입하지는 않았지만, 배수진 공식 유튜브 채널에는 구독 버튼을 눌렀다.

과거 소개팅을 할 뻔한 인연이었다. 관심이 생기는 게 당연했다. 게다가 배수진은 워낙 유명한 스타라 정남이 따로 찾아보려 하지 않아도, 각종 매체를 통해 근황이 자동으로 업데이트되었다.

그렇게 지내던 차에 정남에게 전화가 온 것이다.

약속 장소는 정남과 배수진이 소개팅을 할 뻔했던 레스토랑이었다. 목요일 저녁 7시. 정남은 혼자 테이블에 앉아 배수진을 기다리고 있었다.

사실, 배수진의 전화를 받은 직후에는 당황해서 아무런 생각도 나지 않았다. 애초에 그가 통화하고 있는 상대가 배수진인지도 확실하지 않았다. 배수진과 전화 통화를 하는 건 당연히 처음인 데다가, 전화 목소리와 실제 목소리가 다른 사람도 많기 때문에 확신할 수가 없었다. 당황한 정남과 달리 배수진은 침착하게 말을 이어 갔다. 내용은 간단했다. 배수진이 그와 만나고 싶어 했고, 정남에게는 거절할 이유가 없었다.

'그녀에게 전화가 왔다는 건, 박 실장이 그녀에게 사실을 말했다는 뜻이겠지?'

그는 테이블 위의 물컵을 만지작거리며 생각했다.

배수진이 중국 드라마 촬영 중이었던 지난 6개월 동안은 비밀로 했다가, 촬영이 종료되자 계약서에 대해 이야기를 했다는 게 가장 그럴듯한 가정일 것이다. 결국 박 실장은 약속을 지킨 것이다. 반년이 걸리긴 했지만 말이다. 박 실장에게 사실을 전해들은 배수진이 정남에게 전화를 할 거라고 예상하지는 못했다. 오히려 반대일 거라고 생각했다.

사실을 알고 나면 더더욱 배수진을 볼 일이 없을 거라고 생각했는데…. 하지만 정남의 예상은 틀렸고, 레스토랑의 가장 외진 곳에 위치한 룸에서 기다린 지 10

분이 지났을 때 문이 열리고 배수진이 들어왔다.

모자를 쓰고 머플러로 얼굴의 절반을 가렸지만, 정
남은 그녀를 보자마자 배수진임을 알아보았다. 그녀도
정남을 알아본 듯 가볍게 목례를 했다. 정남도 일어나
목례를 하고 같이 자리에 앉았다.

음식을 주문하고 나자 어색한 공기가 테이블을 휘
감았다.

정남은 맞은편에 앉은 배수진을 바라보았다.

연예인을 실제로 바라보면 후광이 비친다고 하는데,
지금 배수진이 딱 그랬다. 수수한 차림이었지만 영락
없는 연예인이었다. 말해 무엇 하겠는가. 지금까지 실
제로 본 사람 중에 가장 예뻤다. 상위 0.1%에 들어갈
미모였다. 아마 평범한 남자라면 긴장해서 아무 말도
못했을 것이다. 하지만 정남은 배수진의 실물을 보고
도 별 감흥이 들지 않았다. 배수진이 자기 쪽으로 다가
올 때는 그녀의 미모에 압도당해 멈칫했던 것도 사실
이지만, 지금은 그냥 그녀가 자신을 부른 이유가 궁금
할 뿐이었다. 어차피 그녀와 정남이 잘될 일은 없으니
긴장이고 뭐고 할 이유가 없다.

러브 알고리즘 역사상 처음 나온 '**잘될 가능성이 제
로인 커플**'.

그게 바로 정남과 수진이었으니까.

박 실장이 그 이야기를 했을 때 정남은 자신의 귀를
의심했다.

"뭐라고요?"

"지금 이 이야기도 물론 비밀로 해 주셔야 합니다. 기자들 귀에 들어가면 골치 아파지니까요. 물론 정남 씨와 수진이도 곤란해질 거구요."

정남이 계약서에 사인을 하자 박 실장은 자신이 알고 있는 사실을 이야기해 주었다. 확실한 정보원을 통해 알아낸 이야기라고 했다.

"저랑 수진 씨가 잘될 가능성이 제로라고요?"

"네."

정남이 이해가 안 된다는 듯 고개를 저으면서 물었다.

"말이 안 되잖아요? 러브 알고리즘은 애초에 적합도가 80% 이상인 커플만 매칭해 주는 거 아닌가요?" 정남은 괜히 박 실장에게 짜증을 냈다.

"저도 사실 이해는 안 되는데, 정보원 이야기로는⋯ 이런 일이 처음이랍니다. 그러니까⋯ 러브 알고리즘이 분석한 커플 중에 적합도가 서로 제로인 경우는 지금까지 단 한 번도 없었던 거죠. 앞으로도 생기기 힘든 경우라고 하더군요. 이런 일이 처음이다 보니까 러브 알고리즘에 오류가 나서 소개팅을 주선했거나⋯"

"오류라고요?" 정남의 목소리가 올라갔다.

"정보원의 설명에 따르면 오류일 수도 있지만, 다른 이유 때문일 가능성이 더 높다고 했어요."

"다른 이유요?" 정남은 앵무새처럼 박 실장의 말을 반복했다. 그만큼 충격이 컸기 때문이다.

"러브 알고리즘 인공지능은… 가능성 제로인 커플이 실제로 소개팅을 했을 때 그 결과가 정말 제로인지 확인을 하고 싶었던 게 아닐까… 그렇게 추정하고 있어요."

이야기를 들은 정남은 맥이 빠졌다. 분노마저 느껴졌다.

"그러니까 저희 둘은 실제로 인연이 될 가능성이 높아서가 아니라, 인공지능의 호기심 때문에 소개팅 대상자로 선정됐다는 말인가요?"
"그런 거죠. 실제 소개팅을 했는데 커플 성사가 안 되면 알고리즘에는 이상이 없는 거고, 성사가 된다면 알고리즘에 알 수 없는 커다란 오류가 있다는 거니까요. 자신의 오류를 찾을 수 있는 이런 중요한 기회를 러브 알고리즘이 놓칠 리가 없다는 거예요."

정남은 박 실장의 말을 머리로는 이해했지만, 심정적으로 도저히 납득할 수가 없었다.

'언제부터 사람이 인공지능의 호기심에 끌려다니게 된 것일까?'
"가능성 제로가 나올 확률은, 3×10^{-20}이라고 하더군요. 세계 인구를 80억 명이라고 잡고 그중 한 명을 뽑을 확률만 계산해도 그것보단 크다는데… 이건 뭐, 너무 작은 숫자라서…."

박 실장이 말하다 말고 정남의 표정을 살폈다. 정남이 너무 맥이 빠진 듯해서 걱정이 될 지경이었다.

"남녀 상호 적합도 100%가 나올 확률이 오히려 휠

씬 높다고 하니까요. 뭐, 이것도 인연이라면 인연이긴 한데….”

박 실장이 위로 차원에서 건넨 말이었지만, 정남의 귀에는 들어오지 않았다. 10의 마이너스 20승이라는 이야기에 이미 멘털이 나가 버렸다. 전 세계 사람뿐 아니라, 지구상에 존재하는 모든 포유류를 매칭 대상에 포함해도 그런 숫자는 안 나올 거다.

“정보원이 그러더군요. 수능 시험지에 답을 다 써넣었는데 전체 0점을 맞을 확률하고 비슷하다고요.”

정남은 자신이 바보같이 느껴졌다. 박 실장의 얼굴을 바라보기가 민망할 정도였다. 그런 정남의 마음을 아는지 모르는지 박 실장은 정남에게 결정타를 날렸다.

“이런 내용이 매스컴에 알려지면 어떻게 될지 감이 잡히시죠?”

정남의 머릿속에 앞으로 어떤 일이 일어날지 생생하게 그려졌다. 정남은 국민적인 조롱거리가 될 것이다. ‘배수진과 절대 이루어질 수 없는 남자’라는 타이틀이 그의 뒤를 평생 쫓아다닐지도 모른다.

‘주변에서 아무리 뭐라고 해도, 나와 배수진 사이에 뭔가가 있으니까 러브 알고리즘이 소개팅을 주선했을 거라고… 우리 사이에는 우리가 모르는 인연이 있으니까 매칭을 해 줬을 거라고 생각했는데….’

“실장님 말이 맞네요. 소개팅할 마음이 사라지는군요.”

정남은 맥빠진 목소리로 박 실장의 말을 인정할 수

밖에 없었다.

'배수진과 절대 이루어질 수 없는 남자'보다는 '배수진과의 소개팅을 걷어찬 남자'라는 타이틀이 훨씬 나을 것이다. 애초에 뭔가 이상하다고 생각하긴 했다. 배수진과 소개팅이라니….

'그럼 그렇지'라는 생각이 들었다. 정남 본인에게도 이런 생각이 드는데 다른 사람들은 오죽하겠는가? 오르지 못할 나무였다. 아니, 오를 생각은커녕 아예 쳐다보지 않는 게 답일 것이다.

하지만 지금 이렇게 정남은 배수진을 쳐다보고 있다. 오르지 못할 나무, 아니 오르면 안 되는 나무다. 정남이 먼저 침묵을 깼다.

"중국에서 돌아오셨나 보죠?"

"네. 지난주에 한국으로 돌아왔어요."

"드라마는 잘 보고 있습니다. 재미있더라고요."

"아, 네. 감사합니다."

배수진이 웃으며 대답했다. 예상과는 달리 배수진은 얌전 빼는 스타일은 아닌 듯했다. 오히려 생각보다 털털한 것 같았다. 연예인의 이미지는 실제와는 다르다는 말이 역시 맞나 보다.

"이런 이야기는 매번 들으시겠지만, 실물이 더 예쁘시네요." 정남이 말했다.

"네. 뭐, 자주 들어요."

배수진은 유쾌하게 웃으며 대답했지만, 그와 동시에

약간의 어색함을 느꼈다. 왜냐하면 정남에게서는 그녀에게 칭찬을 하는 남성들이 풍기는 작업의 의도 같은 것이 전혀 느껴지지 않았기 때문이다. 그 부분이 오히려 그녀의 관심을 이끌어 냈다.

그녀는 잘 모르겠지만, 그녀에게 예쁘다는 말을 그토록 건조하게 할 수 있는 남자는 이 지구상에서 정남 하나뿐이다. 정남에게는 배수진의 환심을 살 이유도, 잘 보일 이유도 없었다. 정남은 그녀와 절대 이루어질 수 없다는 사실이 수학적으로 증명되었다고 믿고 있었고, 물리학자인 그에게 증명된 사실이 틀린 것으로 밝혀지는 일은 엎질러진 우유가 다시 컵에 담기는 것만큼이나 불가능했다.

주문한 음식이 나오자 정남은 그녀에게 궁금한 점을 질문했다.

"박 실장님이 계약 이야기를 수진 씨에게 했나요?"
"네."
"… 죄송합니다. 수진 씨 모르게 그런 계약을 작성한 게… 계속 마음에 걸렸습니다."

정남의 사과가 생각지도 못한 타이밍에 훅 들어왔다. 그런 정남의 모습이 수진에겐 의외였다. 수진이 일 관계로, 사적으로 만난 사람들 중 자신의 잘못을 순순히 인정하고 사과하는 사람은 손에 꼽을 정도로 적었기 때문이다. 박 실장도 어제 계약 이야기를 꺼내면서 모든 게 수진을 위한 일이었다는 변명을 하지 않았던가.

"언젠가 수진 씨를 만나게 된다면, 그럴 기회가 없을 수도 있지만… 사과를 하고 싶었어요."

"안 그래도… 어제 박 실장님에게 이야기를 듣고 한바탕 했어요."

"네…."

"물론 연예인이란 직업이 공과 사를 나누기가 힘든 것도 맞고, 실장님이 저를 딸처럼 아껴 주신 것도 맞지만, 제 사생활까지 간섭할 권리는 그분한테 없는 거잖아요. 아무것도 모르고 소개팅 장소에서 30분을 기다렸다구요." 수진은 그때 기억이 떠올랐는지 심술이 난 목소리로 말했다.

"정말 죄송합니다." 정남이 다시 한번 고개를 숙였다.

정남이 이렇게 저자세로 나오니 계약서에 대해 따져 묻기도 힘들어졌다. 게다가, 정남의 진심 어린 사과로 수진의 마음은 이미 어느 정도 풀린 상태였다.

"정남 씨가 사과할 문제는 아니죠. 모든 건 박 실장님이 계획하신 거니까요."

"그렇긴 하지만…"

"실장님이 다 이야기하셨어요. 정남 씨는 계약서에 사인하는 걸 처음부터 반대했다구요."

박 실장이 다른 사람을 감싸는 일은 드물다. 더욱이 그 대상은 회사 입장에서 아무것도 얻을 것 없는 정남이었다. 그 사실에 수진은 정남에 대한 호기심을 느꼈다. 박 실장은 오늘 정남과 수진이 만나는 걸 찬성하지 않았지만, 수진의 고집을 꺾을 수는 없었다.

"저에게 계약서와 관련된 내용을 알려 주라는 조건을 걸었다는 것도 들었어요."

"수진 씨도 알아야 하는 내용이라고 생각했으니까

요…."

목이 타는지 정남은 물을 한 모금 마신 후 말을 이어 갔다.

"저희가 왜 매칭됐는지… 러브 알고리즘에 대해서 도 들으셨습니까?"

"네. 실장님이 이야기해 주셨어요. 반년이 지나서이 긴 했지만요."

"그럼… 알고 계시겠군요. 저와 수진 씨가 잘될 확률 이 제로라는 사실을요."

"네. 들었어요."

"그럼 왜 저랑 만나자고 했는지 여쭤봐도 될까요?"

정남은 바로 본론으로 들어갔다. 그녀의 연락을 받고 나서 내내 들었던 의문을 해소하고 싶었다.

"소개팅에 대한 진실을 알게 된 이상… 저랑 만날 이유는 사라진 것 아닌가요? 오늘 저랑 만나는 걸 박 실장님이 찬성했을 리도 없고, 더군다나 매스컴 에 알려지기라도 하면 수진 씨가 곤란해지잖아요."

정남의 질문에 배수진은 놀랄 수밖에 없었다. 대부 분의 남자들은 나이와 지위를 막론하고 배수진과 1분 1초라도 더 있고 싶어 하는데, 정남은 그러기는커녕 우 리가 굳이 만날 필요는 없지 않느냐는 태도를 보였기 때문이다.

하지만 천생 배우인 그녀는 정남의 그런 태도에 당 황한 기색을 전혀 보이지 않았다. 동시에 정남에 대해 더 알고 싶다는 생각을 했다.

"우선 말씀드리고 싶은 게 있는데… 제가 정남 씨에게 만나자고 할지 말지는 제 의지로 결정하는 거예요. 박 실장님이 결정하는 것도 아니고, 매스컴이 정하는 것도 아니라고요. 정남 씨는 저랑 만나기가 싫으세요?"

"아뇨, 아뇨. 그런 뜻은 아니에요." 수진의 말에 정남은 다급히 손사래를 쳤다. "제 말은, 저희 둘이 원래 잘될 확률이 높은 커플인데 계약서 때문에 소개팅을 못했다…. 그런 상황이라면 수진 씨가 저를 만나고 싶어 할 수 있습니다. 하지만, 아시다시피 저희 둘은 잘될 가능성이 제로예요. 그러니까 제가 어떤 사람인지 수진 씨가 굳이 궁금해 할 이유가 없지 않냐… 이겁니다."

"아뇨. 엄청 궁금하던데요?" 수진이 약간 과장스럽게 대꾸했다.

"네?"

"정남 씨가 어떤 사람인지 엄청 궁금했다구요. 사실 저는 소개팅이 결정되었을 때 기대를 많이 했거든요. 물론 언론에 기사가 나서 얼굴이랑 양자역학 전공자라는 건 알고 있었지만 말이죠. 정남 씨가 막판에 소개팅을 취소하는 바람에 엄청 실망했지만 어쩌겠어요. 언론에서 하도 난리를 부리니까 부담이 됐나 보다…. 그럴 수도 있겠다. 한편으론 이해가 됐어요. 그런데 며칠 전에 박 실장님의 이야기를 듣고 앞뒤 사정을 모두 알게 된 거죠. 정남 씨가 소개팅에 안 나온 진짜 이유를 말이에요."

"진실을 알고 나서, 제가 부담스러워서 못 나온 거라

면 차라리 나았겠다는 생각은 안 했어요? 확률이 제로라는 말이 썩 유쾌하진 않았을 거 같은데."

"자신과 잘될 확률이 제로인 사람과 실제로 만날 수 있는 기회가 생긴다면 정남 씨는 어떻게 하겠어요? 물론 정남 씨야 제가 어떤 사람인지 알고 있으니까 궁금한 게 없겠죠. 저를 실제로 본 적은 없어도, 티비나 잡지를 통해서 제가 어떻게 생겼고 목소리는 어떤지 알 수 있었을 테니까요. 하지만 만약 상대가 제가 아니었다면요? 정남 씨와는 절대 이루어질 수 없다고 컴퓨터가 판단한 사람이 있다면? 100%만큼이나 0%의 상대도 궁금하지 않았을까요?"

"궁금했을 거 같네요." 정남은 수진의 말에 동의했다.

"그렇죠? 정남 씨는 저를 알지만, 저는 정남 씨를 모르니까요. 도대체 어떤 사람이길래 저랑 절대 안 된다는 건지 정말 궁금했어요."

"궁금증이 풀리셨나요?" 정남이 웃으며 말했다.

"아뇨. 여전히 모르겠어요. 아무리 봐도 정남 씨가 가능성 제로인 사람 같지는 않거든요." 수진이 고개를 갸웃거리며 대답했다.

"그래요? 그럼 가능성이 얼마나 될 것 같은데요?"

"글쎄요. 그리 높진 않겠지만, 아무튼 제로로는 안 보여요." 수진이 웃으며 대꾸했다.

"뭐… 사람의 판단보다는 알고리즘이 더 정확하지 않을까요?"

"정남 씨는 어떠세요?"

"뭐가요?"

"저랑 잘될 확률이 제로로 느껴지나요?"

"느끼는 게 중요한가요?"

"정말 확률이 0%라면 처음 딱 봤을 때부터 생리적으로 거부감이 느껴지거나 대화를 하면서 '아~ 이 사람이랑은 안 되겠구나.' 하는 느낌이 들어야 되는 거 아닐까요?"

"그런 걸 느낄 정도로 연애를 많이 해 보진 않아서요. 게다가 첫인상이 좋았던 사람이랑 막상 사귀어도 얼마 지나면 정말 안 맞는다는 걸 깨닫는 경우가 있잖습니까. 저희가 그런 경우인지도 모르죠. 처음엔 괜찮을 것 같지만 막상 사귀면 맞는 게 전혀 없을지도요."

말은 그렇게 했지만, 정남도 둘 사이에 대화가 은근히 잘 통한다는 느낌을 받았다. 그러니 가능성이 0%는 아니지 않을까? 처음 보는 사이인데 어색함이 없었고, 수진은 연예인답지 않게 시원시원한 성격이었다. 둘은 이런저런 이야기를 주고받으며 식사를 했다. 분위기는 화기애애했다.

"혹시 그런 거 아닙니까? '0%의 사람을 만나 보면, 100%인 사람을 찾기 쉽겠다.' 뭐 그런 생각 하고 온 거 아녜요? 저랑 정반대인 사람을 찾으면 되니까요." 정남이 약간 짓궂게 물었다.

그 말에 수진이 손뼉을 짝! 하고 쳤다.

"아! 그런 방법도 있었네요. 그걸 생각 못했네요."

"아니라고는 안 하시네요." 정남이 약간 삐친 표정

으로 말했다.

"아니! 그건 정남 씨가 먼저 꺼낸 이야기잖아요. 정남 씨야말로 지금까지 저랑 반대되는 사람을 찾았던 거 아닌가요?" 수진도 장난스럽게 대꾸했다.

"아뇨. 저는…"

수진이 정남의 말을 가로막았다.

"저랑 반대되는 여성이면… 키는 작고, 얼굴은 못생기고…"
"아니! 자기 얼굴이 예쁘다고 자기 입으로 말하다니!"

정남은 수진을 약간 놀리는 척했다.

"제가 예쁜 건 사실이잖아요?" 수진이 머리를 귀 뒤로 넘기며 말했다.

그 모습을 본 정남에게서 웃음이 터졌고, 수진도 따라 웃었다.

'정말 그녀와 내가 잘될 가능성은 제로일까?' 정남의 머릿속에 그런 생각이 스쳐 지나갔다. 정남의 눈앞에 있는 여성은 너무나 아름답고 자신과 이야기가 잘 통하는 것 같았다.

하지만, 3×10^{-20}이란 숫자가 다시 한번 정남의 희망 회로를 차단했다. 게다가 이 만남의 주도권은 본인에게 있는 게 아니라 배수진에게 있었다. 애초에 그녀가 전화를 하지 않았다면 두 사람은 절대 만날 일이 없었을 것이다.

'내가 지금 보지 못하는 것까지 컴퓨터가 감안해서 결론을 내렸겠지.'

정남은 그렇게 자신이 느끼는 감정보다, 러브 알고리즘의 계산을 더 믿으려고 했다.

하지만 정남이 간과한 게 있었다. 러브 알고리즘의 계산은 두 사람이 잘될 확률이 제로라는 사실을 '본인들은 모르고 있다'고 전제한 상태에서 도출되었다는 점이다. 만약 전제 조건이 달라진다면? 두 사람이 '**그 사실을 알고 있는 상태**'로 만나게 된다면? 그때는 알고리즘의 계산이 틀릴 가능성이 높아진다. 양자역학에서 말하는 이른바 '관찰자 효과'가 발생하기 때문이다.

정남은 수진과 잘될 가능성이 제로라는 사실을 알고 있었기 때문에 오히려 배수진이란 한류 스타 앞에서도 주눅 들지 않고 당당하게 행동할 수 있었다. 그런 정남의 태도는 배수진의 호감을 불러일으켰다. 또한 권위적인 것을 싫어하고 당당한 성격의 배수진은, 정남과 잘될 가능성이 제로라는 사실을 전해 듣고 알고리즘의 확률을 맹신할 필요는 없다는 생각에 정남을 직접 만나 봐야겠다는 결심을 하게 된 것이다.

하지만 이런 사실을 모르는 정남은 설레는 마음을 진정시킬 필요가 있다고 느꼈다.

"사실, 저와 만나는 것 자체가 위험할 수 있는 건 아시죠? 파파라치가 사진이라도 찍었다가는…"

정남은 업된 분위기를 다운시키기 위해 일부러 찬물을 끼얹는 질문을 했다.

"정작 저는 아무렇지도 않은데 정남 씨가 더 겁을 내시네요." 수진이 의외라는 듯 말했다. "스캔들이 나도 제가 더 겁을 내야죠. 저는 여·배·우잖아요." 수진이 여배우란 단어에 힘을 주며 말했다.

"아뇨. 겁을 내는 게 아니라…" 정남은 약간 약이 올랐다.

"보통 남자들은 저랑 조금이라도 시간을 더 보내려고 하는데 정남 씨는 저랑 있는 게 싫은가 보죠?" 수진이 놀리는 투로 말했다.

"불편해하지 마세요. 어차피 정남 씨랑 저랑은 남녀 관계로 엮일 일이 없잖아요. 가능성 제로인 커플이잖아요."

"불편하지도 않고 수진 씨랑 같이 있는 게 싫지도 않아요. 제가 남자를 좋아하는 것도 아니고, 저도 여자 무지 좋아한다구요!"

수진의 말에 정남이 발끈했다.

"하지만 확률적으로 그 '여자'에 저는 포함이 안 된다는 거잖아요. 그렇죠? 하긴, 정남 씨가 남자랑 소개팅을 했어도 잘될 확률이 0%보다는 큰 상대가 나왔을 테니까 말이죠."

수진의 말에 정남은 울컥했다. 따지고 보면 틀린 말도 아니라서 더 그랬다.

"저… 이런 말은 안 하려고 했는데, 사실 확률이 제로라는 건 거꾸로 말해서 100%일 수도 있다는 겁니다. 극과 극은 통한다고 하잖아요? 제로라는 확률은

뭐랄까. 마치 수능 시험에서 모든 문제의 답을 적었는데 0점이 나오는 거랑 마찬가지라구요."

"그건 엄청 재수가 없다는 거잖아요. 1번으로만 찍어도 0점은 안 나올 거 같은데." 수진이 대꾸했다.

"아니. 그런 게 아니라…" 예상과는 다른 수진의 대답에 정남은 잠시 당황했다.

"0점을 받을 생각으로 일부러 정답을 피해서 답안지를 작성한 거란 뜻입니다. 그렇지 않고서야 모든 답을 적었는데 0점이 나오는 건 사실상 불가능한 일이에요. 누락되거나, 오염된 데이터가 없는데도 잘될 가능성이 제로인 커플이 나오는 것도 마찬가지구요."

"그럼 뭐예요? 우리는 100점짜리 커플인데 알고리즘이 일부러 0점을 줬다. 그런 뜻이에요?"

"아니… 그건, 좀 미묘하게 다르긴 한데… 아무튼 그게…" 정남은 당황해서 횡설수설했다.

"저랑 잘되고 싶다는 건가요?"

수진이 일부러 짓궂은 질문을 했다. 누가 봐도 정남을 놀리고 있었다. 하지만 수진이 정남을 싫어해서가 아니라, 정남의 당황한 모습이 수진의 눈에 귀여워 보였기 때문이었다.

"아뇨! 그런 게 아니라…" 정남은 수진에게 속수무책으로 당하고 있었다.

"아니! 제가 명색이 여배우인데 저한테 관심이 전혀 없어요?" 이제 정남은 완전히 수진의 페이스에 말려들었다.

오늘 처음 만났지만, 마치 오랫동안 알았던 사람과 이야기를 하듯 자연스럽게 티키타카가 이루어졌다. 정남도 조건반사적으로 반격을 했다.

"수진 씨가 여배우라곤 하지만 작품 수보다 CF 수가 더 많지 않습니까? 여배우가 아니라 CF 모델 아니에요?" 정남이 깐죽거리며 대답했다.

"아니! 어떻게 그런 말을!" 수진이 과장되게 놀라는 척하며 대답했다.

"그리고 성격도 이미지랑은 다른 거 같아요. 좀 더 조신하고 조용조용한 성격인 줄 알았는데."
"아니! 여배우는 좀 시끄러우면 안 되나요? 저 성격 좋지 않아요?"
"모르죠 뭐…. 만난 지 얼마 되지도 않았고, 술이라도 들어가면 이상하게 변할지 모르는 거니까요."
"전 주사 완전 없어요~"

"원래 주사 있는 사람들이 자기 주사 없다고 하지 않아요?" 정남도 공격을 계속했다.

"그럼 와인이라도 마시면서 이야기하죠!" 수진이 큰 소리로 말했다.

"좋습니다!" 정남도 큰 소리로 대꾸했다.

"그런데 술은 잘 마셔요? 술도 잘 못 마실 거 같은데…" 수진이 정남을 약 올리며 말했다.

"제가 이렇게 보여도 또 한 술 하는 사람이라서…."

수진은 와인을 시켰고, 둘은 와인을 마시면서 티격태격 이야기를 이어 갔다.

　둘의 이야기는 빈 와인병이 세 개가 나온 이후에도 계속되었다. 전혀 공통점이 없을 것 같은 여배우와 물리학자의 이야기는 기묘하게도 끊이지 않고 이어졌다. 배수진이 출연을 검토하고 있는 드라마가 중국 SF 소설을 원작으로 하는 〈삼체〉라는 걸 정남이 알게 되자 두 사람의 대화에 불이 붙었다. 수진은 소설 내용에 대해 궁금한 점을 물어보기 시작했고, 정남은 최대한 쉽게 수진에게 내용을 설명해 주었다. 하지만 술에 취한 정남은 이내 4차원과 광속에 대한 이야기를 늘어놓았다. 수진은 여배우에게 그런 재미없는 이야기 하지 말라고 정남의 어깨를 때리며 나무랐다. 둘은 결국 2차로 맥주를 마시러 갔는데, 빈 맥주병이 몇 개나 나왔는지는 알 수 없지만 밤이 깊도록 둘의 이야기가 계속된 것은 확실하다고 한다.

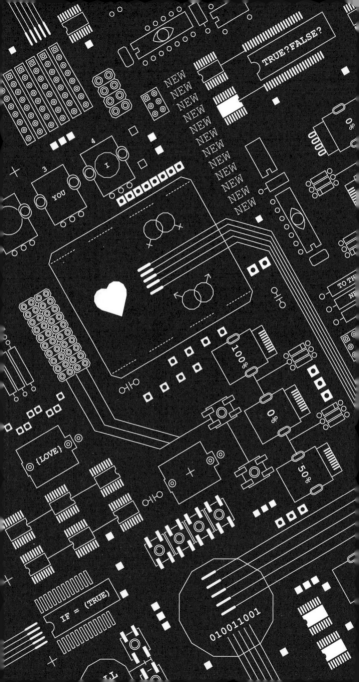

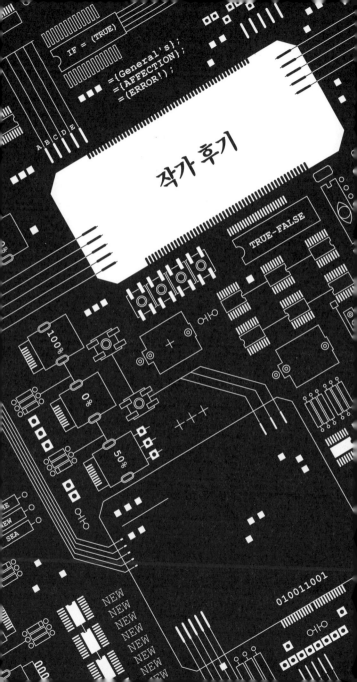

IF = (TRUE)
={General's};
={AFFECTION};
=(ERROR!);

A B C D E

작가 후기

TRUE-FALSE

100%

0%

50%

NEW
NEW
SEA

NEW
NEW
NEW
NEW
NEW
NEW
NEW

010011001

2020년에 《슈퍼 마이너리티 히어로》가 나오는 과정을 경험하면서, 과연 내가 이 과정을 다시 겪을 수 있을지에 대해 생각했다. 내가 생각하고 적어 낸 글이 물질성을 가지게 된다는 것은 너무나 특별하고 달콤한 경험이어서, 이 경험이 주는 깊은 감정은 나를 행복하게 만들어 줬다. 동시에 내가 열심히 하지 않으면 그 감정이 모두 날아갈 것만 같아 두려웠다. 아니, 솔직히 말해 열심히 해도 점점 멀어질까 두려웠다.

그렇기 때문에 나는 '뉴 러브'라는 공모전 주제를 보고서 '러브'에 더 집중할 수밖에 없었다. 말 그대로 '러브'를 느끼고 있었으니까. 사랑하는 두 사람과 그 두 사람의 사랑이 여러 고비를 넘기며 결국 이어지는 이야기를 쓰기 시작했다. 처음에는 어떻게 하면 더 넘기 어려운 고비를 만들 수 있을지를 계속 고민했다.

그러다 문득 이 사랑이 조금은 쉽게 이루어졌으면 좋겠다는 생각이 들었다. 감정이 사라져 버릴까 두려워하던 내 모습과 두 사람의 모습이 묘하게 겹쳐져서 이들이 조금이나마 마음 편하게, 그저 사랑으로 시련을 해결했으면 싶었다. 그래서 두 사람이 넘는 고비가, 넘으면서 숨이 조금 가쁜 정도였으면 좋겠다고 생각했다. 사랑을 이제 막 이루어 가는 사람들을 응원하는 마음으로 썼다. 고백하자면 나에 대한 응원이기도 했다.

사랑에 대해 생각하며, 한 명의 지인과 한 명의 배우님을 떠올렸다.

지인은 사랑한다는 말을 입에 달고 다니던 사람이었다. 처음에는 바로 그 이유 때문에 거부감이 들기도 했지만 곧 그 이유로 그와 친해지게 되었다. 그는 진짜로 좋아하는 마음이 들었기 때문에 그 마음을 최대한 표현한 것뿐이라고 훗날 이야기해 줬다. 나도 내가 사랑하는 사람들에게 사랑한다고 말하기를 두려워하지 않는 사람이 되어야겠다고 생각했다.

배우님과는 영화 모임에서 만나 서로의 작업을 응원하며 지내다가 얼마 전 단편영화를 함께 만들게 되었다. 생각보다 촬영이 일찍 끝난 날, 카페에 앉아 배우님은 사랑이 조금 더 값싸졌으면 좋겠다고 말씀하셨다. 그리고 그 값싼 사랑을 팔아 자신이 사랑하는 대상들이 불행을 삼켜 내길 바란다고 하셨다.

두 사람이 해 준 사랑에 대한 말들이 〈장군님의 총애〉에 들어가 있는 것은 아니다. 글을 모두 쓰고 난 후에 두 사람의 말이 퍼뜩 떠올라 언급해 본 것이다. 사랑이 너무나 커다랗고 값비싼 감정이라 느껴져서 표현하지 못하는 순간들은 사라졌으면 좋겠다.

조금 더 사랑을 표현하고, 사랑의 힘을 믿어 보리라. 그렇게 생각하고 나니 결국 사랑의 힘으로 모든 것을 해결한 소설 속 인물들이 더 사랑스러워졌다. 행복한 겨울 끝자락의 밤이다.

맺음말

잔잔한 하루 속에서 당신을 느낍니다.

미국에서만 코로나 사망자의 수가 50만 명이 넘었다는 뉴스가 나오는 가운데 안전하다고 안도하는 일이 이렇게나 사치스러워진 하루하루를 살고 있다. 지루함을 느끼는 순간조차 특권인 것 같다. 어린이와 여성, 노인, 의료와 기술을 권리로 누리지 못하는 사람들, 더 열악해진 노동 조건 속에서 버텨야 하는 사람들…, 약한 고리를 골라서 타격하는 재난이란 참 잔인하고 교활하다. 각자가 놓인 맥락이 너무도 달라 상대의 처지를 점점 더 이해할 수 없는 양극단의 세계에서 사는 일도 아찔하다. 여성과 어린이의 자살률이 높아졌다는 한국과 일본의 통계를 보니 숫자로 채 드러나지 않는 존재들은 얼마나 많을까 싶어 상상할수록 먹먹하다. 잘 버텨야 한다. 무심해지지 않도록, 상처받지 않도록, 푸념이 체념이 되지 않도록, 허무라는 유혹에 쉽게 빠지지 않도록.

누군가의 수고가, 누군가의 노동이, 누군가가 버텨 낸 흔적이 모여 나의 평범한 하루를 만들었다고 믿는다. 오늘, 아프지 않았고 죽지 않았고 안전했고 짜증과 지루함을 느낄 정도로 사치스러웠다. 잔잔한 하루란 우리가 함께 빚어 낸 치열

함의 다른 이름이라고 믿는다.

당신을 통해 내가, 나를 통해 당신이, 우리를 통해 우리가, 외롭고 고통스러운 시절을 기적처럼 함께 버텨 냈다고 느낄 수 있다면 좋겠다.

잔잔한 하루 속에서, 문득.

이하, 개인적인 감사 인사를 적어 봅니다.

1. 대왕오징어와 향유고래를 너무 좋아하는 조카 이현이 덕분에 동혜라는 캐릭터를 그려 볼 수 있었다. 아직 한글을 깨치지 못했는데 바닷속 이야기가 담긴 각종 그림책을 읽어 달라며 내게 내밀었다. 조카에게 책을 읽어 주다 보면 어느새 내가 더 집중하곤 했다.

2. "무소식이 희소식"이라는 진부한 대사는 희소식이랄 게 별로 없이 1년에 한두 번 어머니와 통화할 때마다 내가 실제로 둘러대던 말이었다. 어머니는 내 사정을 다 아셨을 테지만 진부한 말로라도 확인한 뒤 안도했다는 한숨을 들려주셨다. 잘 살고 있다는 짧은 메시지를 보내기가 참 힘들다. 정말 잘 살고 있는지 스스로 확신할 수 없어서. 이 후기로 작은 소식을 보낼 수 있어 기쁘다.

3. 이종(異種) 간의 소통은 특별히 착상하려 애쓸 것 없이 일상적으로 마주하는 일이다. 고양이 집사들이라면 이해할 것이다. "츄르 이제 없어."라는 말에 가차 없이 엉덩이를 보이며 떠나가는 녀석을 보면 "왜 이렇게 예뻐?"라는 감탄도 다 이해하고 있는 게 틀림없다. 가끔 내 눈을 직시하며 한숨을 푹푹 쉬곤 하니 나를 한심해하는 게 분명하지만. 그럴 때면 나는 녀석의 시선을 피한 채 짐짓 시크한 표정으로 귀를 탈탈 긁는다.

4. 미완성 초고를 먼저 읽어 주고 조언해 주신 동료 SF 작가님들께도 감사 인사를 보낸다.

새 책을 손에 넣으면 순순히 첫 장부터 읽기 시작하는 사람
이 있는 반면, 굳이 맨 뒤로 돌아가 역자 후기나 작가 후기
같은 걸 들추는 사람이 있습니다. 고백하자면 저는 후자에
속하는데, 악의 없이 설치된 스포일러 지뢰를 밟지 않을까
노심초사하며 후기를 다 읽은 후에야 다시 앞으로 돌아가 책
읽기를 시작하곤 합니다.(흥미로운 후기에 몰입한 나머지 종
종 폭발에 휘말리기도 합니다.) 왜 이런 습벽을 지니게 되었
는지는 알 수 없으나 저와 동류인 분들을 위해 이번 후기에
서는 소설의 내용과 무관한 이야기를 해 볼까 합니다. 요컨
대 디저트가 아니라 애피타이저인 셈이지요.

대학에 입학한 후 몇 달이 지났을 무렵 저는 동아리에 들어
가야겠다는 마음을 먹고 학생회관으로 향했습니다. 염두에
두고 있었던 것은 영화 동아리였는데 기대에 부풀어 동아리
방 문을 두드렸지만 마침 그곳엔 아무도 없었습니다. 실망
감에 터덜터덜 계단을 내려오던 중 이왕 여기까지 온 거 다
른 동아리는 어떤지 견학이나 해 보자는 마음이 들어 주변을
기웃거리기 시작했습니다. 그러다 바로 아래층에서 문학 동
아리를 발견했습니다. '영화 다음으론 책을 좋아하니까….'

라는 생각으로 일단 문고리를 돌려 보았습니다. 아까와 달리 문은 부드럽게 열렸고 안에는 사람이 있었습니다. 그런데 그곳에서 저를 맞은 동아리 회원(이자 선배이자 지금은 작가인)은 대뜸 제게 입부 원서를 내밀었습니다. 축구 동아리나 댄스 동아리와는 달리 문학 동아리는 그렇게 공격적인 자세로 회원을 유치하지 않으면 유지될 수 없다는 사실을 알게된 것은 나중의 일이지만, 아무튼 견학하러 왔을 뿐 가입은 고려 중이라는 이야기를 차마 꺼낼 수 없었던 저는 그 길로 문학 동아리 소속이 되었습니다.

그 일을 계기로 하여 오랜 시간 글을 쓰는 사람들과 어울리며 그들이 쓴 글을 읽고 이야기를 나눴습니다. 제겐 더없이 즐거운 시간이었습니다. 세월이 지나 그중 몇몇은 등단하여 작가가 되었고 몇몇은 쓰는 일을 그만두었습니다. 반면 저는 정력적으로 글을 써내지도, 그렇다고 소설을 쓰려는 시도를 중단하지도 않은 채 자리만 지키고 있었습니다. 글을 쓰는 것은 너무 어려운 일이었고 결과물은 항상 부끄러웠습니다. 그런데도 왠지 미련이 남아 손을 털어 버리지도 못한 채 긴 시간을 보냈습니다.

그러다 여느 때보다도 더 빠르게 지나가 버린 한 해의 끄트머리에 안전가옥의 공모전 공고를 보게 되었습니다. 공고를 보자마자 아이디어가 떠올랐고 작업을 시작했습니다. 연말의 찬 공기가 불러일으키는 조바심을 동력으로 회의를 극복해 가며 글을 완성했습니다. 운이 좋게도 글은 분에 넘치는 평가를 받았고 이렇게 책에 실리게 되었습니다.

〈롤백〉은 이렇게 우유부단한 태도로 소설의 주변을 맴돌던 끝에 완성한 소설입니다. 우유부단함에도 미덕이라는 게 있다면 그것이 발휘된 결과물이라고 할 수 있겠습니다. 어쩌다 써 놓고 보니 입맛을 전혀 돋우지 못하는 애피타이저를 내어 드린 것 같네요. 죄송스럽지만 처음이니까 너그럽게 이해해 주시리라 믿습니다. 그럼 부디 본식은 입맛에 맞으시길(셨길) 바라며 이만 물러가겠습니다.

직장인 신분으로 담당했던 마지막 프로젝트는 신규 금융 사업의 예비 인가를 획득하는 일이었다. 하루에 네 시간을 잤다. 이틀 사이에 다섯 시간밖에 자지 못하는 날도 있었다. 뭔가를 만들어 내는 일은 언제나 즐거웠고, 프로젝트를 끝내니 즐거움은 조금 줄어들었다. 할 만큼 했다는 생각이 들었다. 도달하지 못할 목표가 멀리서 손짓하고 있는 느낌이었다.

변화된 생활이 가져온 간극에는 아직도 익숙하지 않다. 자본금 조달 계획, IFRS, RCPS와 CPS, 주주의 지분 구조와 컨소시엄의 이사회 추천 권한을 고민하며 엑셀과 파워포인트를 다루다가 이제는 워드 프로세서를 띄워 문장을 나열하고 있다. 로그라인과 시놉시스와 트리트먼트를 차례로 작성하면서 또 다른 희열을 느끼고 있다. 그 질량만큼의 지루함과도 싸우고 있다.

장편 하나를 마무리하고 다음 장편을 준비하기 전에 〈사람의 얼굴〉을 썼다. 불순한 생각을 한 경험이 계기가 됐다. 그 좋지 않은 생각들은 누군가의 성취를 내 것으로 만들고 싶다는 욕망의 형태를 띠고 있었다. 물질이 아닌 감정, 혹은 타인이 체득하거나 태어나면서 가지고 있던 재능까지 훔칠 수 있을까 하는 의문에서 발화된 생각이었다. 얼마나 불순한 생각이었냐면, 가만히 있던 다이슨 공기청정기가 보라색 램프를 점멸하며 발광할 정도였다. 끝을 모르고 높아지는 초미세먼지 농도를 지켜보다 전원을 껐다. 그리고 표정을 훔치는 능력을 가지고 태어난 서희의 이야기를 그리기 시작했다. 서희는 미완성 상태였고 더 완벽해지고 싶어 했으며 소망을 이루기 위해 남을 상처 입혀야 하는 존재였다. 이것도 사랑이라면 사랑일 것이다. 내면으로 잠식하는 사랑. 타인의 절망으로 자신을 완성시키는 사랑. 이기적이라서 순수한 자기애.

'문지방과 바닥 깔개 사이'밖에 안 되는 처지에 서희를 던져 놓고, 표정을 훔쳐야 비로소 해소될 욕망과 그런 욕망을 해소할 수 있는 능력을 부여한 뒤 양산의 아파트에 내려놓았다. 서희는 자신이 가진 욕망을 아낌 없이 표출해 주었고 그 덕에 짧은 이야기를 마무리할 수 있었다.

이야기를 쓰면서 많은 사람들을 떠올렸다. 누군가를 떠올리면 함께한 시간만큼의 감정이 떠올랐다. 그 마음을 돌이키며 언어가, 한 단어가, 얼마나 타인의 감정을 충실히 재현할 수 있는지 생각했다. 질투, 만족, 쾌씸, 모욕, 공허, 권태, 담담, 유쾌, 희망, 감사, 상냥, 친숙과 같은 단어들을 차례로 곱씹어 보았다. 어떤 단어는 그 인물에 찰싹 달라붙었고 어떤 건 아무 상관이 없어 보였다. 서희도 비슷한 생각을 했을 것이다. 누군가를 동경했고, 도달하고 싶은 이상향을 마주했지만 감정을 읽는 일에 서툴러 쉽게 마음을 정의 내리지 못했을 것이다. 사전을 뒤져 봐도 마땅한 단어를 찾지 못했겠지. 그리고 애석하게도 사전은 좋아하는 사람을 어떻게 대해야 하는지는 알려 주지 않는다.

소설은 이 세상에 의문을 던져 주는 존재라고 생각한다. 어떤 인물에게는 공감을, 어떤 인물에게는 멸시와 증오를 보내면서 우리를 되돌아볼 수 있다면 그 이야기는 제 역할을 한 것이다. 그 길을 먼저 걸으셨던 여러 소설가들을 동경하는 마음으로 이 글을 썼다. 앞으로도 계속해서 그분들의 면모를 훔치며 내 것으로 만들고자 한다.

표정을 훔친다는 추상적인 이야기에 공감해 주신 분들께 감사드린다. 모쪼록 이 짧은 이야기를 만나게 될 독자분들도 그 여정을 함께 즐겨 주시기 바란다.

박태훈 작가 후기 · 298

〈가능성 제로의 연애〉는 제가 쓴 작품 중 가장 말랑말랑하게 쓰고자 노력했던 작품입니다.

물론 평소에 로맨스물을 즐겨 읽으신 분들이라면 "이게 무슨 말랑말랑이냐?"라고 반문하실 수도 있지만, 제 기준으로는 양갱 정도의 말랑함은 가지고 있다고 봅니다.

〈가능성 제로의 연애〉는 사실 '러브 알고리즘'이란 제목으로 쓴 연작 단편소설 네 편 중 두 번째 편에 해당합니다. 빅 데이터를 통해서 남녀를 매칭해 준다는 설정은, 아마존이나 넷플릭스 추천 시스템을 사용해 본 현대인에게는 너무 익숙한 설정일 겁니다. 누구나 생각할 수 있는 이런 뻔한 설정으로 재밌는 소설을 만들려면, 일반적으로는 절대 이루어지지 않을 것 같은 커플을 주인공으로 내세우는 것이 좋겠다고 생각했습니다. 그렇게 해서 물리학자와 한류 스타 여배우 커플이 나오게 됐죠.

하지만, '절대 이루어지지 않을 것 같은 커플이 이루어지는' 이야기는 너무 뻔하기 때문에, '절대 이루어지지 않을 것 같은 커플이 실제로도 안 이루어지는' 이야기라면 재밌지 않을까 하는 생각이 들었습니다. 그 결과 '가능성 제로의 연애'라는 제목이, 은유가 아닌 수학적으로 작동하는 아이디어가 떠올랐습니다.

그런데 막상 소설을 쓰다 보니 '안 될 것 같은 커플이 진짜 안 되는 이야기'는 반전이 없다는 점에서 오히려 신선하긴 해도, 맛없어 보이는 샌드위치가 진짜 맛이 없는 것만큼이나 맥이 빠지는 데다가, "다른 작가들이 그런 소설을 안 쓰는 건 다 그럴 만한 이유가 있기 때문"이라는 아내의 충고를 듣고 결말을 조금 수정하게 되었습니다.

그 결과 저도 나름 만족하는 소설이 탄생했습니다. 독자분들도 재미있게 읽으셨으면 좋겠습니다.

뉴 러브 안전가옥 앤솔로지 07

지은이	표국청·황모과·안영선·하승민·박태훈
펴낸이	김홍익
펴낸곳	안전가옥

기획	안전가옥
프로듀서	이은진·정지원
	김보희·이수인·임미나
공동기획	메가박스중앙(주)플러스엠
	이정세·이민우·김유진·함연주·진하연
퍼블리싱	박혜신·임수빈
편집	이혜정
디자인	금종각
서비스 디자인	김보영
비즈니스	이기훈
경영지원	홍연화

출판등록	제2018-000005호
주소	(04779) 서울특별시 성동구 뚝섬로1나길 5,
	헤이그라운드 성수 시작점 202호
대표전화	(02) 461-0601
전자우편	marketing@safehouse.kr
홈페이지	safehouse.kr
ISBN	979-11-91193-09-1
초판 1쇄	2021년 5월 7일 발행
초판 2쇄	2022년 3월 31일 발행
초판 3쇄	2024년 10월 3일 발행

ⓒ 표국청·황모과·안영선·하승민·박태훈, 2021